台灣の讀者の皆さんへのコメント

海を越えて旅したことのない私の書いた小說が、
海を越えて多くの讀者の皆樣のもとに屆いていることを、
心から嬉しく思っています。
この作品も、どうぞお樂しみいただけますように！

致親愛的台灣讀者

從未出國旅行的我，
這次很高興自己寫的小說能跨海與許多讀者見面，
希望這部作品能帶給您無上的閱讀樂趣。

宮部みゆき

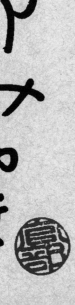

子寶船

北一喜多捕物帖 二

子宝船：きたきた捕物帖二

宮部美幸

宮部みゆき

高詹燦 譯

宮部美幸

作品集／77

MIYABE MIYUKI

子寶船

Contents

005 總導讀 進入「宮部美幸館」，就是進入最具原創力與當下性的新新羅浮宮 張亦絢

015 第一話 子寶船

143 第二話 額頭裡的東西

215 第三話 人魚之毒

335 解說 如何去除田中的雜草？反捕快的《北一喜多捕物帖》 路那

總導讀——張亦絢

進入「宮部美幸館」，就是進入最具原創力與當下性的新新羅浮宮

宮部美幸並不是不容錯過的推理作家——她是不容錯過的作家。她不只值得我們在休閒時光中，一飽推理之福，也為眾人締造了具有共同語言的交流平台，讓我們得以探討當代的倫理與社會課題。

在這篇導讀中，我派給自己的任務，是在高達六十餘部作品中，挑出若干作品，介紹給兩類讀者，一是還未開始閱讀宮部美幸者；二是面對她龐大的創作體系，雖曾閱讀一二，但對進一步涉獵，感到難有頭緒的讀者。

入門：名不虛傳的基本款

在入門作品上，我推薦《無止境的殺人》、《魔術的耳語》與《理由》。

《無止境的殺人》：對於必須在課業或工作忙碌時間中，抽空閱讀的讀者，短篇集使我們可以自行調配閱讀的節奏——小說其實具備我們在小學時代都曾拿到過的作文題目旨趣：

假如我是×××——本作可看成「假如我是某某的錢包」的十種變奏。擬人化的錢包是敘述者。如何在看似同一主題下，變化出不同的內容，本作也有「趣味作文與閱讀」的色彩，是青春期讀者就適讀的想像力之作。短篇進階則推《希望莊》。從短篇銜接至較易讀的長篇，《逝去的王國之城》則是特別溫馨的誠摯之作。

《魔術的耳語》：這雖不是作者的首作，但卻是作者在初試啼聲階段，一鳴驚人的代表作。北上次郎以〈閱讀小說的最高幸福〉讚譽，我隔了二十年後重讀，依然認爲如此盛讚，並非過譽。媚工、心智控制、影像——分別代表了古老非正式的「兩性常識」、傳統學科心理學或醫學、以至商業新科技三大面向的操縱現象及後遺症——這三個基本關懷，會在宮部往後的作品，比如《聖彼得的送葬隊伍》中，不斷深入。雖是作者的原點之作，也已大破大立。

《理由》：與《火車》同享大量愛好者的名作；雖然沒有明顯資料顯示，是枝裕和的《小偷家族》受到《理由》一書的影響，但兩者除了有所相通，寫於一九九九年的《理由》更是充分顯露宮部美幸高度預見性天才的作品。住宅、金融與土地——社會派有興趣的主題，偶爾會得到若干作家略嫌枯燥的處理——《理由》則以「無論如何都猜不到」的懸疑與驚悚，令人連一分鐘也不乏味地，就看完了批判經濟體系的上乘戲劇。說它是「推理大師爲你／妳解說經濟學」，還是稍微窄化了這部小說。除了推理經典的地位之外，也建議讀者在過癮的解謎外，注意本作中，無論本格或社會派中，都較少使用的荒謬諷刺手法。

冷門？尺度特別的奇特收穫

接著我想推三部有可能「被猶豫」的作品，分別是：《所羅門的僞證》、《落櫻繽紛》、與《蒲生邸事件》。

《所羅門的僞證》：傳統的宮部美幸迷，都未必排斥她的大長篇，比如若干《模仿犯》的讀者非但不抱怨長度，反而倍受感動。分成三部、九十萬字的《所羅門僞證》可能令人遲疑，節奏太慢？眞有必要？事實上，後兩部完全不是拖拉前作的兩度作續，三部都是堅實縝密的推理。最後一部的模擬法庭，更是將推理擴充至校園成長小說與法庭小說的漂亮出擊：宮部美幸最厲害的「對腦也對心說話」，更是發揮得淋漓盡致。此作還可視爲新世紀的「青春冒險小說」。說到冒險，過去的未成年人會漂到荒島或異鄉，然而現代社會的面貌已大爲改變：最危險的地方，就在「哪都不能去」的學校家庭中。誰會比宮部美幸更適合寫青春版的「環遊人性八十天」？少年少女之於宮部美幸，恰如黑猩猩之於珍古德，或工人之於馬克斯，三部曲可說是「最長也最社會派的宮部美幸」。

《落櫻繽紛》：「療癒的時代劇」，本作的若干讀者會說。但我有另個大力推薦的理由，我認爲，這是通往，小說家從何而來的祕境之書。除了書前引言與偶一爲之的書名，宮部美幸鮮少吊書袋。然而，若非讀過本書，不會知道，她對被遺忘的古書與其中知識的領悟與珍視。如果想知道，小說家讀什麼書與怎麼讀，本書絕對會使你／妳驚豔之餘，深受啓發。

《蒲生邸事件》：儘管「蒲生邸」三字略令人感到有距離，然而，融合奇幻、科幻、歷史、愛情元素的本作，卻可說是一舉得到推理圈內外矚目，極可能是擁護者背景最爲多元的名盤。如果對「二二六事件」等歷史名詞卻步，可以完全放下不必要的擔憂。跳脫了「你非關心不可」與「你知道也沒用」兩大陣營的簡化教條，這本小說才會那麼引人入勝。我會形容本書是「最特殊也最親民的宮部美幸」。

以上三部，代表了宮部美幸最恢宏、最不畏冷門與最勇於嘗試的三種特質，它們有那麼一點點專門的味道，但絕對值得挑戰。

中間門：看似一般的重量級

最後，不是只想入門、也還不想太過專門——介於兩者之間的讀者，我想推薦《誰？》、《獵捕史奈克》與《三鬼》三本。

《誰？》：小編輯與大企業的千金成婚，隨時被叫「小白臉」的杉村三郎成爲系列作中，業餘到專業的偵探。看似完全沒有犯罪氣氛的日常中，案中案、案外案——至少有三案會互相交織連鎖——其中還包括一向被認爲不易處理的陳年舊案。喜歡生活況味與懸疑犯罪的兩種讀者，都容易進入；宮部美幸還同時展現了在《樂園》中，她非常擅長的親子或手足家庭悲劇。動機遠比行為更值得了解——這不但是推理小說的法則，也是討論道德發展的基本認識：不是故意的犯罪、不得已的犯罪與不為人知的犯罪，為何發生？又如何影響周邊的人？除了層次井然，小說還帶出了「少女勞動者會被誰剝削？」等記憶死角。儘管案案相連，殘酷中卻非無情，是典型「不犯罪外，也要學會自我保護與生活」的「宮部伴你成長」書。

《獵捕史奈克》：主線包括了《悲嘆之門》或《龍眠》都著墨過的「復仇可不可？」問題。節奏快、結局奇，曾在《魔術的耳語》中出現的「媚工經濟」，會以相反性別的結構出現。本作是在各種宮部之長上，再加上槍隻知識的亮眼佳構。光是讀宮部美幸揭露的「槍有什麼」，就已值回票價——何況還有離奇又合理的布局，使得有如公路電影般的追逐，兼有動作片與心理劇的力道。雖然不同年齡層的男人互助，也還是宮部美幸筆下的風景，但此作中宮部美幸對女性的關愛，已非零星或一閃而過，而有更加溢於言表的顯現。

《三鬼》：《本所深川不可思議草紙》的細緻已非常可觀，《三鬼》驚世駭俗的好，並不只是深刻運用恐怖與妖怪的元素。它牽涉到透過各式各樣的細節，探討舊日本的社會組織與內部殖民。以兼作書名的〈三鬼〉一篇為例，從窮藩栗山藩到窮村洞森村，令人戰慄的不只是「悲慘世界」，而是形成如此局面背後「不知不動也不思」的權力系統。這是在森鷗外〈高瀨舟〉與〈山椒大夫〉譜系上，更冷峻、更尖銳也可說更投入的揭露——看似「過去事」，但弱勢者被放逐、遺棄、隔離並產生互殘自噬的課題，可一點都不「過去式」。雖然此作最令我想出聲驚呼「萬萬不可錯過」，不代表其他宮部的時代推理，未有其他不及詳述的優點。

透過這種爆發力與續航性，宮部美幸一方面示範了文學的敬業；在另方面，由於她的思考結構具有高度的獨立性與社會批判力，也令人發覺，她已大大改寫了向來只強調「服從與辦事」的「敬業」二字的涵意。在不知不覺中，宮部美幸已將「敬業」轉化爲一系列包含自發、游擊、守望相助精神的傳世好故事。

進入「宮部美幸館」，就是進入最具原創力與當下性的新新羅浮宮。

本文作者簡介

張亦絢

台北木柵人。巴黎第三大學電影暨視聽研究所碩士。著有長篇小說《愛的不久時：南特／巴黎回憶錄》、《永別書：在我不在的時代》（以上國際書展大獎入圍），短篇小說集《性意思史》（二〇一九年Openbook年度好書）；推理評論《晚間娛樂》等。專欄「我討厭過的大人們」獲金鼎獎最佳專欄寫作。曾任二〇一九年台北藝術大學駐校作家。《ＦＡ電影欣賞》專欄「想不到的台灣電影」作者。《永別書：在我不在的時代》經選爲二〇〇〇後台灣最具代表性的小說之一，獲頒「二十一世紀上昇星座」榮譽。近作爲《感情百物》。

北一喜多捕物帖平面圖
本所深川
下谷
佐竹右京大夫
御籾藏
郡代宅邸
柳原河堤
淺草御門
柳橋
兩國橋
政五郎家
西福寺
御米藏
相生町
一目橋
橫網町
御舟藏
松坂町
回向院
御藏橋
淺草
田原町
本所
御竹藏
石原町
駒形町
淺草寺
彌勒寺
二目橋
津輕越中守
吾妻橋
竪川
向島
三目橋
橫川町
橫川
新辻橋
業平橋
西尾隱岐守
津輕越中守
靈山寺
工房
押上村
四目橋
御材木藏
西
北
東
南

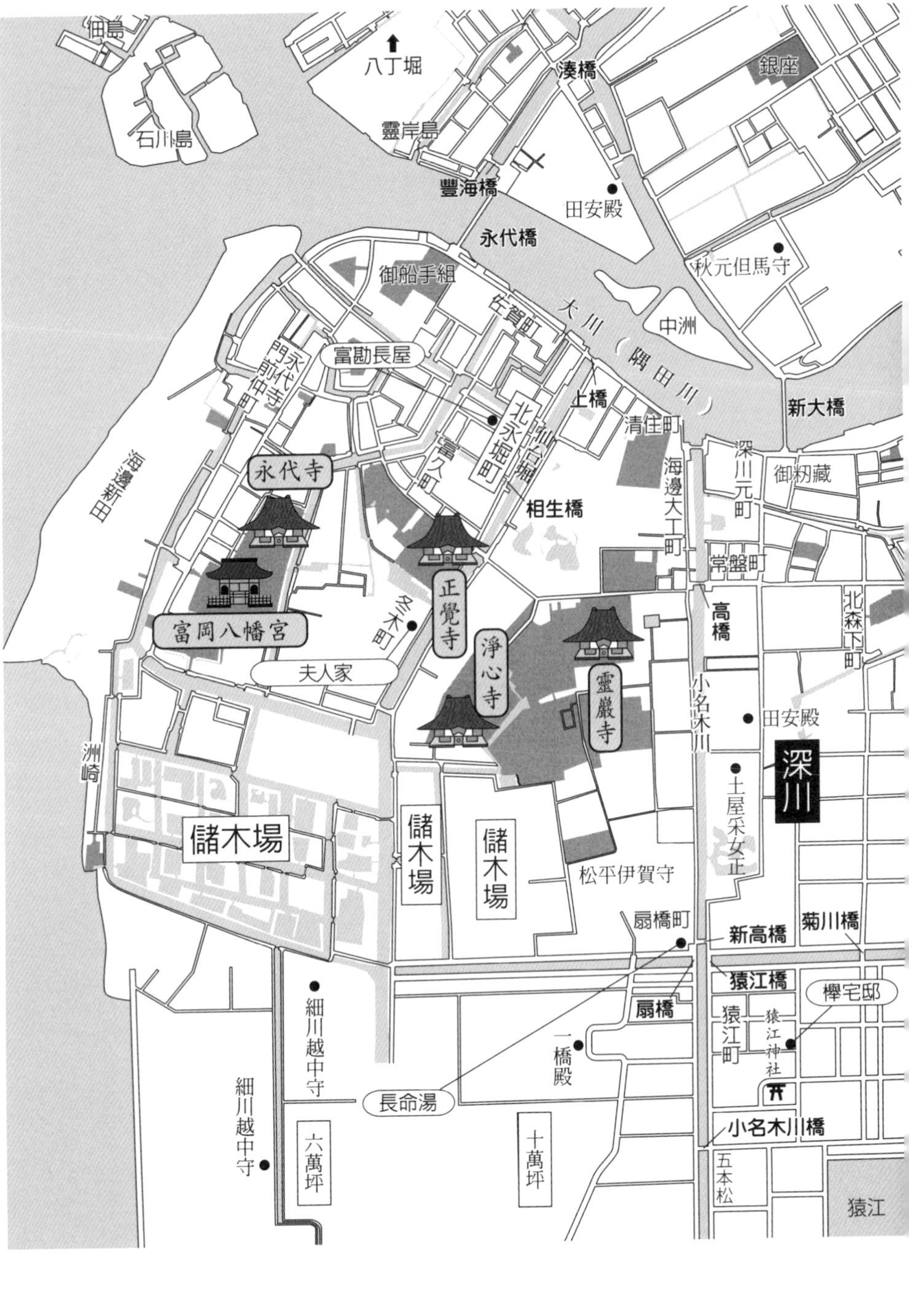

佃島
八丁堀
石川島
靈岸島
湊橋
銀座
豐海橋
田安殿
永代橋
秋元但馬守
御船手組
佐賀町
大川（隅田川）
中洲
富勘長屋
永代寺門前仲町
上橋
新大橋
北永堀町
仙台堀
清住町
海邊新田
富久町
深川元町
御籾藏
永代寺
海邊大工町
相生橋
常盤町
正覺寺
冬木町
高橋
北森下町
富岡八幡宮
淨心寺
靈巖寺
夫人家
小名木川
田安殿
深川
土屋采女正
洲崎
儲木場
儲木場
儲木場
松平伊賀守
扇橋町
新高橋
菊川橋
猿江橋
櫸宅邸
細川越中守
扇橋
一橋殿
猿江町
猿江神社
長命湯
細川越中守
六萬坪
十萬坪
小名木川橋
五本松
猿江

第一話

子寶船

一

煙火圖案的「朱纓文庫」，會一直賣到土用（註一）的第一天爲止。

以季節風景爲「賣點」的商品，最重要的就是得提早張羅準備。五月六日賣菖蒲嫌晚，不過四日賣菖蒲可就機靈了（註二）。同樣的道理，當夏意深深滲入江戶市民體內，人們開始思念土用鰻魚的滋味時，盛夏的大川開川（註三）煙火，早沒了新鮮感。

對於賣剩的商品，絕不能感到不捨。千萬不能降價拋售，或是留著等到明年夏天再賣。這樣會有損朱纓文庫的風評。紙製的文庫（箱子）不管再怎麼小心保存，仍會因溼氣或日曬而受損，如果留到隔年再賣，會顯得賣相不佳，有辱朱纓文庫的名聲。

這是千吉老大的教誨。以前老大向大弟子萬作說明這個道理時，北一也在一旁聆聽。當時的北一遠比現在年幼，還沒出外挑擔叫賣文庫，但他覺得老大的教誨頗有道理，心領神

註一：「土用」是日本的雜節之一，此處指的是「夏土用」，爲立秋前的十八天這段期間。

註二：因五月五日端午節會用到菖蒲。

註三：江戶時代的隅田川，每年陰曆五月二十八日起有爲期三個月的「夕涼期間」，首日稱「開川」。

會。

至於萬作，像平時一樣態度恭順，不知道在想些什麼，旁人根本看不出他是否眞的明白老大的教誨。

今年夏天，北一終於自立門戶，承接千吉老大的朱纓文庫。看在世人的眼裡，他的自立門戶，等於是與身爲正統繼承人的萬作阿玉夫婦的文庫屋打擂台，但北一並不後悔。

不過，當初是與阿玉大吵一架，才有了這樣的契機，所以北一對萬作心懷歉疚（一點點）。

「應該去和萬作先生打聲招呼吧？如果只有我去的話，不太恰當，可以請你當見證人，陪我一起去嗎？」

北一向「富勘」請託道。這位行事老練，不可小覷的房屋管理人，只是輕笑幾聲。

「你現在才去打招呼，沒用、沒用、沒用。」

也用不著連說三遍吧。

「小北，是你自己上門叫板，這場較勁早就展開了。不論是萬作恨你，還是阿玉詛咒你，都是無可奈何的事。你現在該做的，就是全力投入自己的生意。」

這樣啊。看來我得下定決心才行。北一暗暗提醒自己，要兢兢業業過日子，但心裡依然很在意此事，於是某天他試著從萬作和阿玉的文庫屋前路過（當然是兩手空空，沒帶上自家商品）。

只見店門前擺出一個茶盒，裡頭塞滿了畫有煙火、金魚、圓扇、蚊香之類夏日風情圖案的朱纓文庫，賤價拋售。

——萬作先生沒搞懂這個道理。

雖然不該吵架，但還是很慶幸我自立門戶了。北一如此暗忖，感覺心情不再那麼沉重。

話說，北一製作文庫的作業場所，在青海新兵衛的多方張羅下，最後選定一處離「櫸宅邸」不遠的地方。那是位於猿江御材木藏西側的農田中央，一座只比置物倉庫強一些的小屋。

這裡算是深川的外郊。一旦走過寺院與武家宅邸屋瓦相連的地區，再過去盡是水田和旱田，商家並不多。

由於遍尋不著合適的場所，新兵衛一度提議，試作期間不妨就使用櫸宅邸內的某個房間吧。

「有幸請少主為我作畫，要是連製作文庫也在同一個屋簷下進行，感覺不太得體。」

雖然十分感謝新兵衛的提議，但不能一味順從他的好意。

「要是就這樣待在這裡，我、末三老爺子、在我底下工作賺點小錢的附近農家老太太，我們這些終年滿身塵埃，撩起衣服下襬塞進腰帶工作，服儀不整的粗人，一待就是很長的時間。這樣恐怕會對少主的健康有礙吧？」

北一自己取名為「櫸宅邸」的這座宅邸，是小普請組（註一）支配組頭椿山勝元大人的別宅。新兵衛是在他底下侍奉的御用人（註二），在一頭白髮的女侍總管瀨戶大人面前總是抬不起頭來。而新兵衛口中的「少主」，是椿山大人的兒子，似乎體弱多病，好像住在別宅療養。

之所以一直說「似乎」、「好像」，是因爲北一雖然請到這位少主爲朱纓文庫的商品畫圖案，但至今仍未拜見過他。不過北一看得出來，新兵衛和瀨戶大人都對少主百般呵護。

「新兵衛先生，您常常叫我們到宅邸裡來，哪天會被瀨戶大人處罰的。」

聽北一這麼一說，新兵衛坦率地露出「那太可怕了！」的神情，以粗大的手指搔抓著鼻梁。

「的確有可能遭瀨戶大人訓斥，可是少主……」

少主說——這樣無妨。

「改天我安排小北你和少主見面。」

這段對話後不久，新兵衛便找到這幢位於田地中央的小屋。

「地主知道朱纓文庫，說不需要店租，只要季節更迭時送他全新的文庫即可。」

北一帶著末三老爺子前去看小屋。由於位在田地中央，通風和日曬的情況都十分良好。末三老爺子說，這點最重要，就選此處吧。

「太陽出來的時候可以工作。這樣漿糊會乾得徹底，作爲材料的紙張也不會有溼氣。無可挑剔。」

　此事很快便談妥，他們著手清掃小屋，搬來器具和材料，打造出一座工房。接著發生了一件事，令北一大爲吃驚，心臟差點從嘴裡跳了出來，而且此事令他感激無比，只想著要跪地磕頭道謝，根本無暇管那顆（從嘴裡跳出的）心臟。那就是瀨戶大人竟然帶著賀禮來訪。

　瀨戶大人端著方木盤，上頭擺放著整尾鯛魚以及包裝精美的砂糖菓子，跟在她身後的青海新兵衛則是捧著塗紅漆的祝賀酒。只見瀨戶大人從容地從種滿青菜和小黃瓜的田梗間走來。

　瀨戶大人的年紀可能比這一帶的氏神還老。皮膚乾癟皺縮，但聲音洪亮，背脊挺直。她在頭髮裡加入許多假髮，梳成御所髻（註三）。平日在櫸宅邸內總是像在官邸一樣，身上穿的江戶褄下襬宛如大奧女官般長到拖地，此時她卻是穿著竹皮草屐，撩起和服下襬，披上一件阻擋塵土的外袍。

　「眞、眞、眞是太、太、太感謝您了。」

　連北一也不知道自己在說些什麼，畢恭畢敬地從瀨戶大人那雙皺巴巴的小手中接過方木盤。入手感覺不會太重，他鬆了口氣。鯛魚散發出鮮美的氣味。

註一：普請組是負責土木建築工程的單位。
註二：在大名或旗本家中掌管財務出納及雜務的職位。
註三：原本是皇宮的女官梳的髮髻，江戶時代在平民間流行開來。

「北一大人，今天恭喜你了。」

瀨戶大人這句話，令北一好不容易撿起來嚥回體內的心臟又跳了出來。不會吧？眞的假的？瀨戶大人之前明明都只用「奴才」、「那個人」、「喂，文庫屋」來稱呼他。

「我家少主對你多方關照，並吩咐我要前來爲你祝賀，所以今日特地前來。今後望你繼續善盡本分。」

這艱澀的用語，對北一來說有點難懂，但應該是好話吧。

事後新兵衛調侃「小北，你剛才的表情，往後這十年我大概忘不掉了」，而北一也不忘回他一句「拎著祝賀酒站在田地中央的新兵衛先生也同樣教人難忘啊」，兩人相視而笑。

末三老爺子滿臉的皺紋舒展開來，露出微笑。之後老爺子的女兒女婿也像要去賞花似地，捧著多層飯菜盒前來，大家圍在一起舉辦了一場賀宴。

自從千吉老大過世以來，還是第一次感到這麼窩心和輕鬆。就連北一自己都沒發現，他一直頻頻拭淚，邊笑邊哭。

眞是太好了。老大一定也會替我開心——不，爲了讓老大開心，今後我每天都要過得充實。

在北一居住的深川北永堀町的「富勘長屋」，與猿江御材木藏旁的文庫工房，連成一線的正中央一帶，是橫川的扇橋。

扇橋有一家「長命湯」。由光是站著身體彷彿就會往左右傾斜的老爺爺和老奶奶經營，是一家年代久遠的澡堂，若從不同的角度望去，感覺建築本身、屋頂、屋簷，似乎也都往左右的某一邊傾斜。

這裡的鍋爐工喜多次，北一都叫他「喜多兄」。

澡堂的鍋爐工負責撿拾各種東西來當柴燒，是會弄得渾身髒汙的工作。不管什麼時候看到喜多次，他總是全身沾滿汙垢、黑灰、塵土。那一頭亂髮，以麻繩隨意綁成一束。就算是《御伽草子》（註）裡的山姥，好歹也會稍微梳理一下頭髮。即使有小鳥在喜多次腦後的那束頭髮裡產卵孵蛋，北一也不會太驚訝。

可是，他卻有一張宛如人偶般姣好的臉蛋，而且有令人難以置信的過人腕力。那無聲又敏捷的俐落身手，簡直就像黃鼠狼和蛇的化身。

北一與喜多次結識，擁有互相幫助的情誼，此事北一沒向任何人提過。就連在販售文庫方面，對他多所關照的青海新兵衛、苦惱時總能給他建議的富勘，以及千吉老大的遺孀，如今成為北一後盾的冬木町夫人，他也都隻字未提。因為喜多次拜託過他，別告訴任何人箇中緣由。

喜多次是個充滿謎團的男人。不，他是名青年。不是小孩子。看不出他的實際年紀。有

註：日本一部古典短篇故事集，裡頭有「浦島太郎」、「一寸法師」等知名的童話故事。

時看起來比十六歲的北一年長，有時卻又覺得他年紀較小。

去年歲末，在一個地上積水結出薄冰的寒冷清晨，喜多次穿著一件單薄的浴衣，倒臥在「長命湯」的後院時，被老爺爺老奶奶所救，從此在「長命湯」裡住下，成了鍋爐工。「長命湯」的老爺爺老奶奶，以及常在這家位於郊外的老舊澡堂進出，身分可疑的客人們，大概都沒發現喜多次的臂力過人。只有北一知道喜多次是個可靠的保鑣。

喜多次的右肩有著像烏天狗（註）的古怪紋身。這是兩人緣分的起源，但此一紋身的背後含意至今仍是個謎。

北一如果不是這般認眞投入自己的工作中，是個更從容的大人，可能就會對喜多次心生懷疑、嫌棄、畏懼，或者會加以打探吧。幸好現在的北一沒有餘力，一直讓喜多次保有這個謎，並未多想。他不認爲有馬上解開謎團的必要。

雖然完全是情勢使然，但北一曾經幫喜多次那客死異鄉、長年被埋在土裡的父親撿拾遺骨。喜多次感念這份恩情，截至目前已兩度出手幫北一的忙。

北一不曉得今後要是遇上困難，是否還可以請他幫忙。喜多次感念的恩情不知有多少。兩次請他幫忙，不知用掉了多少額度。

算了。

——他不是壞人。再和他交往一陣子，搞不好就會說他是個好人。

於是，住處在深川西邊，工房在深川東邊，以挑擔叫賣爲業的北一，不知不覺地朝「長命湯」走去。喜多次有時會待在鍋爐口，有時拉著拖車出外撿拾柴火，有時則是忙著整理帶回的柴火。

喜多次一向如地藏王石像般沉默，就算兩人在一起，往往也都是北一自顧自地說話。這樣正好。北一剛自立門戶，固然有開心的事，心中的不安也不少。如果這天的營業額多，就會歡欣雀躍，但生意清閒的日子，很想和泥鰍一樣潛進泥水。要是受夫人誇讚，不免得意，可是對萬作、阿玉夫婦，他心裡始終有個疙瘩，總是隱隱作疼。

就算北一吐露心中的這些喜怒哀樂，喜多次仍是一副置若罔聞的模樣。既不會向他說教，也不會出言安慰，更不會嫌棄「你很吵耶」。這令北一感到輕鬆自在。

有時「長命湯」的老女侍發現北一前來，會拿蒸地瓜或包子給他當點心吃，也令人感激。

然而——

過了土用丑日，離立秋的日子已屈指可數。當時工房陸續完成朱纓文庫秋天的「等候二十六夜」圖案的新作。正考慮是要在立秋當天一早開始販售，還是從立秋的前一天開始販售。新兵衛提議，可以製作傳單，從明天就開始發放，吸引想要等候二十六夜的客人。

「製作傳單是嗎？這個……有點太大手筆了。」

註：又叫鴉天狗，是一種傳說的生物，一身修行僧裝扮，長著像烏鴉般的鳥喙，能在空中飛翔。

「哪會大手筆啊。這文庫的圖案正好有阿彌陀佛、觀音菩薩、勢至菩薩這三尊呢。」

據說七月二十六日晚上的月亮會發出三道光，當中將各浮現一尊神佛。懷著崇敬的心等候月亮出現，就是「等候二十六夜」。

「請讓我再考慮考慮。」

北一如此應道，與新兵衛道別，前往「長命湯」。不是不經意地前往，而是有他的盤算。

北一每天忙著工作餬口，對於江戶市內有怎樣的商品傳單在流傳，一直沒機會查個明白。但喜多次每天四處蒐集來當柴火的垃圾中，摻雜了各種傳單。

抵達「長命湯」後，只見喜多次把拖車停在鍋爐口。貨架上用來當柴燒的紙屑、破布、枯枝、枯草、木片、木棒等，堆得像山一樣高。

他可能才剛回來，正以手巾擦拭身上的汗水。那條手巾也許一早還是白的，但現在顏色跟喜多次那張滿是髒汙的臉差不多。

「嘿！」

北一出聲叫喚，朝拖車走近。

「你接下來要分類柴火吧？我幫你。不過，你可以幫我從這堆垃圾山裡找出傳單嗎？」

喜多次斜瞄了北一一眼。由於他一臉髒汙，眼白的部分顯得特別白。他仍像平時一樣，不發一語。沒說「不行」，也沒問「爲什麼需要傳單」。

北一馬上俐落地著手分類。

這些免費取得，或是人們丟在外頭的紙屑當中，比起傳單或文件之類乾淨的東西，骯髒的東西占了絕大部分。當中最顯眼的就屬茅坑的手紙了。臭氣撲鼻。北一不禁心想，喜多次可真不簡單。

北一從中找出糕餅店和梳頭店的傳單。也有布莊、舊衣店的傳單，以及建議人們拿土用之前蓋的夏被去修補的棉被店傳單。

不過，他發現不少同類型的紙屑，數量比傳單合起來都還要多。

這不是傳單。其實也不該說是紙屑，而是完全不合時節的東西。

它是「寶船畫」。

據說在正月二日晚上，只要就寢時將畫墊在枕頭下，就會做好夢。

販售寶船畫的是「寶船小販」。他們會扮成布袋神或大黑神，朗聲喊著「賣寶船～賣寶船～」，在江戶市內沿街叫賣。平時賣其他商品的挑擔小販，在元月一日和二日這兩天往往也會跟著賣寶船畫。而寶船畫品質參差不齊，有的出自行家之手，有的則是騙三歲孩童的劣作，各種皆有。

此刻北一從垃圾山裡挖出的寶船畫，似乎全部來自同一個地方。採單色的水墨畫，用粗筆以簡單的線條畫下載著七福神（註）的寶船。畫風類似，用紙也都一樣。

而且有個難以忽略的奇怪特徵。這寶船畫當中的七福神，只有弁財天以背部示人。

「……很奇怪吧？」

細數之下，這種寶船畫共有八張。雖然沒破損，但全被皺巴巴地揉成一團。

可能是聽到北一的喃喃低語，喜多次望了他一眼。約莫也感到驚訝，喜多次拂去枯枝樹葉的手停下動作，走了過來。

北一說：「畫這種船，弁財天看了會生氣吧。」

喜多次拿起其中一張寶船畫。

「這些畫是在同一個地方撿到的嗎？還是分別在不同地方撿到的？」

就算詢問，喜多次也沒回答。他拿起另一張畫比對一番後，像是看膩了，同時拋下手中的兩張畫。

「不記得了。」

我想也是，北一暗忖。他不可能會在意這些小事。

「我覺得挺有趣的，可以帶走嗎？」

隨你便——應該是這個意思吧。只見喜多次抬起下巴，點點頭，再度投入分類的工作中。

北一其實沒什麼太深入的想法。他做夢也沒想到，這奇怪的寶船畫，竟然會與某起案件

註：指布袋、大黑天、弁財天、惠比壽、福祿壽、毘沙門天、壽老人七尊神明。

有所關聯。

二

千吉老大的夫人有個別具雅趣的名字——松葉，老大為了小心守護夫人不受世俗侵擾，對於陪在夫人身邊負責照料的女侍，都特別精挑細選。

目前在冬木町的租屋處與夫人同住，平時工作勤奮的女侍阿光，就北一所知，已是第四位女侍。她似乎頗受老大賞識，夫人也喜歡她，相當受倚重。因為沒清楚問過，北一不曉得她的歲數，但可以確定的是，阿光是很會照顧人的好姊姊。她愛乾淨，煮飯作菜樣樣拿手，性格開朗，笑口常開。對眼盲的夫人來說，阿光是十分稱職的一雙眼睛。

但自從搬往冬木町，生活穩定下來後，夫人不時會突然想到似地低語：

「不知道阿光有沒有適合的婚事上門。」

就連北一一同吃晚餐的時候，她也不忘詢問：

「小北，你住的長屋那裡，有沒有適合阿光的男性啊？」

夫人都這麼說了，想必是認真的。

至於阿光本人，每次聽了都只是咯咯嬌笑。

「如果認識好的男人，我會坦白跟夫人說的。在那之前，請讓我留在您身邊服侍您吧。」

不知阿光這番話是眞是假，無論如何……

——要是沒我在，夫人您會很傷腦筋吧？

阿光沒這樣回嘴，令人感到窩心。因爲像這樣的反駁，不管由誰來說，聽了之後心裡一定難受。

不巧的是，在北一住的「富勘長屋」裡，沒有適合當阿光夫婿的男人。

「妳差不多該嫁人了，不然會變成醃過頭的醬菜喔。」

「姊，妳最好找個符合自己身分的對象。別老愛痴人說夢。」

「要你們囉嗦！我要是眞嫁人了，傷腦筋會是你們！」

長屋裡倒是有會這般大聲鬥嘴的一家人。他們是挑擔叫賣的魚販寅藏、女兒阿金，以及兒子太一。

他們都是心地善良的好人，而自己一個人住、賺一天過一天的北一，常受到他們親切地關照。不過，他們這家人鬥嘴眞的很吵，往往都是把阿金逗哭了才收場，旁人聽著十分難受。

從太一的話來推測，阿金可能喜歡某個與她身分不合的男人，有過一段痛苦的回憶。不過，就算打探之後，確認有這麼回事，北一也無從安慰，況且阿金曾毫不客氣地對他說：

——小北，爲什麼你的頭髮這麼稀疏？你爹娘同樣髮量稀疏嗎？

坦白說，北一無法發自內心同情她，所以決定擱在一旁。

阿光的家人對於她的婚事，是否會這樣叨念呢？阿光是否曾愛慕某人，或是因單相思而暗自落淚呢？北一無從得知，也不想知道。光想就覺得可怕。

就在北一爲了等候二十六夜的文庫傳單一事苦思良久，爲了聆聽夫人的意見，而在白天前往冬木町拜訪時，突然聊到這件事。

「哎呀，小北。今天來得眞早。」

北一幾乎每天都到夫人家接受晚餐的招待，阿光如此調侃，他只能摸著鼻子認了。

「眞是抱歉啊，每次都餓著肚子跑來。」

「你等我一下，我待會端水給你喝。」

阿光嫣然一笑，此時她正在緣廊做針線活。周圍有繡針、針山、固定台、剪刀、白棉布、一大疊褪色的細波圖案布料。看來她在拆解老舊的浴衣。

「夫人呢？」

「去宇多丁先生的店裡。」

那是深川元町的一家梳頭店。取店主宇多次的名字以及丁髻（註），稱爲「宇多丁」，便成了店主的綽號。這件事北一也很清楚，而且他受這家梳頭店不少關照。

「咦，爲什麼？」

夫人自己無法打理門面，平時都不梳髮髻，只隨手將頭髮綁成一束垂在腦後。何況，宇多丁這家店應該是不幫女人梳頭才對。

「宇多丁先生說他出外幫人梳頭，剛好來到這附近，順道來打聲招呼。」

——千吉老大過去很照顧我。雖然想早點來跟夫人問安，但您也知道的，我是個邋遢的莽漢。

宇多丁是個長得像熊一般的大漢。

「他說猶豫再三，遲遲無法成行，態度相當恭順。接著，他和夫人提起許多往事，聊著聊著……」

——夫人，您的頭髮因夏天流汗有點受損，請到我店裡一趟。剛好我最近進了一批上好的山茶花油。

宇多丁叫來一頂轎子，執著夫人的手，帶她上轎。

——等保養結束，我會送夫人回來。家裡就請妳看顧了。

他興沖沖地伴在轎子旁，返回深川元町的店裡

捕快與梳頭店向來關係深厚，千吉老大與宇多丁素有交誼。對厲害的捕快來說，梳頭店是極佳的眼線。不過，這樣的交情不能對外公開，所以宇多丁對夫人有一分顧慮，之前才沒

註：江戶時代的成年男性會將前面的頭髮剃光，稱爲「月代」，後面剩餘的頭髮綁成的髮髻，稱爲「丁髷」。

前來問安。
「看來，今後宇多丁會加入夫人的御用商人行列。」
「是啊。」
在夫人與阿光兩人的生活中，各種雜役和粗活，這幢房子的房東——木材批發商「福富屋」會派人手幫忙，而每天都來露臉的北一，雖然力量微薄，也會多方幫忙。像食物之類的生活必需品，只要委託御用商人即可，不必為此發愁。現在就連梳頭店也加入行列。
「小北，你和宇多丁先生也有交情吧？」
宇多丁曾贈送對治療頭髮稀梳有效的「髮素」一事，北一不太想說。
「嗯。」
「你如果有急事找夫人，可以去店裡找她。」
倒也不是多急迫的事。或者應該說，宇多丁約莫正一邊幫夫人洗髮梳頭，一邊沉浸在對「千吉」的回憶中，北一不想前去打擾。
「不用了，晚餐的時候聊就行了。我應該一開始就這麼做才對。是我太性急了。」
北一搔著一早抹了髮素、相當愛護的腦袋，笑著應道。
「妳在縫什麼啊？」
他指著那些拆解開的浴衣問道。
「是尿布。」阿光回應。「因為不知道阿夕什麼時候會臨盆，我想趁現在先幫她準備。」

「阿夕是……？」

阿光露出詫異的神情，「我沒跟你說過嗎？她是我從小一起長大的朋友。」

阿夕小阿光三歲。

「她娘曾在我家工作，小時候我曾背著阿夕，陪她玩。我們就像姊妹一樣一塊長大。」

哦，阿光應該有個姊姊，和她不是「像」姊妹，而是親姊妹。自從姊姊招贅，在家中的定食飯館幫忙父母做生意後，不知爲何，阿光被視爲家中的累贅，她受不了這樣的對待，於是離開老家——北一記得聽過這麼回事。

阿光似乎沒發現此時北一心中微感不知所措。她將縫布綳緊，確認縫線是否夠直。

「去年秋天，阿夕嫁到位於一色町綠橋邊的一家滷味店。」

一色町和佐賀町、富久町一樣，都位於永代橋東側一帶。那一帶河渠縱橫，將街道細分成許多區塊，由於臨近大川河口附近，漲潮時會飄來濃濃的海潮氣味。

「她丈夫個性溫柔，人很好。她過得十分幸福，接下來第一個孩子即將出世。」

「眞是可喜可賀啊。」

就將這些尿布堆得跟山一樣高，直接接住那呱呱墜地的嬰兒吧。

「這件浴衣，我原本一直當睡衣穿，雖然已褪色，但夫人說，要縫製尿布，用這種舊布最合適。」

阿光眼中閃著光輝，想必是由衷感到高興吧。看著看著，連北一心底也湧現一股暖意。阿光總是請北一吃可口的飯菜，對他生活上的瑣事也多所關照。北一心想，難得有這個機會，就當是答謝阿光平時的照顧，送禮祝賀阿夕吧。

現在的我能送的禮，只有文庫了。

「我來製作麻葉圖案的文庫。那是能替嬰兒驅魔的圖案。可以幫我送給阿夕小姐，當成祝賀嗎？」

阿光聽了，瞪大眼睛。「小北，你是要送賀禮嗎？」

「嗯。因爲對方就像是妳妹妹一樣，現在即將臨盆，値得慶賀。」

哇，我太高興了。阿光的圓臉滿是笑意。

「謝謝你。小北，你溫柔又機靈，是個好男人……」這時，阿光突然驚覺：「這不就是現成的商機嗎？」

客倌，要不要買麻葉圖案的朱纓文庫，當孩子出世的賀禮呢？

「你找青海大人和末三先生商量看看，如何？」

我知道了，總之，這份賀禮我會記得準備。北一說完，便與阿光道別。返回富勘長屋的路上，他思索著此事，覺得確實是門不錯的生意。如果當祝賀孩子出世的賀禮販售，文庫裡就不能什麼也沒有，最好放點什麼東西。放什麼好呢？漂亮的襁褓，或是百日「食初」（註一）時使用的塗漆碗筷。紙糊犬（註二）也不錯。那麼，搖搖鈴呢？

他側著頭尋思，穿過長屋的木門時，猛然和人撞在一起。

「噢，好痛！搞什麼啊。」

默然站在北一眼前的，是有著竹竿般的身高，煤球般的眉毛，搭上一雙圓眼，揹著一個大包袱的男子。

他是在佐賀町經營租書店「村田屋」的治兵衛。

「看你好像很忙碌，眞是太好了，北一先生。」

治兵衛那雙圓眼微露凶光，如此說道。

「前不久我跟你說過，有事想和你商量，等你有空時，請到我店裡一趟，但你似乎完全忘了這件事。」

有這麼回事嗎？

「呃……不好意思，最近諸事繁忙……」

「現在有空嗎？還是沒空呢？別看我這樣，我也是一刻不得閒。」

治兵衛刻意嘆了口氣。

「我知道要攔住生意興隆的北一先生，光等候是行不通的，所以今天專程前來。啊，我

註一：在孩子出生百日時，會準備碗筷，進行假裝餵孩子吃魚的儀式，祈求孩子日後不愁吃。

註二：由於狗多產，自古便被視爲孩童或順利生產的護身符。

們租書店就是得扛著書箱四處行商，請不必因爲我看起來揹得很重，或是專程跑這一趟，而感到過意不去。這就是我們這一行所做的生意，早習慣了。」

「……可以到我屋裡說嗎？雖然寒舍什麼也沒有，但至少可以放下你背上的書箱。」

「你應該早點說的。」

雖然北一住的房子只有四張半榻榻米大，家徒四壁，但打掃得相當認眞。治兵衛看過之後似乎覺得可以接受，卸下書箱，放在入門台階上，以手巾擦拭臉上的汗水，開口說道：

「北一先生，你很喜歡打掃呢。要販賣文庫這種漂亮的商品，像您這樣再好不過了。」

不不不，北一並不喜歡打掃。只是千吉老大昔日的教誨深植在他心中。

「我以前也常和這房子的前一位房客談生意。」

治兵衛的一雙圓眼環視這四張半榻榻米大的住處。

「他的年紀比你大，卻比你更不懂人間險惡。」

如果是前一位房客，北一聽富勘提過。是一位年輕的流浪武士，寫得一手好字，但劍術完全不行，所以夜裡遭人襲擊喪命。

「因爲他是武士吧。」

「北一先生，剛才你邊走邊喃喃自語吧？一直說著圖案、內容什麼的。」

治兵衛突然改變話題，注視著北一。

「是朱纓文庫的新點子嗎？」

「呃，是的，可以這麼說。」

「要加上過去沒有的設計，將符合這設計的物品放進文庫裡來販售。」

咦，他怎麼會知道？

「我之所以想找你商量，也是因爲我希望能製作這樣的商品。」

治兵衛說著，解開那包覆書箱的包袱。

「我帶來了幾個樣本。例如這本，是《南總里見八犬傳》。」

他取出幾冊唐草圖案封面的裝訂本。

「就算是《東海道中膝栗毛》（註）也行。」

另一冊裝訂本是天空藍搭配富士山的圖畫。

「將這些讀物的裝訂本合在一起，放進同一個文庫內，貼上題簽，再加上圖畫。」

以這種方式販售——治兵衛說。

「妖怪草紙或御伽草子、俳句集或和歌集之類，也都可以。」

文庫原本就是書本的容器。但像治兵衛提議的，打從一開始就在文庫裡放入書店挑選的書本來販售的方式，至今沒人做過。

「如果是這樣，不適合挑擔叫賣呢。」

註：江户時代後期由十返舍一九執筆的娛樂小說。

一來擔子重，二來在想買空文庫的客人眼中，這是沒用處的商品。

「那有什麼關係。北一先生，你也不想今後都一直挑擔叫賣吧？」

擁有自己的店面是吧。

「我現在還沒這個能耐。」

「哦，你都敢在阿玉夫人面前撂下豪語了，怎麼這時候反倒膽小起來？」

咦，他連這件事都知道？

「千吉老大不算是徹頭徹尾的商人，沒辦法隨便跟他談生意上的事。繼承他衣缽的萬作先生，又過於一板一眼，和我合不來。而我也不喜歡阿玉夫人那張國字臉，加上她太貪心，這點很糟糕。」

所以才來找北一先生商量——村田屋治兵衛如此堅稱，還說十分看好北一。

「你自立門戶後製作的文庫，雖然數量和種類都還很少，但品質絕佳，圖案也美。你另外找到跟萬作先生沒任何關係的畫師和工匠，對吧？眞不簡單。」

雖然感謝他的誇讚，但是否該答應他的提議，光靠北一自己難以決定。

「我得和夥伴討論後才能決定。而且我目前正在思考一個點子，要同時擴展工作規模，不曉得能不能辦到。」

北一縮起脖子，治兵衛微微偏著頭問：

「是你剛才喃喃自語的那個點子嗎？你好像提到了『襁褓』，是我聽錯了嗎？」

是治兵衛耳力太好，還是北一的自言自語太大聲呢？

「我在思考適合當嬰兒出生賀禮的文庫。」

這時，治兵衛的那雙圓眼陡然瞪大。這麼令人驚訝嗎？

「那是麻葉圖案……」

治兵衛粗魯地打斷北一的話：「請不用再說了。」

他眉間擠出皺紋，撇下嘴角。

「如果是別的祝賀，怎麼做都行，但只要和嬰兒有關，勸你最好打消念頭。」

咦，為什麼？

「因為嬰兒還不算是陽間之人，可能一下子就會到另一個世界去。」

說來可悲，嬰兒常會夭折。原因不明，生命突然結束，這種情況一點都不稀奇。

「這是神明的旨意，非人力所能改變，所以絕不能做這方面的生意。」

治兵衛這番話的含意，北一也不是不懂。要是有哪個嬰兒夭折，不巧床邊就擺著麻葉圖案的朱纓文庫，或許會流出「那個文庫不吉利」的傳聞。這就是人心。治兵衛的意思是，為了避免這種情形發生，一開始就別碰，方為上策。

——這樣未免太怯懦了。

這麼小心謹慎，根本無法拓展新的生意。

不過，北一隱約感覺到，如果只是提出忠告，治兵衛的表情也太嚴肅了。

「難道村田屋附近眞的發生過這種事？」

北一說出自己的猜測，治兵衛改爲瞇起那雙圓眼。

「……夠敏銳。」

咦，我猜中了？

「就在不久前，我的一位老主顧家裡發生了類似的紛爭。」

原本只是個不該開的玩笑，漸漸變得陰森可怕，無法當笑話看待，於是引發糾紛。

「聽說那名剛出生不久的嬰兒，因某家酒鋪賀年送的寶船畫而沒了命。」

三

這位不幸的老主顧，是清住町販售香菸和線香的商家，名叫「多香屋」。由於上上代的店主愛好看書，村田屋多年來一直承蒙惠顧。

「過去我們也都會參與他們家中的婚喪喜慶，但發生如此令人難過的事，這還是第一次。」

治兵衛神情凝重地說道。

位於大川邊的清住町，原本應該不適合從事這種重視乾燥的商品買賣——北一這麼想，但眞要說的話，位於佐賀町的租書店村田屋也半斤八兩。不管是哪種生意，爲了不讓商品發徽作廢，想必都投注了不少心力。

雖然治兵衛在這樣的機緣下，忍不住對北一說出此事，不過因寶船畫而引發的問題，只有和多香屋極爲親近的人才知道，對外一概保密。要是此事傳開來，可就傷腦筋了……

「北一先生，請你嘴巴務必要閂緊。拜託了。」

治兵衛如此叮囑後，與北一道別。

北一是個來路不明的走失兒童，既沒有絕頂聰明的腦袋，也沒有傲人的強健體魄，而且年紀輕輕就髮量稀疏。雖然乏善可陳，唯獨這張嘴，可說是滴水不漏，既不用上釘，也不用架上門閂。因爲他受過千吉老大的嚴格調教。

——男人嘴巴不牢靠，就像手腳不乾淨一樣糟糕。

捕快和他的手下，最重要的是懂得「我方不說，讓對方自己說」的道理。即使是微不足道的傳聞或某人的玩笑話，聽過就得牢記腦中，但絕不能隨意說出口。如果沒能徹底做到這點，便得不到任何人的信任。要是沒有地方人士的信任與支持，不管武藝再強，都無法辦妥官府的差事。

所以村田屋老闆根本用不著擔心，畢竟我是老大親自調教過的。

然而，這天北一做完生意，照例到冬木町的夫人家吃晚餐時，夫人主動提起多香屋的事，令他大吃一驚。

「嬰兒過世，不管什麼時候發生在任何人身上，都是悲傷的事，但說來遺憾，這種事並不稀奇。不過，多香屋的小老闆娘著實令人同情。」

今天的晚餐有深川飯和茄子煎汁。深川飯是以蛤肉、青菜、炸豆腐加上高湯熬煮後，淋在白飯上做成的丼飯。茄子煎汁則是以麻油炸茄子，再浸泡於高湯中，以七味辣椒粉當佐料食用。如果蔬果店已有好的蘿蔔上市，也可用蘿蔔泥當佐料。

眼下正是茄子肥美的季節。阿光的廚藝眞的很厲害。以前這樣誇獎她時，她會難爲情地說這些菜根本上不了檯面，但北一認爲，茄子炸得很鬆軟，儘管浸泡在高湯中，仍保有咬勁，不會變得軟趴趴，這是高手才有的廚藝。

每一道菜北一都喜歡，他吃得渾然忘我。這時，夫人以茄子煎汁當下酒菜，小口喝著酒，突然提到多香屋的小老闆娘。北一吃了一驚，嘴裡噴出一顆蛤蜊。

「哎呀，這蛤蜊未免太鮮活了吧。」阿光笑道。

「小北，瞧你這麼驚訝，莫非……。」

夫人微微偏著頭。她剛泡過澡，又喝了點小酒，光滑的眼皮透著粉紅。

從今年盛夏開始，夫人在晚餐時都會小酌一杯。夫人因中暑而略顯消瘦，氣色不佳，富勘擔心她的健康，建議她喝點小酒。

——多吃鰻魚和雞蛋等滋補的食物也不錯，至於酒，人稱百藥之長。只要不過量，酒能暖身，促進氣血循環。

從那之後，阿光都會在夫人的餐盤附上一小杯溫酒。連完全不會喝酒的北一，也聞得出溫酒散發的香氣。酒香時而華麗，時而甘甜，時而辛辣。

「我實在太沒規矩了，請見諒。」

北一擱下筷子，重新端正坐好。

「夫人，您說的多香屋，是位於清住町，販售菸草和線香的店家嗎？」

「對，沒錯。這件事也傳入了你的耳中是吧。」

「我今天剛聽聞。」

北一說出他與村田屋治兵衛的談話內容後，夫人拿著酒杯的手停在半空中，發出一聲沉吟。

「村田屋的治兵衛先生，做生意認眞，爲人和善。雖然……」

夫人說到這裡略微語塞，將酒杯擱在餐盤上，接著道：

「雖然他有一雙渾圓大眼，長相有點可怕。」

其實夫人是想說別的事，卻突然改口。這是爲什麼？

「聽說他本人也提過，他曾和一位承包謄寫抄本工作的年輕武士走得很近。自從那位武士過世後，他似乎就變得比較陰沉、偏激。」

「他對小北十分傲慢呢。」阿光也用像是在抱怨的口吻說道。

會嗎？北一不覺得治兵衛的態度傲慢。治兵衛接近他的感覺，就像一個喜歡狗的人，忍不住靠過來說「哦，有隻狗耶」。不管是怎樣的狗，都會忍不住加以逗弄，教狗伸手。啊，不過這麼一來，北一不就成了狗嗎？

「他滿看好我的，跟我提出用文庫裝書本販售的建議，我很感謝他。」

「不過，他不是對你的想法潑冷水嗎？」

阿光非常不高興。「用來祝賀嬰兒出世的文庫」是阿光的點子，難怪她會不高興。

「不，阿光。治兵衛先生說的很有道理。」

夫人突然轉身面向阿光。

「如果要從事和嬰兒有關的生意，就得謹慎小心才行。與其費時向你們解說箇中緣由，不如詳細告訴你們多香屋發生的事，這樣還比較快。」

聽說夫人也是昨天才從富勘那裡聽聞。

「富勘先生表示，因爲發生那樣的事，他們極力堵住人們的嘴，想避免傳出流言。但這應該不容易。因爲這起紛爭來源的寶船畫，已早一步傳開了。」

多香屋是五口之家，成員有店主夫婦、兒子和媳婦，以及店內夥計。附近的寺院神社爲大客戶，生意興隆。多香屋一家人都個性和善，從沒發生過任何糾紛，或是被捲進什麼風波中，不得不由千吉老大或是房屋管理人富勘出面擺平。

然而，多香屋也有他們的苦惱。小老闆陸太郎和小老闆娘世津之間一直沒有孩子。如果只是一、兩年倒還好，但等了五年、七年，世津的肚子卻還是一點動靜也沒有。

夫妻倆自小就認識，到了適婚年紀，兩人情投意合，於是成了一對感情融洽的夫妻，但如今走到這一步，反而心生懊悔。起初十分溫柔的婆婆與溫順的媳婦世津，在沒有孩子的情況下共同度過了一段歲月，漸漸衍生一觸即發的緊張氣氛。

前年臘月中旬，生意正忙碌的時候，因小小的言語齟齬，婆媳大吵一架，世津負氣離開多香屋，回到位於本所綠町的娘家（從事線香和蠟燭的小生意）。著急的陸太郎原本想馬上接回妻子，但老闆娘也賭氣，不准他去，最後這對年輕夫妻便分隔兩地過年。

接著，到了元旦當天。

世津由父母和協調人帶著，安分地回到多香屋。

「當時的協調人，就是村田屋老闆提到的那位酒鋪老闆。」

夫人以手指摸索餐盤外緣，找尋酒杯擺放的位置，再度拿起酒杯。阿光執起酒壺替她斟酒。

「屋號叫『伊勢屋』，是位於本所橫網町的一家門面寬約一丈的小店，但店內備有京都的名酒，所以名聲從本所深川一帶傳到神田、池之端。說到店主源右衛門先生……」

在鄰居世津一家的哭求下，爲了圓滿解決這場紛爭，他挺身而出。

「源右衛門先生喜歡臨摹作畫。」

趁做生意的空檔揮毫作畫，是他的嗜好。

「他一概不使用顏料或礦物顏料，是單純的水墨畫，聽說風格獨具。」

只要酒鋪的顧客開口討，他就會免費贈送。這種情況相當頻繁，激起了源右衛門的豪興，於是他認眞考慮起來。

「他說，就當是免費贈送給客人，來畫吉祥物吧。接著，他思考要畫什麼才好。」

最後，他畫下會在正月二日的初夢（註）引來吉夢的七福神寶船畫，趁著臘月時節發送給店內的貴客。約莫從十年前便一直延續至今。

「結果過沒幾年便有傳聞，說源右衛門先生的寶船畫具有賜子的力量。」

因源右衛門的寶船而做了吉夢後，便有了身孕。事實上，眞有好幾對夫妻，之前不管如何求神拜佛都無法受孕，煩惱不已，但後來都傳出喜訊。

就算只是碰巧，仍是可喜可賀之事，所以沒人對此吹毛求疵。寶船畫的風評愈傳愈廣，甚至有渴望孩子的夫婦跑到伊勢屋，不是爲了買名酒，而是來求源右衛門的寶船畫。

「我得先說一句，像這種時候，覺得自己做的事具有神力，實在是不知分寸。」

夫人如此說道，微微噘起了嘴。

「不管對方有多感謝，又是如何吹捧他有多靈驗，都應該要懂得分寸，笑著回一句『恭賀兩位喜得貴子』，這才是一個正派的成年人應有的態度。」

然而，源右衛門卻喜不自勝，得意之色溢於言表。

「明明不必這麼做，他卻在寶船上的弁財天懷裡，多畫了裹著棉袍的嬰兒。」

他刻意將這幅畫交給那對跑來伊勢屋的夫妻。

「那幅畫對求子管用嗎？」

北一見夫人表情凝重，忍不住問道。如果管用，那不就真的很靈驗嗎？

「似乎管用。和一開始傳出風評的時候一樣，雖然只是碰巧，但若以深信不疑的態度來看待，就會變得煞有其事，這是個極好的範本。」

北一悄悄與阿光互望一眼。

夫人說的話不難明白，但這話說得有點重呢。

「這樣的人自願擔任多香屋這對年輕夫妻的調解人，結果可想而知吧？」

阿光搶先北一應道：「源右衛門先生讓恭順的世津夫人帶著他畫的寶船畫，對吧？適逢正月，請用這幅寶船畫在初夢時召來吉夢，這樣一定會懷上孩子。

「這並不是遙遠市街的傳聞，而是近在本所，多香屋的老闆夫婦老早便聽過這個傳聞。據說親戚朋友也曾建議他們『去向本所橫網町的酒鋪要一張寶船畫』。」

但多香屋老闆夫婦刻意充耳不聞，並對兒子和媳婦說，這種傳聞絕不能當眞。

——要是相信區區一個酒鋪老闆擁有這種力量，等於是瞧不起神明。

哦，阿光發出心領神會的聲音。「小老闆娘世津夫人約莫想盡早拿到伊勢屋的寶船畫，卻被嚴厲阻止，於是趁離家之時，把本尊源右衛門請出來，完成心願。」

「嗯，應該就是這樣吧。」

註：新年伊始，正月一日到二日這段期間做的第一個夢。

夫人板著臉，點了點頭。

「既然做了這樣的安排，加上得顧及世津父母的顏面，多香屋的老闆夫婦總不能當場將源右衛門先生和寶船畫都轟出去吧。」

原來如此。北一朝沾了深川飯湯汁的嘴角搔抓了幾下。這方面的微妙之處，我實在不太理解。

「世津夫人在正月二日晚上就寢時，將源右衛門先生的寶船畫放在枕頭底下。」

夫人的口吻轉爲沉重。

「聽說，就是弁財天用棉袍包裹嬰兒、抱在懷中的那幅畫。」

世津果眞做了吉夢，順利有了身孕。

「一顆不知從哪滾來的手球，跑進世津夫人的肚子裡，一個再湊巧不過的夢境。」

夫人，您大可不必板著臉孔。您討厭這種故事的原因，我大致明白了。

「多香屋舉家歡騰，對世津夫人細心呵護了十個月又十天。待足月後，世津夫人生下一個白白胖胖的男娃。」

嬰兒取名爲「捨」，當女孩來養。替很寶貝的嬰兒取個聽起來沒什麼價值的名字，藉此消災解厄。由於魔物容易接近男孩，直到五歲舉行「袴著」（註）的儀式之前，會讓男孩使用女孩的襁褓或衣物來養育。這在社會上並不是什麼稀罕事。不過，多香屋在這方面卻是很誇張地嚴格執行。

——就算不這樣戒愼恐懼，小捨也會平安長大的。
甚至連鄰居都笑著勸他們。
「而這個小捨……」
夫人壓低聲音。
「兩個多月前才剛夭折。」
小捨才六個月大，會揮動手腳翻身，逗他也常會笑。
世津產後恢復的狀況不佳，身體變得比較虛弱，但奶水豐沛，小捨養得又白又胖。等到差不多該餵米湯的時候，熬煮米湯的工作都由老闆娘負責。
然而——
「世津夫人一早起來，替孩子換好尿布，稍微離開一會，回來後小捨已沒了呼吸。」
嬰兒就是這樣——夫人說。
「因爲孩子在七歲之前，都還算是神之子。一不小心就會離開人世。」
阿光以手指緊按鼻頭，吸著鼻涕，眼眶泛淚。講到嬰兒的事，她果然無法招架……北一心裡這麼想，轉頭望向夫人，發現夫人的表情更顯凝重。
「將小捨安葬後，世津夫人日日悲泣，陸太郎先生則是瘦成皮包骨，店裡總是氣氛陰

註：江戶時代，五歲的男童會在十一月十五日舉行穿裙褲的儀式，慶祝孩子成長。

鬱，像在守靈似的。」

大家都沒有多餘的心思，因而都沒發現異狀，是在偶然的情況下才注意到此事。當時明明不是歲末，但女侍們爲了讓多香屋的氣氛變得明亮開朗一些，展開大掃除。她們搬動小老闆夫婦寢室裡的書桌，擺在上面的書信盒掉落，不小心看到原本收藏在裡頭的，源右衛門所繪的寶船畫。

「結果她們發現上面的弁財天消失了。」

就像是只有弁財天走下寶船一樣。

「這事在多香屋裡引發軒然大波，一名小女侍甚至嚇到痙攣。」

消息馬上傳進伊勢屋的源右衛門耳中，他親自趕來多香屋。

「多香屋的老闆夫婦、源右衛門先生、陸太郎先生，還有一位在這種時候一定會被請來的人物。」

「富勘先生對吧！」

眾人一同檢視那幅寶船畫，畫上確實沒有弁財天。

祂抱著嬰兒下船了。不，是將暫時交給多香屋的幼兒，收回帶走。

「如同我剛才說的，這是因爲源右衛門先生之前得意洋洋，替好幾對求子的夫婦繪製寶船畫。」

多香屋發生的事要是傳了出去，會有什麼後果？

「大家會擔心，我家的孩子會不會像多香屋的小捨一樣被帶走……」

「一定會引發恐慌，所以富勘先生極力阻止消息外流。」

但應該是紙包不住火——夫人說著，緊咬嘴唇。

北一問：「源右衛門先生目前情況如何？」

「好像都待在伊勢屋，閉門不出。有什麼令你感到在意的嗎？」

在北一開口回答前，阿光再度噘著嘴插話：

「這不是逃避的時候吧。看哪些夫妻持有他手繪的寶船畫，他應該早點前去拜訪，商量是要撕毀還是塗毀原畫，不然就是改畫成其他吉祥的圖案，趕緊想辦法補救才合乎情理吧！」

改畫其他圖案。嗯，對了。將原本吉祥的畫，改畫成別有含意的不祥圖畫。

北一想起在「長命湯」的鍋爐前看到的那些畫工粗糙的寶船畫，七福神裡的弁財天以背示人，彷彿準備下船離去。

那該不會是草圖，或是沒畫好的圖，與多香屋的案件有所關聯吧？

果眞如此，會是何人所爲？

「夫人，我想到了一些事，可以試著針對這個案子四處嗅聞線索嗎？」

聽北一這麼說，夫人嘴角浮現笑意。

「說什麼嗅聞，別把自己說得像狗一樣。好，你就去調查看看吧。」

四

那天，從「長命湯」燒鍋爐的垃圾堆裡，一共找出了八張弁財天以背示人，畫風粗糙的寶船畫。全都皺巴巴地揉成一團。

這畫很有意思，我可以帶走嗎——北一向喜多次詢問，但如果要從中挑出一、兩張也是件麻煩事，最後索性八張全部帶走。他用手掌將皺巴巴的畫紙攤平，八張紙疊好後對折，收進懷裡，再度挑擔叫賣。當時他腦中惦記著製作「等候二十六夜」的文庫以及傳單的事，至於途中拿到的寶船畫，坦白說，在他結束叫賣返回富勘長屋前，早已忘得一乾二淨。

傍晚時分，北一在長屋出入口的木門，與同是房客的辰吉不期而遇。年過四十、從頭頂到腳尖都長滿濃密毛髮的辰吉，與每天不停咒罵世間的一切，怎麼罵都不會膩的母親阿辰，母子倆相依為命，住在長屋最深處的一戶。

「辰吉先生，你剛回來嗎？今天生意可好？」

北一出聲問候，辰吉停下那輛堆滿商品、嘎吱作響的手拉車，應了聲「嗯」。不管誰向他問候，辰吉總是這樣。倒也不是態度冷淡。那渾圓的腦袋，配上豐腴的雙頰，露出微笑，然後應了聲「嗯」，就只是這樣。

不過，這天還有後續。辰吉努了努渾圓的下巴，對北一說「你懷裡的紙快掉出來了」。

北一急忙望向懷中，一把抓住那八張寶船畫，拿給辰吉看。

「這些畫混在澡堂要當柴燒的垃圾裡。雖然畫得粗糙，但弁財天以背示人，感覺很有趣吧？」

辰吉的營生是在路邊鋪草蓆販售二手商品，俗稱「曬太陽」。夏天受日曬，冬天忍風寒。還得忍受風吹雨淋。二手商品的進貨方式，泰半是從垃圾堆裡翻找得來，不算是個乾淨的工作。

因著這個緣故，辰吉總會在脖子纏上兩、三條手巾，用來擦拭手和臉，順便擦試販售的物品。什麼都擦，所以每樣都不太乾淨。

「我的手髒。」

辰吉做了個動作，表示他不能徒手摸畫。北一笑了。

「這種塗鴉畫，直接摸不要緊。」

但辰吉仍是一本正經的神情，把玩著脖子上的手巾，可能是覺得「光用這手巾擦還不夠」，他以衣襟用力擦拭手指，手掌也用力在大腿一帶來回擦拭後，才拿起寶船畫。

他逐一仔細檢視後，開口問「小北，你是要拿來做生意嗎」。

「不，只是湊巧撿到而已。」

「既然如此，可以轉讓給我嗎？」

「好啊。你想拿去做什麼？」

「貼在矮屏風或折疊屏風上，別有一番風味。」

辰吉如此說道，露出開心的表情，所以北一也十分開心，直接將寶船畫交給他。

「就算是塗鴉，畢竟畫的是神明，你沒粗魯對待，這點很不簡單。千吉老大果然是位了不起的人物。」

辰吉像附贈似地誇了北一這麼一句，他不禁感到難為情。就北一看來，雖然是這樣的塗鴉，辰吉依舊認為不該用髒手碰觸，也很了不起。坦白說，之前北一對辰吉了解不多，感覺這次看到他令人意外的一面。

由於這個緣故，寶船畫應該仍在辰吉手上。隔天一早，北一起床後，馬上前往辰吉和阿辰婆婆的住處拜訪。

「你這個背叛和你親如父子的老大，不忠不義的傢伙，一早就到我家來，是來找碴的嗎？」

阿辰婆婆冷不防纏上北一。

當初要住進這裡時，富勘就告誡過他。同樣在這裡租屋的阿金和太一姊弟、隔壁的鹿藏和阿鹿夫婦、阿秀和佳代母女，也曾給他忠告。

——阿辰婆婆的挑釁，你千萬別當真。

——你若生氣，只是自己受罪。阿辰婆婆是個可憐人，她說的話聽過就算了。

——當成是蚊子在耳邊嗡嗡叫就行了。

北一完全聽從他們的忠告。阿辰婆婆那宛如翻白眼的眼神，以及每次口出怨言和咒罵時，喉嚨都會嘶嘶作響，雖然可怕，但北一一直都沒放在心上。

可是，剛才那句話實在教人難以忍受。說我背叛老大？唯獨這句話無法聽過就算了。剛用井水洗過的臉龐，感覺又熱了起來。

這時，有人輕柔地從背後按住他的雙肩。辰吉的聲音傳來：

「娘，北一先生找我有事。他要和我談生意，妳別打擾我們。」

辰吉恰巧也到井邊洗臉。

聽兒子這麼說，阿辰婆婆駝著背，抬眼瞪了北一一眼。她步履蹣跚地想到外頭去，北一讓向一旁，她便走進立在門口的葦簾形成的遮陰處，往擺在那裡的一張老舊梯凳坐下。

「她醒的時候，都是坐在那裡。」

不用辰吉說明，富勘長屋的住戶全都知道。阿辰婆婆就是從那片葦簾的暗處監看世間。

「抱歉，我娘那張嘴，我認爲是一種病，請你多多包涵。」

辰吉的圓臉蒙上悲傷的暗影。北一望著他時，坐在葦簾遮陰處的阿辰婆婆又叨念起來。

——辰吉先生眞是辛苦。

以前阿金曾半開玩笑地說，辰吉先生對阿秀姊有意思，阿秀姊，妳覺得呢？阿秀當時就只是笑，含糊帶過。

也對。辰吉爲人正經又勤奮，卻有阿辰婆婆這樣的母親。辰吉背負的豈止是包袱，簡直就是一塊大岩石。

——幸好我沒什麼包袱，輕鬆自在。

過去從未想過這個問題，連北一自己也覺得驚訝，甚至有點羞愧，對辰吉先生很是抱歉。

「對了，你一早找我有什麼事？」

在辰吉的詢問下，北一這才想起來意。

「前些日子，我不是送你幾張寶船畫嗎？現下在哪裡？」

那八張畫整整齊齊地疊好，放在辰吉和阿辰的住處裡唯一的一塊榻榻米底下。

「我遠遠地用熱氣熏，把皺折拉平後，再施以重壓。」

原本的皺折和折痕都消除了。

「眞厲害。辰吉先生，這工作你做得很順手呢。你也做糊紙師之類的工作嗎？」

北一由衷佩服，辰吉則是一臉難爲情，渾圓的額頭直冒汗。

「怎麼可能，我頂多只會修理損毀或撿來的物品。」

他還說，接下來會造訪一些常去的店家或是二手商品店，請他們如果有合適的矮屏風或折疊屏風，就通知一聲。

「我覺得做成枕屏風很合適。只要將這些畫裁好貼上，就會像全新的一樣。」

「這種古怪的寶船畫也行嗎？上面的弁財天可是背對著人。」

「有些人做的是不想讓女神瞧見的生意，反倒合適。」

辰吉仍是平時那副呆愣的表情，若無其事地說著，北一聽了心頭一驚。不想讓女神瞧見的生意——

女人賣身賺錢的地方。哦，所以才適合擺枕屏風啊。

「這是辰吉先生你的點子嗎？還是岡場所（註）這種地方，有尊崇七福神的習慣？」

如果某個地方有這種習慣，就能成爲線索。但辰吉只是靦腆地笑，搖了搖頭。

「我不知道有這種習慣。是我自己想到的點子。」

這樣啊。雖然有點失望，不過辰吉先生的頭腦眞好。

「因爲會買我商品的客人都沒什麼錢，這種看起來十分便宜的寶船塗鴉畫正合適。」

既不感到羞愧，態度也不偏激，辰吉顯得相當從容。

「這個……之前明明送你了，實在不好意思開口，不過可以跟你要一張回來嗎？」

當然沒關係——辰吉以高大的身軀充分表現出他的同意。

「小北，你喜歡哪一張就帶走吧。」

每一張的畫風都一樣。只有枯墨的筆法、線條的粗細，有些許的差異，所以哪一張都

註：在江戶，相對於官府許可的吉原，非官府許可的深川、品川、新宿等地的花街柳巷。

行。北一選了擺在他面前的一張。

「發生了一些狀況，我得讓第一個撿到畫的人想起是在什麼地方撿的。」

當時喜多次直接說不記得是在哪裡撿的。因爲他不願認眞回想，但現在情況不同了。離當時已有些時日，爲了讓他認眞回想，比起兩手空空地前往，有個東西當提示自然更好。北一很慶幸當初完整地保留了畫，現在又要對折收回，感覺十分過意不去。

當他向辰吉道謝準備離去時，坐在門口葦簾遮陰處的阿辰婆婆提到「佐代」這個女人的名字，狠狠咒罵。她對著自己緊握的拳頭，連珠炮似地罵個沒完，說什麼「見錢眼開」、「浪蕩女」。那醜陋的側臉，恐怕連弁財天看了也忍不住想別開目光。

話說，最近北一每天上午都一邊挑擔叫賣，一邊前往位於猿江御材木藏西側農田中的文庫製作工房。工房裡，末三老爺子正在教導最近剛雇用的附近農家老先生和老太太製作文庫的步驟。末三老爺子嫁到賣圓扇的「丸屋」當媳婦的女兒，以及青海新兵衛也不時會前來。

北一陪末三老爺子休息片刻，和他一起吃午餐，補充下午挑擔叫賣的商品份量，討論今後的生意和朱纓文庫的新設計。今天談到等候二十六夜的新作以及傳單的事，相當熱絡。

末三老爺子也認爲傳單「應該做」。不過，不該執著於應景時間很短的等候二十六夜的文庫，而是該將重點放在傳單上，讓更多人知道北一的朱纓文庫以及它的配色有多麼豐富多樣。

「哦，這裡有這樣的商品——如果能夠列出品項，感覺很豪氣，應該不錯吧。」

末三老爺子還說，丸屋在開店十週年的時候製作過傳單，改天再問問我女兒和女婿，他們當初花了多少金錢和人力吧。

雖然是挑擔叫賣，但擁有自己的工房，又雇用員工，北一頓時覺得自己成了真正的「商人」。當然了，他不敢說大話。請櫸宅邸的少主作畫和畫底圖，等同無薪，新兵衛的智慧和末三老爺子的技藝也根本免費，一直都是靠大家的幫忙。不過，比起當初從萬作、阿玉的店裡批文庫來賣，辛苦地四處叫賣，只勉強能餬口，現在走起路來腰桿挺直，完全不一樣——連他自己都這麼認爲。

不過，關於和村田屋合作，將讀物放進文庫內販售一事，末三老爺子皺著眉頭，並不贊同。

「村田屋……是佐賀町的那家租書店？現在由兒子當店主，叫治兵衛是吧？」

老爺子原本就滿是皺紋的額頭，此時像龜裂般露出更深的皺紋，臉色一沉。

「治兵衛先生哪裡不好嗎？」

「也不是哪裡不好，只是，這個人不太吉利。」

末三老爺子對驚訝的北一說出這麼一件事。

「只要和治兵衛先生扯上關係，就不會有好事。你現在住的富勘長屋，以前住了一位年輕的流浪武士，後來遭人偷襲喪命，這事你知道嗎？」

「聽說那位武士透過村田屋承接抄本的工作，但他不是因工作而遇襲的吧。」

「天曉得。還不只這樣……」

末三老爺子壓低聲音。

「這是二十八年前的事了。治兵衛先生剛娶妻沒多久，妻子就被人擄走，慘遭殺害。」

咦，我可不知道。北一全身一僵，暗朝膝蓋用力一拍。冬木町的夫人欲言又止，原來是這麼回事啊。

夫人當時談到村田屋的治兵衛。

——做生意認眞，爲人和善。雖然……

說了這句話後，她硬是改變口吻，接了一句「雖然他有一雙渾圓大眼」。明顯看得出她其實是想說別的事。

——雖然他在那麼悲慘的情況下痛失妻子。

這才是夫人想說的話吧。

「凶手抓到了嗎？」

面對北一的詢問，末三老爺子額頭又擠出深邃的皺紋，搖了搖頭。

「當時甚至有傳聞說是治兵衛先生所爲。他的妻子原本是茶屋的女侍，頗有姿色，和男人的關係複雜……」

北一感到喉嚨瞬間變冷，答不出話來。末三老爺子是優秀的工匠，也是和善的老先生，但這種說話的口吻，實在教人無法接受。

「……小北，你還年輕，涉世未深，難怪不懂其中的道理。」

老爺子的聲音嚴肅地從北一的耳朵滲入體內，連舌頭和喉嚨都覺得苦澀。

「人生中兩度遭遇身邊親近的人橫死，這是很深的罪業。就算本人沒做壞事，也可能是受祖先的因果拖累。我可不想和這樣的人做生意。」

哦，這樣啊，我明白了——北一含糊地回了一句，便離開工房。早知道就不提那件事了，北一深感懊悔。果然是還年輕，涉世未深。

「——你不知道嗎？」

在長命湯鍋爐口的垃圾堆之間，喜多次如此說道。

「知、知道什麼？」

北一從工房來到這裡，剛從懷裡取出那張寶船畫。他對喜多次說，你再仔細看一遍，我希望你能想起是在哪裡撿到這張畫。

「你沒聽說這件事嗎？」

結果喜多次反問了這麼一句。

「聽說酒鋪老闆手繪的寶船畫，會給孩子帶來詛咒。」

咦！這是北一今天第二次驚訝得說不出話。

「爲什麼你知道？」

好不容易又能說話時，北一如此詢問。喜多次解開纏在手上、用來保護手臂的破布，以沒有起伏的語調回答：

「我們店裡的老爺爺和老奶奶好酒。如果這個月收入多，就會買許多名酒回來，舉辦酒宴，所以他們很清楚本所橫網町的伊勢屋發生的事。」

伊勢屋的老主顧，竟然出現在這個意外的地方。

「這麼說來，清住町多香屋的捨少爺夭折的事，也在熟客之間傳開了嗎……」

喜多次聞言，停下解開手上破布的動作，抬起臉來。「多香屋？捨少爺？」

「沒有嗎？」

兩人互望一眼。在凌亂的劉海遮掩下，只看得到喜多次一邊的眼睛，此時他微微瞇起眼。

「我們店裡擔任女侍的老奶奶到橫網町買酒，得知橫網町一家叫『笹子屋』的裁縫店，有個一歲的孫子夭折，是因為收到伊勢屋老闆送的寶船畫。」

說到這裡，喜多次解開破布的那隻手，指向北一手上的寶船畫。

「剛好就是這樣的畫。七福神裡，只有弁財天以背示人，準備走下船。」

當然了，不是一開始拿到時就是這樣的畫面。是孫子過世後，才發現之前珍藏的寶船畫圖案變了。大致的情形與多香屋相同。

「夭折的是笹子屋的第三個孫子，聽說好不容易產下男嬰。之前生的兩個都是孫女，所以拜託伊勢屋老闆幫忙繪製一幅寶船畫，祈求生下健康的男孩，結果馬上就懷了身孕。」

「是弁財天懷抱一名裹著棉袍的嬰兒圖畫嗎？」

「好像是。」

是因爲那幅畫才有的嬰兒，也因爲畫的陰晴不定，而被帶走——

「那是什麼時候的事？我就算了，富勘先生應該會聽過這件事才對。」

「嬰兒夭折已是兩年前的事。前天是過世滿兩年，辦第三次法會，湊巧拿出伊勢屋送的寶船畫來看，卻發現上頭的畫面變了。」

多香屋也是，嬰兒死去，與發現圖中畫面改變，間隔了兩個月。以笹子屋的情況來說，是間隔了兩年。是因爲太過珍藏那幅畫，還是根本忘了有那幅畫？

「就我所知，多香屋這邊是只有弁財天從寶船畫中消失。」

喜多次應了聲「嗯」，將解開的破布揉成一團收進懷中，盤起雙臂。

「抱歉，我想不起是在哪裡撿到這張畫。」

什麼嘛，回答得未免太快了。好歹沉思一會再答覆吧。

「話說回來，就算想起是在哪裡撿到的，也不見得能成爲線索。因爲丟棄的一方，應該會很小心才對。」

「這麼說也有道理……」

「還是先跟富勘先生談談吧。笹子屋那邊到處跟人說這件事，要是不快點處理，可就麻煩了。」

「會有什麼麻煩?」

北一是眞的不懂，才老實提問，喜多次卻垂落雙肩，嘆了口氣。一問就知道你有多傻，眞受不了。

「因爲拿到寶船畫的那些人，會害怕接下來輪到自己的孩子遭殃，心生慌亂，跑去向伊勢屋老闆興師問罪。」

咦，這種事怎麼不早說!

五

根本不用北一找人。富勘正好也在找北一，從「長命湯」回來的路上，富勘發現了他。一開口打聽笹子屋那場紛爭的詳情，富勘露出吃驚的表情，誇讚了他。

「小北，消息愈來愈靈通了喔。」

本所橫網町的伊勢屋，已有人上門來向店主源右衛門問罪了。由於關係著自己孩子或嬰兒的生死——至少當事人如此深信不疑。對方打從一開始就激動不已，根本無法靜下來好好談。伊勢屋那邊傷透腦筋，派夥計來向富勘求助。

「雖然現在說這種話也無濟於事，不過，要是千吉老大還在就好了。」

聽到富勘的話，北一默默點頭，表示同意。已故的老大確實善於化解這類紛爭。相關的眾人愈是劍拔弩張，老大那迷人的聲音愈能發揮功效。

「就像蛇在吞蛋一樣，他是個會把紛爭整個吞下的人。」

不過，富勘的比喻有點可怕。

「我非常明白自己能發揮的作用連老大的一半都不到，但請讓我同行。」

「你沒必要去。」

富勘伸手搭向北一的肩膀。

「在這裡遇到你，省了不少工夫。小北，你回文庫的工房一趟。那裡就位在猿江的御材木藏旁，對吧？」

富勘讓北一轉身向後。

「不好意思，你現下在忙的事先擺一邊，幫我辦件事。」

這件事只能委託小北你去做。

「我卯足了勁四處奔波，將源右衛門先生送給別人的寶船畫全部收集過來，一張都不漏。希望你能幫我準備適合裝這些畫的文庫。」

用來裝七福神的文庫？

「可是，以文庫的大小來看，畫在半紙（註）上的圖畫，折疊後才放得進去。」

「這不重要。重要的是，小北你的文庫能直接加上圖案。」

喜氣洋洋，能讓福神們甘願被收納在裡頭的圖案。

咦？北一急忙展開思考。

「指的是……像鳥居、神殿，或是神社之類，適合讓神明收納在裡頭的圖案嗎？」

「沒錯！」

出自伊勢屋源右衛門之手，無比靈驗的寶船畫，我房屋管理人富勘已逐一收納在適合福神的文庫裡，加以保管。各位再也不用擔心害怕。請儘管放心吧。

哇，這下該怎麼安排才好。手邊現有的材料夠嗎？不知道末三老爺子是不是還在工房？

「如果是這樣的話，我明白了。」

雖然想承接比較像是捕快的手下會承接的工作，然後痛快地大喊一聲「明白！」，但這確實是屬於北一的工作。

「需要幾個？」

「因為不知道那個可惡的源右衛門畫了多少畫送人……」

富勘突然口出惡言，眼神也變得犀利。

「準備二十個比較放心。啊，對了，圖案最好不要都是同一種，分成三種，每種各十個，如何？」

「期、期限是……？」

「別一直問個沒完。今天就會做出決定。拿出幹勁好好做，拜託你了！」

富勘使勁朝北一的背後一推，北一往前墊了幾步，才跑回原路。

末三老爺子展現出馬上就要捲起衣袖的幹勁。

「明白，交給我來辦。」

「三十個，只要沒出太大的差錯，材料應該夠用。這是用來收納神明、加以供奉的文庫。我會用心製作的。」

這是十萬火急的工作。也請老爺子女兒的夫家──賣圓扇的丸屋，派他們的工匠來幫忙吧。老爺子底下那些尚未學成的學徒們，只要讓他們從頭到尾仔細觀摩這項工作，日後一定大有幫助。因為學手藝最要緊的就是邊看邊學──北一說這話的同時，感覺渾身充滿了幹勁。

接下來是圖案。

「才剛賜予嬰兒，不一會又改變心意，把嬰兒收回的寶船和弁財天是吧？世上眞是無奇不有啊。」

櫸宅邸的青海新兵衛正在庭院後方的汲水處，清洗用簸箕裝得像山一樣高的早熟柿子。

「這是庭院的柿子樹上結的果實，可惜味道苦澀。」

註：和紙的一種，橫約三十五公分、直約二十五公分。

聽說有小鳥誤食，掙扎著斷了氣。就算柿子掉落地面，螞蟻也會避開而行，完全不想碰。

新兵衛拿起一顆柿子，高高舉起。

「雖然形狀漂亮，但再怎麼熟成，吃起來依舊不甜。即使做成柿餅，也硬得跟石頭一樣，牙齒都快咬斷了，怎麼都除不去澀味。瀨戶大人生氣地說，區區一個柿子，竟敢對椿山家如此無禮，不過我這個人對吃相當執著。我既不生氣，也不著急，嘗過苦頭還是不怕，打算試著再做一次柿餅。」

連對澀柿子也生氣的瀨戶大人，昨天被召回本邸，不在櫸宅邸內。北一暗自鬆了口氣。今天帶來了急件，要勞煩少主，原本想說這次搞不好眞的會被砍頭。

「關於圖案一事……」

因為一路跑來，雙腳疲憊不堪，北一就地蹲下。

「不能畫柿子。」

新兵衛將溼淋淋的柿子裝進簸箕裡，如此說道。

「說到神明喜歡，又擁有除魔之力的水果，就屬桃子了。雖然不是當季，卻是絕對不可少的圖案。」

他轉頭望向北一，咧嘴一笑。

「你用那邊的水桶汲水，將臉和手腳洗一洗吧。髒水就倒入那邊的水溝。然後把衣襟兜攏，腰帶重新繫好，整理一下儀容。」

你來得正是時候——新兵衛開心地接著道。

「我請少主接見你吧。」

現在嗎？雖然北一一直想著總有一天要當面向少主問安。

北一在櫸宅邸廚房架高的木板地上，等了約兩刻鐘（三十分鐘）。他靜不下來，心想：

既然這樣，乾脆幫新兵衛洗好的柿子剝皮吧。

這裡是北一憧憬的宅邸。認識新兵衛之前，每次挑著文庫叫賣，路過這裡時，他便會著迷地望著宅邸的景致，百看不厭。它就像鄉下的屋舍一樣，造型不會過於嚴肅，寬廣的庭院裡，風雅的韻味和野趣交融。

石塔旁一處顯眼的地方種有兩株山茶樹，每年冬天都會綻放紅花以及鮮紅中帶有白斑的花，而當花季一過，就會一朵朵掉落地面。山茶花這樣凋零，讓人聯想到斬首，感覺不吉利，是武士嫌棄的花。所以，得知這是旗本（註一）椿山勝元大人的別宅之前，北一一直認為不可能是武士宅邸。不過，既然是椿山大人的宅邸，就算對山茶花（註二）情有獨鍾，也不足為奇。

寧靜的廚房裡，微微飄來柿子的青澀氣味。

肚子餓了。

由於四處奔波的關係。不行、不行。接下來得著手製作三十個特別訂製的文庫，趕在今天之內送去本所橫網町。富勘說過，這件事只能委託小北你來做。

肚子咕嚕咕嚕叫。另一方面，腦袋也昏昏沉沉，一陣睡意來襲——

「頭形長得真好。」

身旁清楚傳來一道開朗的聲音。

北一想睜開眼睛。咦，我眼皮是閉著的？我在睡覺？快醒來啊，快睜開眼睛。

「新兵衛，他有這種特徵，你早點告訴我啊。如果要畫有趣的圖，北一會是個好素材。」

這是地藏菩薩般的頭形呢。有人開心地在談論我？

「北一，快起來。」

是新兵衛的聲音。他拍著我的肩膀。

「我要帶少主去工房。少主說，直接去工房畫在文庫上，這樣最快。你得心存感激。」

北一，快起來。剛才那開朗的聲音模仿新兵衛說道。

「喂，我叫你起床呢！」

右頰被捏了一下，北一一躍而起。他並不覺得痛。碰觸他臉頰的手指，感覺既光滑又柔軟。

呵呵呵，傳來開心的笑聲。有人彎腰窺望著他。

「醒來了嗎？抱歉，讓你久等。換裝花了點時間。好，我們走。末三在那裡等了吧？」

眼前是一張白皙的瓜子臉。乍看像是梳了若眾髻（註三），其實只有立起前面的頭髮，並未將頭頂的頭髮剃除。長髮在腦後綁成一束，如馬尾般垂落。那是一頭無比亮澤好看的黑髮。

茶褐色的底色，配上紅黑兩色細條紋的小袖和服。下半身穿的是仙台平（註四）的裙褲。腰間插著長短刀。長刀與短刀的刀柄，是鮮豔的紅藍兩色搭配棣棠花的圖案組合，襯得從衣袖露出的手腕益發白皙。

長短刀的刀鍔是山茶花的圖案。這也是理所當然，畢竟是椿山家的少主——

少主。少君。少……

咦～～？

「明明就是女的嘛！」

北一在迷迷糊糊中跳了起來，大聲喊道。

「無禮的傢伙！」

註一：江户時代，奉祿未滿一萬石，但有資格參加將軍出席的儀式的直屬家臣。

註二：椿山的「椿」字，是山茶花的意思。

註三：江户時代未成年男子的髮型，會將頭頂的一部分頭髮剃除。

註四：仙台的傳統絹織物，江户時代男性裙褲用的最高級布料。

新兵衛厲聲喝斥，接著大笑了起來。

這名頭髮綁成一束垂在腦後，彎腰屈膝窺望北一的年輕人，優雅流暢地挺起身。像算準時機似地，一綹沒綁好的髮絲悄然垂落。

如朝露般晶亮的雙瞳。挺直的鼻梁。顴骨上方微微透著帶黃的粉紅色。

新兵衛畢恭畢敬地行了一禮後，說道：

「這位是在下侍奉的少主，椿山勝元大人的三少爺——榮花大人。」

北一當場癱坐在地。他一直提醒自己要謹守本分，在少主面前，言語上絕不能失禮，但一時過於吃驚，嚇得失了魂，整個人呆在原地，差點尿褲子。

這個人就是少主，少君。還說是三少爺。

可是，怎麼看都像是女的。是女孩沒錯。是個小姑娘。年紀大概和北一差不多。就算年紀不同，頂多差一、兩歲。不知道比我大，還是比我小。

而且，擁有過人的容貌。

「北一，我不是女人。」

榮花明確地說道。

「我是男人。如果不是，這位個性有點魯莽，但爲人忠義、行事幹練的青海新兵衛，將會人頭落地。」

山茶花即使枯萎也不會凋零，會以完整的花形回歸塵土，擁有堅韌的生命。惹人憐愛的花瓣呈現的美。渾圓花形展現的可愛，以及覆滿深綠色的葉子，在雪中依舊堅毅佇立的忍耐力。不因風吹而擺動，不因雨淋而紛亂，低調又知性。

這位少主兼具上述所有優點，簡直就是山茶花的化身。

「小北，振作一點。」

又恢復平時親暱的稱呼。

「爲了不讓那帶走別人小孩、不講道理的弁財天逃離，才特別製作這樣的文庫吧？這次是辦大案子呢。」

新兵衛扶起北一的右肩。緊接著，榮花也伸出手臂，環向北一的左肩。

北一差點發出怪叫，硬是嚥回肚裡。不行、不行，再繼續丟臉下去，恐怕比死掉還沒面子啊。

榮花沒理會慌亂的北一，大步向前，從後門來到後院。

「只要在文庫的蓋子畫上鳥居，就表示文庫內是神的領域。」

她邊走邊說。聲音清亮有勁，但不管怎麼聽，北一還是覺得消除不了年輕女孩的嬌味。長短刀插在腰間，瀟灑地穿上裙褲的模樣，與那帶有嬌味的聲音之間的落差，令人感到困惑。北一頓時一陣暈眩。兩人分別扶著他的左右肩膀，他走得很勉強。

新兵衛打開出入口的木門，三人從宅邸的腹地步向戶外。

「啊，眞是舒暢的風。」

榮花仰頭瞇起眼睛，愉悅地低語。

「還是外面好。新兵衛，謝謝你。」

「請務必對瀨戶大人保密。」

哈哈哈——榮花朝秋日的天空大笑。她的笑聲就像小燕子般，展開雙翅飛上青空。

啊，北一又是一陣暈眩。他膝下痠軟，差點坐向地面。新兵衛和榮花從兩側重新扶住北一，這時榮花的臉頰擦過北一的耳垂。

不行，我快死了。

「北一，仔細聽著，我要談的是關於圖案這件重要的事。」

和剛才榮花斬釘截鐵地說「我是男人，不是女人」的時候一樣充滿威嚴的聲音，在北一耳邊接著道：

「光是畫上神社或神殿就很占空間，用鳥居來象徵神明的住所就行了。再追加畫上整尾鯛魚、金黃色稻穗、成束的綢緞等，便足以象徵福神的所在處。如果要加入新兵衛喜歡的桃子，可小小地畫在蓋子背面。」

是，小的明白了。陽光燦爛。北一彷彿在做夢，搖搖晃晃地往前走。

六

「用不著找尋走下寶船的弁財天，祂就在眼前啊。」

在製作文庫的工房裡，見到榮花後，末三老爺子如此說道。

青海新兵衛哈哈大笑，只說了一句「沒禮貌」，接著又朗聲大笑。

「好了，大家拿出幹勁來。得在今天之內趕出三十個讓寶船上的七福神願意待下來的文庫。」

到了末三老爺子這個歲數，榮花大人看起來就會像弁財天是嗎？我的看法不一樣。真要比喻的話，我覺得像仙女。不是身穿羽衣，而是穿著裙褲，英姿煥發的仙女……雖然北一仍一臉恍惚，但看到榮花手中的東西，還是忍不住問：

「請問那是什麼？」

那像是一個加上把手的多層方盒，打開折疊伸縮的盒蓋一看，裡頭是各種小抽屜，畫筆、顏料、墨壺、膠水，全都放得整整齊齊。榮花俐落地取出裡頭的東西，排列在方便使用的位置，同時回答：

「是我的畫具箱。出門作畫時使用。」

「咦……？什麼時候帶出來的？」

「是新兵衛幫我提來的。」

眞的？雖然沒理由懷疑榮花說的話，北一仍難以置信。一邊扶我，一邊拎著箱子？居然完全沒發現，我暈眩得這麼嚴重嗎？

這樣不行！他雙手使勁朝臉上一拍，接著又用力拍了一下，剛好與末三老爺子最近剛收爲弟子的老爺爺老奶奶目光交會，大家都莞爾一笑。

「請問水井在哪邊？」

「那邊。」

北一朝老爺爺老奶奶指示的方向奔去，在井邊嘩啦啦地洗了把臉，重新回到工房後，榮花、新兵衛、末三老爺子及他收爲弟子的老爺爺老奶奶，全都盤腿坐在木板地上，著手選紙。

「北一，這顏色如何？」

榮花轉頭望向北一。她以束衣帶纏住單邊衣袖，袖子塞進腰帶內，手中拿著一張暗黃褐色的麻紙。以不用特意訂購，隨時上紙店都能買到的紙來說，這是材質最厚的紙。如果是厚紙，麻紙的紙質粗糙，風格強烈，北一很喜歡，但不適合榮花直接在上頭作畫。這時候還是該選擇纖細的鳥子紙（註）比較好。

要製作文庫，光是用折紙組裝的方式，會過於柔軟，得加入跟筷子一樣粗的木頭骨架來補強。說得極端一點，就算每一面都換成不同的紙，也能辦到。

「顏、顏色是不錯，但既然榮花大人專程來現場作畫，用厚質的麻紙不太適合。」北一額頭上的水痕沒乾，又冒出新的汗珠。

榮花露出燦爛的笑容。

「當然，我打算坐在這裡盡情作畫，不過，全部都直接畫上去會趕不及，而且一次畫三十個相同的文庫，也會顯得單調無趣。」

眼下還是和平時一樣，由榮花在剪貼用的畫紙上陸續作畫，北一他們一邊製作文庫，一邊把畫紙貼上，採用這種方式。

「三種不同的圖案各十個，爲了呈現出明確的差異，分別選用三種不同的底紙，你覺得如何？」

榮花大方地說出看法，末三老爺子著迷地注視她的側臉。末三收爲弟子的老爺爺，像在看自己的孫子一樣，一臉得意，老奶奶則是閉上雙眼，雙手合十，歌唱似地喃喃低語「眞是謝天謝地，謝天謝地啊」。

「有這位少主親手作畫，七福神一定會非常滿意。」

「一點都沒錯。」老爺爺滿面笑容，「要是圖案當中有能讓寶船停靠的碼頭就太好了。」

註：和紙的一種，作爲畫紙或書法紙之用，因顏色如鳥子（鳥蛋）而得名。

榮花的圓眼睜得老大。她的脖子如同熟絹般白淨，成束綁在腦後的長髮輕柔地甩動。
「原來如此，我都沒想到呢。這點子好。新兵衛，你聽見了嗎？」
新兵衛雙手放在膝上，低垂著頭，正色應道：「是，在下聽清楚了。」
「用當文庫蓋子的那一面，畫鳥居和神社，右邊這一面畫碼頭和水面，左邊這一面畫紅葉，如何？」
「呃，這個……」
就在北一急得直冒汗時，三種底的紙質和顏色組合已決定。第一種是厚質的麻紙，沒有花紋的路考茶色（暗黃褐色）。第二種是中厚型麻紙，有綢緞般的紋路，顏色爲江戶紫（偏藍的紫色）。第三種是在中厚型紙上染出小碎花的憲法染（註）（暗黑褐色）。圖案畫在白褐色的鳥子紙上，不是直接整塊正方形貼上，而是順著圖案外緣剪下，或是將小圖案分散剪開，再加以拼貼。
眾人在討論時，末三老爺子喚住路過的一名年輕農夫，請他到丸屋傳話。
「幫手馬上就會趕到了。」
丸屋是位於田原町三丁目的一家圓扇店。是末三女兒的夫家。
榮花在構思圖案，以墨和木炭打草稿時，幫手抵達。是老爺子的女兒，和一名年輕的圓扇工匠。兩人似乎都對榮花的模樣大爲吃驚，新兵衛哈哈大笑的這一幕再度上演。
大家各自投入工作中，北一先攪拌漿糊和膠水。爲了避免形成凝塊，必須仔細攪拌。北一全心攪拌時，原本暈眩的腦袋漸漸穩定下來，流個不停的汗水也止住了。

北一心想：我發誓，絕不是對榮花一見鍾情。我不是這麼失禮又厚臉皮的人。不過，天生就像寶物般完美的榮花所展現的氣韻，令他大受震撼。

他當然也有問題想問。爲什麼要女扮男裝，還說「我不是女人」？爲什麼隱居在櫸宅邸？

——還是外面好。

她似乎偶爾仍會從櫸宅邸被召回本邸，這表示她和住在本邸的家人並未斷絕聯繫。看來不是斷絕父女關係。然而，平時她都獨自住在深川的外郊。隨侍的只有瀨戸大人和新兵衛。明明也不像是患病在此療養。

這些雜念，隨著漿糊和膠水的凝塊一同攪拌輾碎。目前以完成文庫爲第一優先。

眾人埋首工作，忙了約一個時辰（兩小時）後，新兵衛停下手，要大家休息一會。他請女人們燒水沏茶，另外給了丸屋的年輕圓扇工匠一點碎銀，命他去附近買糯米糰子和包子回來。

「到猿江稻荷神社那一帶，有家茶店。問老闆店內有什麼吃了比較耐餓的，多買一些回來。」

註：江户時代初期的劍客吉岡憲法想出的一種染法，顏色爲接近黑色的深褐色。

接著，他對末三收為弟子的老奶奶說：

「阿粂，妳回家幫忙準備今天的晚飯。平時午飯吃的那些東西就行。我們吃蒸地瓜就可以，不過少主要吃白米飯，麻煩妳了。」

榮花重新纏好束衣帶，在一旁插話：「我也吃蒸地瓜就好。另外，新兵衛，吃白食的行為不可取喔。」

那位老奶奶原來叫阿粂啊。她再度做出撥動念珠般的動作，朝榮花一拜。

「少爺，您言重了。我們早就收過青海大人給的白米和銀兩了。」

為了讓工房眾人不必為三餐的事發愁，新兵衛已做好安排。

「您做事果然是萬無一失啊。」

北一忍不住說道。

「哪裡、哪裡，之前都是請阿粂家的人幫忙張羅，結果吃飯這件重要的事反倒耽擱了。為了能用這裡的爐灶開伙，得早點備齊用具才行。」

北一突然想起已故的千吉老大說過的話。

——不管什麼事，只要聚集眾人，就應該先擔心食物和廁所，其他事可以延後處理。

「我去外面走走。」

榮花如此說道，輕盈地跳下土間（註）。穿上草屐後，她像小鹿一樣輕輕一躍，便跨過了門檻。北一吃驚地望向新兵衛。

「她一個人到外面去好嗎？」

「不太好吧。」

「咦！那……」

見新兵衛沒動作，北一這下慌了，急忙追上榮花。榮花沿著田間小路，朝工房南側走去。

水田已到收割時期，但稻禾尚未全部收割完畢。這一帶有很多地方是已收割的水田與正準備收割的水田並存，看上去宛如黑白兩色的棋盤。日照的情況應該都一樣，這麼做或許帶有某種吉利的寓意。

榮花眺望著大片黃瓜田，拉扯種在田間小路的土堤上的大豆豆莢，舒暢地深吸一口從稻穗上吹過的涼風。秋陽略微西傾，金光燦爛，但不再刺眼。

「久坐會氣血不順。」

榮花朝追上她的北一說道。

「一旦氣血阻塞，就會視力模糊，手指不靈活，畫不出想要的線條，所以有志學畫者，也得鍛鍊腰腿才行。」

榮花腰間插著長短刀，步履輕盈。想必時常鍛鍊。不過，北一還是很擔心。她走在田間

註：日式房子進門處沒鋪木板的黃土地面。

小路上，泥巴濺到白色的分趾鞋襪上，要是被瀨戶大人發現，該如何是好？

「那裡不是有結出豆莢的大豆嗎？」

榮花邊走邊指著田間小路的土堤上某處。北一跟在榮花後方三步遠的地方，兩人幾乎一樣高。

「那是刻意留下，作爲獻給田神的供品。」

哦，原來有這樣的風俗啊。北一都不知道。榮花是旗本武士的女兒——不，是兒子，照理來說，對鄉下人的生活應該不會有多深的了解……

「您眞清楚啊。」

「因爲這是繪畫的題材。」

榮花眯起眼睛望著夕陽，在風中面露微笑。

「夏季期間，水肥的臭味教人不在意都難，還是秋天好。」

這樣啊。北一不管什麼時候來到工房，都不曾注意到這個問題。可能是富勘長屋的老舊茅廁不管再怎麼清掃，整年仍是臭氣薰天，所以鼻子都分辨不出臭味了。

「你對我的身分很好奇吧？」

榮花英姿煥發地向前邁步，如此說道。

「抱歉，我不能告訴你。如果新兵衛覺得可以，認爲有必要跟你說一聲的話，到時候就會告訴你。目前希望你先別過問。」

話才剛說完，榮花突然抬起雙臂，用力繞了一圈。這不是在嚇唬北一，約莫是爲了保持氣血暢通吧。

「是，小的明白了。」

北一應道，跟著繞動雙臂。榮花有點吃驚，眨了眨眼，旋即轉爲笑臉。

「腳也要抬高。喏，像這樣。」

「這樣嗎？」

「這不是要踢東西，你得膝蓋彎曲，把腿抬高。對對對！」

在工房周遭繞了一圈回來，北一已微微冒汗（不是冷汗）。

「北一，『榮花』這個女性名字，是我的雅號。」

榮花走向工房的門口，來到立在門旁的葦簾前，突然轉頭說道。

「過去我只會在新兵衛和瀨戶面前如此自稱，但我決定今後要擔任你文庫屋的畫師，對世人使用這個名號。請多指教嘍。」

於是，從這天起，只要北一的朱纓文庫上有欅宅邸的少主親手畫的圖案，工房就會附上「榮花」二字。

秋天晝短夜長，夕陽已落向西山，工房所有座燈都點了火，毫不吝惜地將燈芯拉長（註），眾人皆全力投入於工作中。

「因爲是用來收納七福神的文庫，不能有絲毫汙損。」

這次的作業眾人都很小心謹慎，比製作一般的文庫加倍用心，所以又累又餓。阿絫婆婆全家動員，送來剛煮好的握飯糰和餡衣餅，實在可口。

當深川外郊的田地傳來戌時（晚上八點）的敲鐘聲時，爲七福神準備的三十個文庫終於全部完工。

北一分成前後兩批，掛在扁擔上，步向本所橫網町的伊勢屋。正好要回田原町的丸屋二人，提著燈籠陪同，照亮前方和腳下的道路。

榮花和新兵衛返回櫸宅邸，末三老爺子叫弟子們回自家住處，他自己則是在工房過夜。

「做了這麼好的工作，就讓此處空著，怪可惜的。我一個人留下來，今晚好好感受完工的餘韻吧。」

北一平安抵達伊勢屋，但伊勢屋的眾人可沒半點平安的氣氛。大門緊閉，掛燈的燈火也調小，站在店門前的北一卻聞到一陣撲鼻而來的酒味。

一名繫著印有屋號的商家圍裙的小夥計替北一開門後，果不其然，土間溼了一大片，就像下過雨。是酒灑了出來，還是倒在地上呢？

這門面約一丈寬的酒鋪，縱深頗長，右手邊的牆上井然有序地擺放酒桶和酒瓶。當中有

註：燈芯拉長比較明亮，但也比較耗燈油。

幾列不太一樣，少了幾瓶酒，就這麼空著，也不知是否濺到了泥水，有些包覆酒桶的粗草蓆沾上黑色髒汙。

「喲，小北。」

富勘馬上從帳房旁的房間走出。「雖然你趕在今天完成，卻沒能趕上這場風波。不過，好在明天才是重頭戲。」

「發生了什麼事？」

有兩戶人家從伊勢屋源右衛門那裡得到寶船畫，喜獲孩子和孫兒（推想是這樣），他們打從一開始就怒氣沖沖地闖進店裡，說著說著，又來了一戶人家。

「每個人說的都不一樣。」

富勘說這話時的表情好似犯牙疼。

——我的孩子和孫子不會有事吧？伊勢屋老闆，如果你下了什麼奇怪的咒術，請馬上解咒。

——我要歸還那張畫，從此和你們斷絕往來。請不要再和我孫子有任何瓜葛，拜託了。

——因爲最近這場風波，害我晚上睡不好覺。我妻子心驚膽跳，媳婦成天就是哭。連店都沒辦法開，傷透腦筋。伊勢屋老闆，這些損失，你要是不賠償，我絕不善罷甘休！

「原本以爲對方只是要錢，但看他們臉色蒼白，直說七福神的詛咒很可怕，於是我提議，要他們把畫歸還，我請人淨化解厄，結果他們聽了之後，又嚷嚷著得賠償他們蒙受的損失。」

甚至有人情緒太激動，拿出酒瓶往地上砸，或是拿起帳房的墨壺扔向酒桶，行徑粗暴。

「所以才會搞成這副模樣。酒和墨原本都是芳香的氣味，混雜在一起，卻臭得教人噁心作嘔，不知道是什麼道理。」

「眞慘……」

登門興師問罪的三組人馬，最後撂下話說明天會找更多人來理論，轉身離去。

「伊勢屋的人累得人仰馬翻，都去睡了。源右衛門先生連飯也吃不下，都快不支倒地了。」

模樣實在可憐，就讓他休息，別打擾他吧。

「我打算明天早上讓他看這些文庫，先和他討論。我今晚就留下過夜，小北，你呢？」

「我也留下來吧，今晚我不想離開這些文庫。」

北一放下扁擔，如果可以，他想將文庫逐一擺在木板地上，一直晾到明天早上。

「做出好作品了嗎？」

「是我做的朱纓文庫中最棒的。」

因爲還附上了畫師的雅號。

「這樣啊。這麼好的作品，如果第一次欣賞是在晚上，未免太可惜了，那就等日出後再來欣賞吧。」

富勘說完後，請剛才那名小夥計清出一個擺放文庫的空間。廚房旁的木板地打掃得相當乾淨。

「您休息吧，其他的我們會收拾。」

小夥計也叫北一休息，盡可能對土間做了一番清理。當北一忙著擺放文庫時，富勘已不見蹤影。原本以爲他就寢去了，沒想到富勘竟然將整個路邊攤帶了過來。

「小北，你從後門出來一下。我把二八蕎麥攤帶來了。」

兩人坐在一起塡飽了肚子，富勘小酌一杯後（蕎麥麵攤的老爺爺曾抱怨伊勢屋的酒太貴），回到店內。

富勘在帳房裡的小房間，以坐墊當枕，就此躺下。如果在屋內，還不至於冷到會讓人感冒的地步。

北一抱膝坐在擺了一地的文庫旁。從格子窗和爐灶的煙囪透進接近滿月的月光。他的頭靠在膝蓋上，閉上雙眼。

「……喂。」

從頭頂上方傳來一道低沉的聲音。

北一睜開眼睛，但仍低著頭。

「……喂，你睡了嗎？」

北一猛然挺身，下到廚房的土間。那低沉的聲音是從爐灶的煙囪傳來。

抬頭一看，喜多次正頭下腳上，從煙囪的方孔露出臉。

「哇！」

那和平時一樣的蓬頭亂髮，此時整個顛倒垂落。劉海也完全垂落，清楚浮現出喜多次臉龐的輪廓。

「你幹麼整個人倒掛！」

他是腳勾在雨水槽上，懸掛著身體嗎？「你在那裡做什麼？」

喜多次沒答腔，俐落地恢復成正常的姿勢。這次他又是怎麼做的？手勾在煙囪上嗎？

「你可以敲後門，用正常的方式來嘛。」

「也不是什麼多重要的事。」

「既然這樣，明天再來不就行了。應該說，你怎麼知道我在這裡？」

「因為你不在長屋，我就在這一帶找你。」

該說他是直覺好，還是運氣好呢？

「我猜你會想早點知道。」

天黑前，喜多次著手燒長命湯的鍋爐，與擔任女侍的老奶奶交談，突然想起一件事——

「我撿到那些畫的地點。」

只有弁財天以背部示人的八張寶船畫。

「那天，老奶奶拜託我，出門時順便買對消除繭皮有效的軟膏。」

——本所橫網町有家叫「本草堂」的藥行。店裡的藥十分管用，能讓繭皮由硬變軟。

「你所在的這家店旁邊的第三家店，就是本草堂。替老奶奶買回軟膏後，我發現了那些畫。剛才我去確認過。重回原地看過後，記憶就更清晰了。是那裡沒錯。」

是伊勢屋後方的垃圾場。

七

一夜過去，天亮後，富勘與北一在伊勢屋接受早餐的招待。

昨天上演的那一幕，店主源右衛門就不用說了，連伊勢屋的家人和夥計們似乎也都受到不小的打擊。富勘和北一是少數肯站在他們這邊的盟友，伊勢屋視兩人爲救命繩索。這種時候最能倚賴的富勘，可說是橫綱級的粗麻繩，但北一頂多算是小小的紙繩。雖然感覺是沾富勘的光，有點不好意思，但煮好的白飯和熱騰騰的味噌湯太過美味，令他肚子咕嚕咕嚕叫個不停。

因此，在一早的陽光下展示有榮花落款的朱纓文庫時，見伊勢屋眾人的神情一亮，北一十分開心，同時也鬆了口氣。

「這『榮花』是……？」

富勘眼尖發現上面的落款，如此詢問。北一心想，趁這個機會讓大家知道也好，故意擺起架子說道。

「我的專屬畫師。」

「小北你的專屬畫師？」富勘彷彿變得聽不懂人話，重複說著：「專屬？」

「今後請多指教。」

北一向伊勢屋的眾人低頭行了一禮。

「爲了畫出適合七福神棲宿的圖案，我、畫師，以及工匠們，全都絞盡腦汁。希望各位看了滿意，心裡覺得踏實一些。」

富勘也慌忙回神。「有了這麼出色的朱纓文庫，接下來只要我向怒氣未消的眾人勸說，請他們將寶船畫全部歸還就行了。請放心吧。」

店主源右衛門是個懂畫的人，北一原本以爲，他應該十分重視穿著打扮，但打過照面後才知道（這樣說有點失禮），他其實是個模樣窮酸的老爺子，而且缺了不少牙，講話含糊不清。另一方面，伊勢屋的老闆娘年紀與丈夫相去不遠，卻是雙頰豐腴，一臉福態的美貌老夫人。雖然現在家裡發生不少事，略顯憔悴，但如果是原本精力充沛的模樣，一定更有女人味。

伊勢屋裡不光有繼承家業的兒子和媳婦，連女兒和女婿也同住，所以兒孫滿堂，一早便頗爲熱鬧。後來聽源右衛門與富勘交談得知，他們夫婦育有二男四女，皆有能力獨當一面，成家立業，如今有十三個孫子，而第十四個孫子也即將出生，北一這才恍然大悟。

那些渴望有孩子、想要抱孫的人們，之所以相信源右衛門畫的七福神有賜子的神力，前來請他幫忙，是因爲伊勢屋夫婦子嗣眾多，美滿幸福。若只是生了六個孩子，不足爲奇，但這六個孩子沒有一個是放蕩的敗家子，而且都覓得良緣，生下了下一代，讓這對老夫婦含飴弄孫，此種福氣可不是人人皆有。

人們對這樣的幸運心生憧憬，想加以仿效，不過，其中夾雜著一絲嫉妒，可能連當事人自己都沒察覺。這份嫉妒是憎恨的種子，只要來一場小雨，便會萌芽——

北一想起千吉老大說過的話。北一，人心就像農田，上頭種滿了種子。當中也有不記得是自己種下的種子。所以勤於除草是很重要的一件事。

而伊勢屋方面，由於被當成賜子之神崇拜，種下了妄自尊大的種子。之所以會冒芽長草，任憑它在農田上擴散，或許是因當初他不認爲那是有害的雜草。

將這些事妥善藏在自己心中，對說話口吻多加留意。不能生氣，也不能責怪，要好好講道理讓對方明白——北一拿定主意，面對那些來向源右衛門興師問罪的人們。

然而……

——沒用，根本說不動他們。

光是記得以前老大的教導，根本對付不了這些人。

首先來了兩組人馬，過了一會又來一組，隨後又來了三組。他們進到伊勢屋裡的客房，大聲喧譁，全是生意人，雖然報上屋號，卻不一一報上名字。富勘或許知道他們，但北一只能一面猜測，一面聽他們怎麼說。有老夫婦、中年夫婦、年輕夫婦和婆婆、媳婦和嫂子帶著女侍總管、年輕丈夫和像大姊的中年婦人。在這場因擔心自己的孩子或孫子會有危險，而要伊勢屋想辦法解決的交涉場合中，出現一對不知爲何會在場的男女。男方是個老翁，至於女方若說是他的妻子，顯得過於年輕，而且怎麼看都不像是良家婦女。不過，這一點北一無意打探。

富勘昨天已對這群砸場的麻煩人士仔細說明過了。他告訴大家，伊勢屋會請他們歸還七福神的畫，收納在特別製作的朱纓文庫內。而且已和伊勢屋所屬氏神的神社神官說好，文庫會依序移放至神殿，今後會供奉在那裡。此事我富勘會陪同見證，在一旁緊盯，保證不會有疏漏，請各位放心。

他的說明大家能接受，也都能理解，交涉卻遲遲無法有進展。

「您的意思是，要將那古怪的七福神封印在這些文庫裡嗎？」

老夫婦朝北一展示的朱纓文庫瞥了一眼，不屑地說道。沒錯，當眞是不屑一顧。

「這種紙箱哪有什麼靈力可言？弁財天擁有足以殺害幼兒的可怕力量，用這單薄的文庫根本不可能封印祂。」

那對中年夫婦不是望著朱纓文庫，而是望向端坐在一旁的北一說道：

「這種小鬼頭賣的東西能指望嗎？」

「伊勢屋老闆，你眞的有心保護我孫子嗎？」

他用鼻孔用力呼氣，雙眼像染了熱病般，顯得溼潤。「不，你孫子目前什麼事也沒有吧。你會不會太杞人憂天？」——這番話北一因害怕而不敢講。

那年輕夫妻和婆婆組成的三人組，才一到場，年輕的妻子便哭了起來，年輕的丈夫忙著安慰，只有婆婆一人叨絮不休。

「這次的事，竟然用這樣的小聰明就想擺平，看來富勘先生也人老不中用了。」

聽那說話口吻，彷彿能清楚看見挖苦人的水滴從她的犬齒滴落。

而媳婦、嫂子、女侍總管組成的女子三人組，媳婦一臉畏怯，嫂子和女侍總管則是打從一開始就趾高氣昂。

「看來伊勢屋老闆是不想向我們道歉了。如果眞心想道歉，就不會用這種文庫敷衍。」

「請不要誤會，我們並不是說要用錢來解決這件事。不過，我們失去兩個可愛的孩子，現在第三個孩子又可能會被奪走性命，可說是面臨緊要關頭。請不要悠哉地在這裡擺放文庫，如今唯一的辦法，就是伊勢屋店主夫婦一同出家。」

這時，那年輕的丈夫和模樣像大姊的中年婦人在一旁插話。

「如果伊勢屋要結束營業，與京都酒窖的交易，以及老主顧的名冊，就由我們來承接吧。」

「是啊。這次的風波，我娘心痛到臥病不起，如果這麼處理，她就能放寬心了。」

北一感到驚訝、傻眼，外加失望。搞什麼嘛，到頭來，這些傢伙只是要錢嗎？

這時，老夫婦、中年夫婦、年輕夫婦和婆婆這三組人馬突然破口大罵。你們說的是什麼話，如果你們安的是這種心，馬上滾出去，你們這些遭天譴的，在這節骨眼，竟然貪圖伊勢屋的財產，當心接下來換你們的孩子被弁財天帶走啊！

「各位請先冷靜。」

富勘以平靜的語調出言安撫。

北一擦拭冷汗。約莫從昨天開始就是這樣的感覺吧。攻擊的一方立場不一致，以致我方也無從防衛。

至於老翁和年輕的風塵女子這對搭檔，則是悠哉地抽著菸草，旁觀其他人叫嚷爭吵。那風塵女子還多次朝菸盒裡的菸灰缸敲打菸管，四散的火花朝文庫飄來，北一急忙伸手揮除。女子用鼻子哼了一聲，老翁則是瞇著眼睛打量北一。

「剛才提到朱纓文庫，所以你是千吉老大的徒弟嘍？」

富勘搶在北一前面回覆：「沒錯，這位北一曾在千吉老大底下學習製作文庫，如今繼承了老大的生意和遺志。」

老翁露出所剩無幾的牙齒，嘲笑道：「吃了自己宰殺的河豚，中毒而死的蠢蛋，會有什麼遺志？你是從他那裡學到哄女人的招術吧？」

那女子跟著痛罵：「不管學再多招術，長這副德行也沒用啊。頂多抱著女人屁股形狀的地瓜過過乾癮吧。」

北一感到一陣暈眩。

羞辱我就算了。我還只是個小鬼頭。一個半調子。沒錯，我是個廢物，說得好。

但羞辱老大絕不可原諒。竟然說老大是蠢蛋？他剛才是這樣說嗎？確實是這麼說對吧？是哪張嘴這麼說的？

「小北，」富勘以手肘輕輕撞了北一一下，「要忍住。」

富勘身旁的伊勢屋夫婦面如白蠟，活像幽魂。

人心就像農田，田裡有壞種子，一旦萌芽就會長出雜草，所以除草是非常重要的一件事，而捕快的工作，就是清除世間的雜草，北一，你要彎腰跪在地上，爬遍世間這片農田，清除上頭的雜草——

不行，我實在嚥不下這口氣。熱氣幾乎要從耳朵和鼻孔噴出。北一緊握拳頭，準備站起時——

「抱歉，打擾了。」

一道全新的聲音響起。

如果說之前在伊勢屋內侃侃而談、喧囂震天、震耳欲聾，滿溢全場的聲音，全都像是地底的蟲鳴聲，那麼，這個全新的聲音則像是在漫漫秋夜傳響的鈴蟲叫聲。如果之前的喧鬧聲是積在雨水槽裡的濁水，那麼，這個全新的聲音便是伊勢屋當商品販售的名酒。

這聲音的主人站在客房前的小房間，手輕輕搭在紙門上。是一位不光個頭高大，身材也相當厚實的大漢。從他的銀髮、皺紋，以及髮際線偏高的模樣來看，此人絕不年輕。單就年紀判斷，也許與那風塵女子的老相好——那出言不遜的色老頭相差無幾。然而，兩人的氣度截然不同。此人腰板挺直，沒彎腰駝背。

「掌櫃的剛才叫了幾聲，但各位似乎一直沒聽見。」

這滿頭銀髮的大漢，望向怯縮地候在一旁的伊勢屋掌櫃。

「源右衛門先生、夫人、勘右衛門先生，我來晚了，眞是抱歉。還有，北一先生……」

咦，我也有份？

「花不到一天的時間就做出這麼好的成品，實在不簡單。不愧是千吉老大引以爲傲的弟子。」

北一聽得目瞪口呆，細看這滿頭銀髮的大漢。鮮明的五官，濃眉中也夾雜了幾根銀毛。他穿著一襲淡黃色的越後縮（註一），外頭披的短外罩是粗條紋圖案，小袖和服則是粗細雙色條紋。因條紋的安排，而看出短外罩與小袖和服的顏色差異，這是其細膩之處，而一本獨鈷（註二）圖案的博多腰帶，散發深藍色的色澤，也搭配得宜。

北一周遭的人當中，富勘也算是穿著講究的人，卻沒這般高大，所以展現的風貌截然不

註一：一種苧麻材質的布料，常用於夏季和服。

註二：以金鋼杵圖案排成長長一條的圖案。

同。況且，這個人有一股與眾不同的氣勢……

就像滲進酒桶木栓裡的名酒香氣、衣服香染後的殘香、混在秋風中送向遠方的篝火氣味，雖然態度並不強勢，但確實給人這樣的感覺。

「啊，恭候多時了，老大。」

富勘如此說道，那突出的下巴頻頻上下擺動。他往衣服下襬一拂，站起身，空出座位。

老大？

「各位在此齊聚一堂，只因身爲發起人的我來晚了，讓各位展開無謂的爭執，眞是汗顏。」

這滿頭銀髮的大漢，如行雲流水般自然地走到伊勢屋和富勘的中間。他寬闊的背膀擋在北一前面，遮住了那些吐出批評的人們。北一差點就要撲了過去，大漢擋著北一，在這個位置坐下。

剛才他說什麼？發起人？

「擺在這裡的文庫，是北一先生的商品，上頭有千吉老大傳給他的朱纓文庫用印。」

銀髮大漢環視坐在客房裡的眾人。坐在他背後的北一，看不見他的表情，也不知道他此時是何種眼神。不過，他目光掃過的人們——直到剛才爲止還口無遮攔地指著伊勢屋老闆的鼻子罵、訓斥富勘、藐視北一的人們，囂張拔扈的表情全部從臉上消失，像被雨淋得溼透的晴天娃娃，無精打采。

「——這文庫是我訂的。」

就像要讓這些晴天娃娃明白道理般，銀髮大漢緩緩地向他們說明。

「準備這些發揚千吉老大遺德的朱纓文庫，將伊勢屋源右衛門因一時疏忽而散播至人間的可怕七福神封印在文庫中，這是我出的主意。」

銀髮大漢再次目露精光。北一沒必要刻意繞到前面確認也知道。儘管他在大漢背後，也感受到那股威儀。

「也就是說，對這文庫挑三撿四的人，就是對我本所回向院後的政五郎代替主上保管的十手（註一）威儀有意見。如何，這樣各位明白了嗎？」

簌簌發抖。北一感覺到晴天娃娃們在顫抖。甚至應該說，可能是他自己先顫抖了。

本所回向院後的政五郎，這名號可說是如雷貫耳。他是大川東側首屈一指的捕快老大。千吉老大當初也是發自內心尊敬這位老大。不論是年紀、經驗，還是見聞，沒有一樣贏得過他。話說回來，當初千吉老大之所以能掌管深川一帶，也是因爲有政五郎老大在後面幫他。

捕快得先領受八丁堀老爺的手牌（註二），才能抬頭挺胸地說是「奉旨辦差」，並不是

註一：捕快慣用的捕具。

註二：同心發給捕快的手牌，功用如同名片，證明此人是同心的手下。

光靠了解當地情況、交友廣闊、人面管用之類的個人要素就能決定地盤。即使是一度決定好的地盤，只要是爲了市町好，爲了市町的居民著想，有時也會轉讓或是共享。這樣才是貨眞價實的捕快。

過去的這段緣由，千吉老大不僅沒絲毫隱瞞，甚至主動說給徒弟們聽。所以千吉老大逝世後，有些徒弟就像出嫁的女兒重回娘家一樣，轉爲投靠政五郎老大。這些師兄們的心情，北一也不是不了解，但還是覺得他們太沒骨氣，爲他們感到羞愧。在要求坐上大船之前，好歹先用自己的船槳試著划划看吧。

但北一想得太簡單了。只是因爲北一沒見過政五郎老大，才沒想過要投靠他，要是和他見過面，或許就會像一顆手球般，直接滾到本所回向院去投靠他了。

「我說，富勘先生……」

政五郎老大輕搓厚實的手掌，朝富勘一笑。

「現在就跟在場的諸位收取寶船畫吧。」

富勘宛如經歷久旱後淋了水的雨蛙，重新活了過來。「好，那我們開始吧，老大。」

「源右衛門先生，你自己畫的圖，一看就知道吧？請一一檢視，看是什麼時候畫的、送交給誰，寫上但書。」

「啊，是。我明白了，老大。」

源右衛門急忙準備書信盒和墨。

「北一先生。」政五郎老大沒轉身，直接叫喚。北一就這麼坐著跳了起來。
「在！」
「這文庫有高低順序嗎？」
「您、您說的高低順序是……？」
「我問的是，會因圖案的組合，而有福氣的強弱之分嗎？」
「不，沒、沒這種差別。」
講話都破音了。振作一點啊。他要問的是這文庫的價值。問我們製作時投注的心力。
「我們的畫師和工匠，製作每一個文庫時都同樣用心。」
「這樣啊。那就好。你過來這邊，一個一個轉交。封緘用的東西準備了吧？」
「我準備了漿糊。」
「很好。伊勢屋的夫人，要麻煩您按照人數，準備同等份數的神酒。著手進行前，先舉行淨化儀式。」
接著，他轉為柔和的表情，補上一句：
「這文庫不光是美，還帶有一份華麗。配得上這份華麗的香醇名酒，各位難道不想喝一杯嗎？」

八

引發這場紛爭的寶船畫全數收回保管後，政五郎老大拍了拍手。

「好了，這麼一來，煩憂盡除。從今晚起，各位就能高枕無憂了。」

在場眾人扭扭捏捏，似乎還有話想說。老大面露微笑，朝眾人望了一眼。

「聽說昨天幾個人聚在這裡爭吵時，毀損了商品。如果是一時衝動，那也是沒辦法的事，但如果不是一時衝動，就該由我出面了。伊勢屋老闆，當時是怎樣的情況？」

老大都搬出這樣的話來了，眾人頓時像撒紅豆似地，一哄而散。

北一和富勘在重拾平靜的伊勢屋內，一一撿視收回的寶船畫，收納進榮花畫的文庫內。政五郎老大一派輕鬆地坐在一旁，看著他們進行這項作業，頻頻出言誇讚榮花畫的文庫。

老大的誇讚，猶如名酒，深深滲進北一的心底。北一之所以能忍住，沒喜溢眉宇，是因為他發現，儘管伊勢屋眾人都放下心，鬆了口氣，唯獨惹出這場風波的源右衛門仍是悶悶不樂。

喜多次說他在這家店後面的垃圾場撿到八張弁財天以背部示人的寶船畫。之前向辰吉要回來的其中一張，此刻仍收在北一的懷裡。這件事該如何啓齒？他思索著這個問題，寫下每張畫的持有人屋號和名字時，政五郎老大望著他，開口問：

「對了，眞正想到要製作這種文庫，用來收納伊勢屋老闆的畫，是誰想出的主意？」

「是富勘先生。」

「我只是想到點子，眞正做出來的人是小北。」

老大瞇起眼睛看兩人對話，單掌朝他們一拜。「不好意思，剛才我說自己是發起人。」

「哪、哪裡的話。」

老大身材高大又壯碩，具有一股感覺不出年紀的氣勢，不過他應該已年過七旬。他的威儀和氣勢震懾了北一。在他面前，我就像隻小虱子。

「老大那樣說，才能控制住場面。」

富勘代替結結巴巴的北一回答，接著轉頭望向源右衛門。

「伊勢屋老闆也就此逃過一劫。經過這次的教訓，應該會深切反省吧。」

源右衛門身子蜷縮，模樣著實可憐。

「源右衛門先生，你憑藉自己的才幹，讓這家店有今日的規模。身爲一名商人，你大可抬頭挺胸。」

政五郎老大沉穩地說道。

「光靠一支畫筆，就當自己是賜子的神明，非但不是正派商人應有的行爲，甚至可說是邪魔歪道。今後不能再犯了。」

源右衛門拜倒在地，磕頭應著「是、是」。那缺牙的嘴顫抖著說「當初我那麼做……是半開玩笑」。

「我猜也是。但隨著口碑日漸響亮，你逐漸當眞了。」

不知爲何，政五郎老大瞄了北一一眼，接著道：「在富勘先生面前說這件事，感覺像是班門弄斧，其實源右衛門先生以前爲了夫人的事吃足了苦頭。」

富勘雙手擺在腿上，不發一語地點了點頭。他也斜眼望向北一，示意要他「仔細聆聽」。

「當時不論是左鄰右舍，還是酒鋪的同業聚會，他都被人瞧不起，受盡欺凌，所以下定決心，要靠做生意讓人刮目相看，終於成功達成心願。」

儘管如此，心中那團烈火還是不曾冷卻。後來因爲他畫的寶船畫相當靈驗，能幫助人們得子，拜此之賜，心中的烈火才得以平息。以前瞧不起他們夫婦的那些人，都主動前來巴結奉承。眞是大快人心啊！

「他愈來愈無法停手，這種心情我懂，但還是在此畫下句點吧。」

不過，說到伊勢屋的夫人，昨晚第一次看到她，雖然面容憔悴，仍無損美貌，令北一十分驚訝。

「有那麼漂亮的夫人，爲什麼會被人瞧不起？」

面對他提出的疑問，老大和富勘互望了一眼。就在這沉默的片刻，源右衛門緩緩抬起他那張老臉，回答：

「內人原本是藝伎出身。」

她是以個性當賣點的辰巳藝伎（註一），說起來好聽，其實她三弦琴拉不好，舞技也不佳，既沒才藝，又不夠溫柔，光有臉蛋根本招攬不到客人，在置屋（註二）裡成天挨罵。

「噢，是藝伎啊。」

難怪這麼漂亮。然而，源右衛門卻神情沉重地搖了搖頭。

「不不不，她當不成眞正的藝伎。而且和家人緣薄，沒父母兄弟可依靠。」

她落寞的身世，令源右衛門寄予同情，就此愛上她。

「不過，我父母當然極力反對，想和她結爲夫妻，只有私奔這條路了。正當我動了這個念頭時，父親突然病倒……」

源右衛門突然就一肩扛下伊勢屋，他仗著自己的身分力排眾議，迎娶心愛的女人爲妻。不過，光靠身分壓制不了人們冷漠的目光，爲了對抗，他勤奮認眞，不斷運用智慧，全力投入店內的生意。當然了，夫人也從旁全力輔佐，並陸續生下孩子。

——儘管如此，他心中還是有一團無法冷卻的烈火。

北一細細思索這句話的含意。

註一：江户深川的藝伎，常會女扮男裝，以個性和俠氣爲賣點。

註二：藝伎的住所。

「源右衛門先生。你或許會怨我，認爲我沒必要刻意在年輕的小北面前講這件事，不過……」

政五郎老大向低著頭的源右衛門曉以大義。

「小北是千吉老大的接班人。他遲早會成爲捕快，只要能成爲這種人日後的處世智慧，你經歷的辛勞將不再是可恥之事，而是有所助益的訓示。」

源右衛門單手按住臉，像在搖晃上半身似地重重點頭。

不，要成爲千吉老大的接班人，我既沒這樣的才幹，也沒這樣的身分。但現場竟是一片沉默，彷彿大家都接受這個說法。連富勘也一本正經，這下不妙啊。

「伊、伊、伊勢屋老闆。」

別打結啊，我的舌頭。

「請您仔細聽我說，別生氣。您之前可曾抱持惡作劇的心態，試著畫下只有弁財天轉身背對人，或是獨缺弁財天的寶船畫呢？」

成功了，終於打破沉默。

「小北，你這是在問什麼啊？」

富勘那一本正經的表情也被打破。政五郎老大則是微微瞠目。

「源右衛門先生，您怎麼說？」

源右衛門一臉困惑，答道：

「我沒做過這種事……」

北一從懷中取出那張畫，將畫攤開。其他三人靠了過來，低頭圍著那張畫瞧。

「哎呀呀！」富勘叫出聲。

「咦、咦……」源右衛門也慌了。

「哦～」政五郎老大摩挲著下巴。

「接近立秋時，有人丟棄在這家店後方的垃圾場裡。」

血色從源右衛門臉上抽離，往耳朵匯聚。富勘望著他那像在變魔術般，由白轉紅的耳垂，一臉佩服。政五郎老大約莫也是同樣的想法，不自覺地伸手摸向自己耳垂（話說回來，他的耳垂可真大）。

「是誰撿到的？」

「我的……一位朋友。」

「對方可以信任嗎？」

「大概比我更能信任。」

富勘露出從今天早上到現在最爲驚訝的表情。以爲他要說什麼，結果他冒出一句：「小北，你比自己更能信任的人，竟然不是我？」

別這麼斤斤計較嘛。「除了富勘先生外，還有其他人。」

「是何方神聖？」

只是你不知道而已，對方還救過你一命呢。雖然是個怪人。北一很想對他這麼說，但此事說來話長。

「好了，先不談那些。」政五郎老大直接安撫富勘，「倒是源右衛門先生，你真的不記得自己畫過這種畫嗎？」

老大語氣溫柔地詢問，但源右衛門恍若被老大用十手抵住，全身發顫。

「我、我怎麼可能騙您，我真的不可能畫這種東西。」

他眼眶泛淚，比手畫腳地說道：

「首先，線條的粗細就不同了。我平時用的畫筆更細，墨色也比較濃，不是這種偏紫的顏色。」

拿實物給您看吧，喂～某某某來一下。源右衛門喚夥計拿信盒和墨壺來，引發一場騷動。

事實的確如源右衛門所言。

「的確是不同的線條。」

富勘指出差異，比對喜多次撿拾的那張畫上的寶船船頭，與源右衛門剛才試畫的寶船船頭。

「垃圾場的這張畫，你們看，雖然只有一點點，但筆鋒亂了。墨汁飛濺。」

「可能是畫筆老舊，或是用便宜貨。」老大低語。

「我用的是『勝文堂』第二貴的細筆！」源右衛門激動地說道。

北一仔細比較這兩張畫。

「其實在垃圾場撿到的畫，不只這一張。一共有八張扔在那裡，都皺巴巴地揉成一團。」

富勘斂起下巴，「這麼說來，是改變計畫嗎？」

政五郎老大拈起垃圾場撿到的那張畫的邊角。

「這張畫拉得真平整。小北，是你做的嗎？」

「不，是富勘長屋的辰吉先生做的。」

富勘的眼神游移，「那個賣二手商品的嗎？我怎麼都沒聽說。」

「嗯，我沒跟你說。我現在告訴你們。」

北一詳細說出他與辰吉之前的對話。源右衛門一直顯得十分畏怯，富勘聽得一臉不悅，政五郎老大則是眼睛一亮。

「那個叫辰吉的男人，是挺不錯的舊貨商人呢。」

「是的，我之前都小看他，現在覺得很不好意思。」

「一個被整天嘮叨的老母掐住後頸，年過四十的男人。」

富勘那毒舌的低語，老大聽了之後沒當一回事，北一深感慶幸。

「小北，這是嫁禍的手法。」

政五郎老大以指尖輕敲喜多次撿來的那張畫。

「這種畫砸了的圖，又來路不正，源右衛門先生不可能會丟在自家店鋪附近。只要扔進爐灶或烤火盆裡燒毀即可。」

這麼一說，確實有道理。

「有人想陷害源右衛門先生，刻意安排了這種畫砸了的圖……而且一次準備八張。」

「所以才會皺巴巴地揉成一團……」

「扔在垃圾場裡。如果不是小北你的朋友撿走，丟棄的當事人或許會假裝自己發現，大爲吃驚，嚷嚷得人盡皆知，上演這齣戲碼。」

「所以嘛，眞不該撿的。」富勘在一旁打岔道。他可能還是覺得很意外吧。

「無妨。責怪源右衛門先生的材料並未因此增加。」

老大再一次沒理會富勘，深深盤起雙臂。

「這一帶姑且也算是我的地盤，但擺平這場紛爭，以及拾獲嫁禍的證據的人，都是小北。這起事件交由小北來處理，應該合情合理吧。」

咦，我嗎？

「您說處理，還有什麼該做的是嗎？」

政五郎老大那雙大眼望向北一。他的雙眼皮鬆弛，顯得很溫柔，但他年輕時，眼尾的肌膚應該更爲緊實，也更加嚴厲。

——這是他和千吉老大不一樣的地方。

千吉老大就算在嚴厲訓斥的時候，眼尾仍帶著笑意。

「小北，你不好奇嗎？」

政五郎老大發出氣勢懾人的聲音。

「是何方神聖、爲了什麼目的，想用這種手段陷害源右衛門？」

比起眼前發生的上門興師問罪的騷動，這或許才是更錯綜複雜的紛爭。

「要是不馬上解決問題，斬草除根，接下來或許會惹出更大的麻煩。」

北一的心臟猛然一跳。

我有這種能耐嗎？

「剛才提到關於夫人的事……」

「嗯。」

「現在還會有人爲了那件事向伊勢屋老闆找碴嗎？」

「源右衛門先生，你怎麼說？」

源右衛門頂著那張面無血色的臉，展開思索。他的手指和掌緣沾有墨漬。平時他在作畫時，應該不會犯這種疏失，此刻想必是心慌意亂吧。

「我想，還是有人會在背地裡說我們壞話，不過……」

什麼事也沒發生。對店裡的生意，以及對我們夫妻和家人，都沒造成不良的影響。

「在發生這次的風波之前，我們大家都告訴自己，就算聽到了什麼，也要裝成沒聽見。這麼說感覺像在說大話，不過，生意上軌道之後，引來不少嫉妒，所以我逐漸學會不爲這些小事煩惱。」

這似乎是不限於生意上的處世之道。

「那麼，您記得自己曾招人怨恨嗎？」

政五郎突然笑道：「你這樣問，沒人會說有的。」

源右衛門頓時慌了，「我、我……」

「我知道。不過小北，我的意思，並不是叫你別直接這樣問。我甚至認爲這個問題該問。」

老大微微豎起食指，再度注視著北一的眼睛。

「重要的是對方的回答。對方回答時是怎樣的眼神、呼吸是否急促、有什麼舉動，都要看仔細。提問就是爲了看出這些。」

富勘馬上插話：「小北，你要牢記在心。」

「那麼，富勘先生，從剛才源右衛門先生的回答和舉動中，你看出了什麼？」

「啊？」

政五郎莞爾一笑。富勘露出尷尬的神情，源右衛門則是一臉怯色。

北一如實說出自己的想法：「我從剛才伊勢屋老闆的回答中看出，他或許曾招人怨恨，但他不知道是誰。」

「答對了。我也這麼認爲。」

換句話說，這宛如大海撈針，無從著手。就算查探，也只是白白浪費時間。

「我認爲，我們要找的目標，可能不在對方引起我們注意的地方。」

也就是說，伊勢屋不是眞正的目標。

「倒不如說，源右衛門先生是慘遭池魚之殃，或者只是被人利用吧。」

這是什麼意思？

「因爲有這樣的想法，我才一直暗中觀察至今的情況。包覆名酒的粗草蓆就這麼被糟蹋了，看了實在教人生氣，很想揭發這場陰謀背後的陰暗面。」

把亮光聚向伊勢屋以外的其他地方。

「這場風波，有件事打從一開始就令我十分不滿。夭折的嬰兒……目前共有兩個，都不是死後馬上引發騷動。」

清住町多香屋的捨少爺，是在五月夭折。而人們是在孩子死後兩個月，才開始說那是源右衛門寶船畫的關係。

「聽說是女侍在大掃除時，找到伊勢屋老闆的畫，才發現畫上的弁財天消失了。」

「沒錯，太拐彎抹角了。」

另一個是位在横網町的裁縫店「笹子屋」老闆一歲的孫子，他在兩年前夭折。舉辦第三次法會時，取出寶船畫一看，發現畫上的弁財天以背示人，正準備走下寶船。

「愈來愈可疑，對吧？我甚至覺得這是在演戲。」

這時，北一腦中閃過千吉老大的夫人說過的話。

——如果以深信不疑的態度來看待事物，看起來就會煞有其事。

「感覺這會是個線索。」

政五郎老大如此說道，手插在懷裡，單邊嘴角上揚。

「你能否展現過人的手腕，讓在彼岸的千吉老大刮目相看？這正是個大好機會，你得好好幹啊。北一，放手一試吧。」

政五郎老大第一次這樣直呼北一的名字。

九

話說，我一個人該怎麼做？

與其坐著苦思，不如一邊做生意，一邊思考，對我那貧瘠的腦袋比較好吧。北一跑回富勘長屋，碰巧遇見辰吉。他似乎是回到屋裡更換商品。

「辰吉先生，之前的寶船畫還在嗎？」

辰吉應了聲「嗯」。

「眞的很抱歉，希望你可以暫時維持原樣。因爲沒想到那些畫背後的來歷頗複雜。」

北一簡單地用一句「來歷」帶過，辰吉似乎不以爲意，直接應了聲「嗯」。

不過，今天依舊在富勘長屋的角落咒詛人世的阿辰婆婆，可就沒這麼好說話了。

「來歷？你說來歷？你這個乳臭未乾的小鬼，把那種來歷不明的舊物硬塞給我兒子，你自己再從中大撈一筆是吧？這麼厚顏無恥的事，虧你說得出來！」

啊，眞傷人。那不是舊物，是像塗鴉般的畫耶，而且我一文錢也沒拿。不過就算這麼說也沒用，所以北一匆匆離開，辰吉又對他應了聲「嗯」。眞的是很方便的一句話。不論是謝謝，還是抱歉，都能用這句話代替。

總之，先做生意吧。現在北一手上的朱纓文庫，有「萩和月」、放生大會上使用的「龜與鯉」、「夕陽晚照與雁群」等，是每年固定的秋天景物圖。他將文庫的邊角仔細對齊擺好，疊放在扁擔的前後兩邊，看起來比較美觀。這麼一提才想到，還有傳單以及和村田屋合作生意的事——我也有我自己的事要思考，要和人商量。

千吉老大原本是文庫屋的主人，而政五郎老大從以前就由夫人在本所元町經營蕎麥麵店。這家蕎麥麵店免費招待高湯，風味絕佳，生意興隆，聽說還分出暖簾（註）（或許應該說是分出高湯吧），光是北一所知就有三家店。

換句話說，光靠店面的營收，政五郎老大就能過著優渥的生活，甚至能養活手下，否則根本沒空奉旨辦差。捕快這項工作不是自己四處奔波討生活，不管是妻子或徒弟，如果不懂得運用他人來賺錢，根本吃不了這行飯。

雖然北一得到不少善心人的幫助，順利地自立門戶，但要過這種生活，還是個遙不及可的夢想——應該說，他會有這樣的念頭，無異於痴人說夢。

肩膀已挑慣的扁擔，堪稱是北一的好搭檔，一將它挑在肩上，腦中馬上閃過好主意。對了，有一對順風耳的梳頭店老闆宇多次，人稱宇多丁，找他談談吧。能請他買當季的文庫，而且關於笹子屋和多香屋的不幸事件，他或許知道些什麼。

今天宇多丁同樣俐落地扭動那像熊一般高大的身軀，開心地請北一到店裡坐。他的學徒，之前曾以北一當練習剃頭的對象，客氣地端來麥茶。

「我又不是客人。」

「炒麥還剩一袋，你儘管喝吧。今天有新的文庫嗎？」

宇多丁愉快地望著文庫，北一馬上說明來意。宇多丁那張大臉頓時皺成一團，說「這兩家的事，實在令人難過」。

「伊勢屋老闆真是遇上災難了，但說起來，他自己四處發送寶船畫，是他不對，所以這也是沒辦法的事。」

「寶船畫的事已擺平，本所的政五郎老大親自出馬。」

註：指開分店的意思。

「哎呀，小北，你見到回向院後的老大啦？很有男子氣概吧？」

宇多丁那張大臉，像招牌燈籠般散發光輝，對政五郎老大讚不絕口。

「這位老大的老大，是人稱『回向院茂七』的捕快。同樣是位能幹又受眾人倚重的老大。政五郎老大接替了他的位子，大可自稱是『回向院的政五郎』，但他說自己遠遠不及茂七老大，刻意使用『回向院後』的稱號。他這麼做，反而顯得他通曉人情世故。」

政五郎老大不是會自己拿這種事來吹噓的人，這應該也是宇多丁的順風耳聽來的消息。

「宇多丁，關於發生不幸事件的笹子屋和多香屋，你是否知道些什麼？」

「你指的是什麼？」

雖然連自己都覺得這樣問相當無情，不過，不經意地問了這個問題後，北一這才發現。包括他自己在內，這是之前大家一直都不知道詳情的事。至少沒人提到這件事。

「聽說多香屋的小嬰兒捨少爺，母親才離開一下子，他就忽然斷氣了。」

冬木町的夫人是這麼說的。

「應該是有哪裡不對勁吧。可能是生病，也可能是奶水或米湯出了問題，卡在喉嚨。」

捨少爺是個出生才半年的小嬰兒，不可能自己起身走到某個地方，拿起什麼東西塞進嘴裡。

「笹子屋兩年前夭折的一歲孫子，也是生病嗎？宇多丁，你可曾聽過這方面的消息？」

宇多丁沉默不語。他以責怪的眼神望著北一。

「我臉上有什麼東西嗎？」

宇多丁緩緩地重新坐正。「小北，今後你會在人世間打滾，爲了你好，我教你一個道理。」

這種事不能打探。

「絕不能打探別人家的不幸。尤其是向有嬰兒或孩子過世，爲此悲傷的人家，問爲什麼會死、出了什麼狀況、是誰造成的，太冷血了。」

北一十分錯愕，活像鯉魚般，嘴巴一張一闔。

當然了，北一如果只是一般賣文庫的小販，會覺得這個忠告再中肯不過了。然而，儘管還不成氣候，但身爲千吉老大的手下，北一正力求表現，以達成政五郎老大的期望……

北一不知此刻該笑，還是該生氣，只好將麥茶一飲而盡。接著，他突然看出了端倪。

——是某人的關係嗎？是因爲某人的疏失，嬰兒才夭折嗎？

對於這個問題，多香屋方面回答「全是伊勢屋的源右衛門先生的寶船畫害的」。不過，他們是在捨少爺死後兩個月才這麼說。

——在大掃除時，找到伊勢屋老闆的畫，這才發現畫上的弁財天消失了。

另一方面，笹子屋又是怎樣的情形呢？他們也是一歲的孫子都死了兩年多，現在才嚷嚷著「是伊勢屋給的寶船畫害的」。他們說，是在辦第三次法會時，恰巧拿出寶船畫，這才發現弁財天以背示人，正準備走下船。

而且笹子屋就像賣報的小販，四處跟人說這件事。多香屋也是，要不是富勘跟他們講道理，加以安撫，一定老早就把這件事傳開了。

明明世人不會過問，也不會追究，都會替遭遇不幸的家庭著想，不去打擾他們，但多香屋和笹子屋爲什麼過了一段時日後，要刻意說這一切都是伊勢屋的源右衛門的錯，把事情鬧大呢？

因爲那寶船畫確實古怪，不能默不作聲。如果是這樣，很合情合理，但如果另有原因呢？

「喂，小北，你在聽嗎？」

宇多丁朝北一大腿拍了一下，他才回過神。手中裝麥茶的茶碗已空，北一咧嘴一笑，把茶碗放在木板地上，站起身。

「宇多丁，謝謝你。託你的福，我稍微開了眼。」

清住町的多香屋有客人，是某座寺院的年輕和尚。請和尚坐向厚實的坐墊，擺出幾種不同的線香，負責接待和尚的，是一名身穿徽印短外衣、個頭矮小的老翁。約莫是捨少爺的祖父，或是店裡的大掌櫃吧。

北一當然是從後門拜訪，向女侍說明來意後，他離開門口靜候。他取下扁擔，擺在一旁。

「——你就是文庫屋老闆嗎？」

出來露臉的是一名天庭飽滿，鼻梁挺直，相貌俊秀的男子。

「我就是陸太郎，不過，我沒跟你訂購文庫……咦，你是……？」

他不是見了北一想起，而是看了扁擔的貨架上堆疊的朱纓文庫後，恍然大悟，表情和口吻柔和許多。

「你是千吉老大的手下吧。我們一直都是跟深川元町的店面購買。我去叫掌櫃過來。」

深川元町的店面，老闆娘是阿玉，現在是北一最大的生意敵手。但這時北一恭敬地行了一禮。

「承蒙惠顧，謝謝您。」

說完後，他朝這位小老闆走近，壓低聲音說道：

「其實文庫只是藉口，我今天造訪，是來收取你們的燙手山芋。」

「我們的燙手山芋？」

小老闆也自然地壓低聲音，眉頭微皺。

「就是伊勢屋老闆的寶船畫。」

北一低頭望著腳下，飛快地低語。

「對多香屋來說，應該是不想再看到這個東西，但畢竟上面畫了七福神，想丟棄又有所顧忌吧。我和回向院後的政五郎老大，以及房屋管理人勘右衛門先生討論過後，決定把畫收納在我們特別製作的朱纓文庫裡，加以封印。」

北一說的是事實，沒半句假話。

北一說完後，喘了幾口氣。這段期間，小老闆陸太郎一句話也沒說。北一靜靜低著頭。後門內是土間，裡頭應該是廚房。看得到煙囪。

——不曉得在煮些什麼。

飄來一股藥味。這種情況應該說是「煎藥」才對吧。

「……這麼說來，是政五郎老大派你來的嘍？」

終於傳來陸太郎的聲音。聲音輕細，微帶顫抖。北一聽到後，才抬起臉。

有個短暫的瞬間，陸太郎避開北一的目光。

「寶船畫燒掉了。」

陸太郎別過臉，小聲地說：「發生那件事後，我們馬上把畫扔進爐灶燒了。謝謝政五郎老大的關心，不過請代爲轉告，請他不必擔心。你也辛苦了，請稍候一下。」

陸太郎回到屋內，剛才那名女侍走出來。這名與北一年紀相近的女侍，手中握著一個小小的紙包，遞到北一面前。

「這是小老闆的一點心意。」

北一已猜出紙包裡是什麼。女侍想必也是，才會以略顯倨傲的態度俯視北一。

「沒能幫上忙，不敢收這筆跑腿費。」

北一微微抬手說道。女侍不禁一愣。

「這氣味，是在煎藥吧？」

北一詢問後，女侍的眼睛瞪得更大了，活像金魚。「什麼氣味？」

「現在聞到的這個氣味啊。」

女侍嗅聞了幾下。是因爲待慣了這個地方，聞不出氣味嗎？

「有誰病了嗎？」

「哦，這個氣味啊。」女侍似乎這才明白，「是少夫人血氣不順的藥。」

女侍一副難以啓齒的模樣，提到血氣不順的藥。

「少夫人身體欠安是嗎？」

「因爲發生難過的事。」

女侍轉爲露出瞧不起的眼神，彷彿在說「你竟然連這種事都不知道」，再度擺出倨傲的態度。

「是我不夠機靈，抱歉。請少夫人保重。」

北一重新挑起扁擔，離開清住町。由於挑著商品，無法用跑的。千吉老大過世那天也是如此。所以，那天青海新兵衛才會替北一保管文庫。

當時多虧有他，幫了北一很大的忙，但現在因爲沒辦法跑，多花了一點時間，也許反倒好。北一的目的地，是本所横網町的裁縫店「笹子屋」。

——小老闆陸太郎可能會比我搶先一步採取對策，向對方通風報信。

這樣反而好。來吧，看笹子屋會怎麼出招。

北一沒馬上登門造訪。他試著觀察一會，不過，在笹子屋進出的，全是送副業的完成品到店內的女子。和北一同樣住長屋的阿秀，與女兒佳代相依為命，只要是她能做的工作，不管是什麼她都肯做，她說過，接裁縫店的活兒當副業，收入十分穩定。雖然針線活人人都會做，但並不是人人都拿手。

這次北一同樣繞到後門。他知道自己的身分，刻意擺出低姿態。笹子屋的家人沒接見他，與他接洽的，是一名看起來很可怕的中年女侍。約莫是店內的女侍總管。她打從一開始就擺出像要大聲訓斥般的架勢，完全把北一當乞丐看待，然而……

——我跟政五郎老大，以及房屋管理人勘右衛門先生討論過。

北一話一出口，這名女侍就和陸太郎一樣，態度驟變。當然了，發揮效用的不是富勘的名字，而是政五郎老大。

「那種不吉利的東西不能留，我們早就一把火燒了。」

他們同樣也燒了是吧。

「讓老大為這種事操心，眞是過意不去。我們已辦完喪禮，而且那是兩年前的事，所以我們的情況與多香屋不同。請轉告老大，雖然悲傷依舊無法消除，終究還是能平安過日子。」

這名中年女侍沒有要給跑腿費的意思。北一挑起扁擔，從笹子屋的後門行經建築旁的小路，緩緩走向笹子屋的正門。

——哦！

從大路的右手邊來了一頂轎子，在笹子屋前停下，接著多香屋的陸太郎掀開簾子，從轎子內衝出，直接進了笹子屋。打擾了，請問夫人在家嗎？甚至傳來他的叫喚聲。

動作眞慢。難道有什麼要事，令他無法馬上出門趕來嗎？

但他終究還是來了。果然是來通風報信。他不可能不來。因爲政五郎老大介入了這件事。

多香屋和笹子屋在這件事上互相串通。

原本他們各有一張伊勢屋源右衛門的寶船畫，現在都拿不出來。一把火燒了。

也就是說，源右衛門的畫是否眞的出現異狀，無從確認。

而那些活像農民造反，或是因米荒而暴動，衝進伊勢屋問罪的那班人，每個人手上都沒有弁財天從七福神中消失，或是以背部示人的寶船畫。他們只是杞人憂天，擔心接下來會輪到自己手中的畫出現異狀，其實什麼事都還沒發生。

沒有確切的證據。就算這一切全包覆在謊言下，也不足爲奇。

只要有迫切的理由，逼著人們非這麼做不可，人們就能臉不紅氣不喘地說謊。

——北一，謊言這種事，通常都是由「要是能這樣就好了」的願望，轉成話語。

千吉老大說過的話，從北一腦中閃過。那是什麼時候展開的對話呢？

——所以，你不能瞧不起說謊的人。我們不是神明，每個人都會說謊。或許改天也會發生在自己的身上。

就算是在訓斥、生氣、說教、將人五花大綁押送的時候也一樣，不能瞧不起人。

不過，伊勢屋實在令人同情。扁擔嘎吱作響，深深陷入北一的肩頭。

十

村田屋內有紙和墨的氣味。

北一原本以爲租書店會充滿塵埃味，此時他率直地流露驚訝的神色。

「你的文庫屋應該也會有這種氣味吧。」

治兵衛笑著說道，端出甜酒招待。在宇多丁的梳頭店喝的是麥茶，在這裡則是喝濃稠的甜酒。儘管是夏季剩餘的甜品，但肚子有點餓的北一，很感謝治兵衛的這份貼心。

「那我就不客氣了。」

膚色的甜酒，在大湯碗裡微微搖晃。

兩人在狹長的村田屋店內最深處，治兵衛面對帳房圍欄裡的一張大書桌，北一則是坐在木板地的台階上。

店內沒有客人。村田屋原本主要的生意就是背著書箱到顧客家中，至於店內都是「趁曬書蟲之便」，順便賣書。

「我要有自己的店，還早著呢。」

「你在猿江那邊不是有間工房嗎？」

「治兵衛先生的消息眞靈通。」

治兵衛那對宛如貼上海苔般的濃眉微微一挑。

「我的老主顧當中，也有田原町丸屋的人。末三先生老當益壯，實在太好了。」

原來如此。本所和深川可眞小啊。

治兵衛那對得意洋洋的濃眉，夾雜著幾根白毛，透著銀光。就近面對面後才發現，他的髮際也有幾縷白髮。

——治兵衛先生剛娶妻沒多久，妻子就被人擄走，慘遭殺害。

明明是這麼殘酷的事，爲什麼末三老爺子的口吻卻像在責備？

——這是很深的罪業。

爲什麼會想跟村田屋的治兵衛說呢？爲什麼冬木町的夫人或富勘先生就不行呢？早點去向政五郎老大哭訴「我無法勝任」也好，但爲什麼腦中會浮現治兵衛的這張長臉？直到實際坐在這裡之前，北一也摸不透自己的心思。

看到平時隱藏在像竹竿般的高桃身形以及銅鈴般的圓眼底下，極不顯眼，卻深深刻印在治兵衛臉上的「歲月」後，北一才猛然曉悟。

——因為這個人懂得什麼是傷痛。

長達二十八年的歲月，治兵衛一直忍受著沒有解決，也無法消除的傷痛，所以北一期望他能回答自己心中積淤不散的疑問。

北一突然來訪，治兵衛似乎不太驚訝。他滿心以為北一是來談生意，討論製作收納讀物用的文庫一事，不顯一絲急迫，靜靜等候北一開口。

「村田屋老闆……」

甜酒卡在喉嚨，北一的聲音有些沙啞。

「如果你是要叫我，直接叫治兵衛就行了。」

治兵衛望著自己的茶碗，很乾脆地說道。

「村田屋的屋號，不光是我的租書店，也包括家兄的書店。對了，剛才在店門口打掃，像枯樹般的老頭子，是我們店裡的掌櫃，名叫箒三。在我們店裡的夥計當中，就屬他最資深。或許可以說，箒三才真正代表了村田屋。」

那位代表了村田屋真髓的老爺子，剛才北一從他身旁走過時，大概是嫌北一一身汗臭，他好似咬了一口澀柿子，苦著一張臉。

「治兵衛先生。」

北一拿定主意，說明來意。

「有個沒什麼助益的想法一直在我腦中悶燒，我想說給你聽，就跑來了。」

店門敞開，將屋外的亮光裁出一個四方形，看起來顯得很遙遠。店內有三座層架，上頭擺滿出租用書。北一看不出書籍的分類是採什麼規則，堆疊的書籍雖然邊角大致排列得十分平整，可是到處都有往外突出的卷軸。

從帳房後方微微吹來一陣風。風中滿含新鮮的墨香。約莫有人在裡頭寫字。

「或許說給你聽之後，非但沒什麼幫助，還會讓自己更不愉快。在此先向你致歉。不好意思。」

治兵衛並未望向朝他鞠躬的北一，直接問：

「我擔任聆聽的角色，適合嗎？」

北一看著治兵衛長長的下巴，點了點頭。「之前和你見面時，你勸我別做和嬰兒有關的祝賀商品，並告訴我清住町的多香屋發生的不幸事件。」

就北一看來，那是這場風波的起源。

「治兵衛先生，當時你的表情嚴肅到有點可怕。希望你能用那樣的嚴肅來判斷我的想法。」

治兵衛維持坐姿挪動了身子……緊接著打了個大噴嚏。

「抱歉，請說吧。請不用在意這墨汁的氣味，是我們店裡一位耳背的老婆子在爲家兄磨墨。家兄喜歡寫字，卻嫌磨墨麻煩。」

北一吁了口氣，注視帳房圍欄的一隅。

「多香屋的捨少爺是怎麼死的，我不清楚。」

治兵衛也不告訴北一。從多香屋的小老闆夫婦一開始是如何認識，到他們爲沒能懷胎而苦惱的事，以及前年臘月大吵一架後，得到源右衛門會爲人賜子的寶船畫一事，冬木町的夫人全部知曉，但對於捨少爺死時的情況，只簡短地說了一句

——世津夫人一早起來，替孩子換好尿布，才稍微離開一會，回來後小捨已沒了呼吸。

是因爲知道這樣就夠了嗎？嬰兒早夭是很大的不幸，外人不該打探。嬰兒早夭離世是爲什麼、如何造成、問題出在哪裡，都不該追根究柢。

「因爲沒人談這件事。一個可愛的嬰兒夭折，光是這樣就有許多人悲傷難過，但沒人會怒斥這是誰的錯，也不會責怪他人。」

直到捨少爺下葬，過了兩個月後，「發現」弁財天從源右衛門的寶船畫中消失爲止。

「就像是相繼仿效似的，接著換本所横網町的笹子屋嚷嚷起來。他們的孫子一歲時夭折，當初爲了懷上這個孩子而取得的那張寶船畫，後來變得古怪，弁財天以背示人，準備走下船。」

笹子屋是在辦第三場法會時，「發現」異狀。

「這兩家人的畫都沒留下。沒有證據可以證明當初眞有這樣的畫。多香屋和笹子屋都說一把火將畫燒了。」

治兵衛的大眼眨了眨，「你怎麼知道？」

「直接向他們問來的。」

北一說明事情的始末，並提到多香屋的小老闆陸太郎一聽到回向院後的老大名號，便顫聲問「是政五郎老大派你來的嗎」，之後還乘轎趕往笹子屋。

「多香屋的世津夫人還是身體欠安嗎？」

治兵衛問。說到「還是」時，音調略有起伏。這絕不是蠢問題。因爲他已猜出北一在想什麼。

太好了。北一頓時放下心中的重擔。接著，他想起那天聞到的煎藥氣味。

「好像是在服用治血氣不順的藥。」

哦，這樣啊——治兵衛低語，像在看小字般，瞇起眼睛。

「看來，得再等上一段時間才會好轉。」

好轉？嗯，這句話正是一連串風波的關鍵。

「我認爲，可能是小老闆娘世津夫人始終不見好轉，多香屋才會引發這場風波。」

捨少爺夭折。孩子在七歲前都是神之子，不管什麼時候夭折都不奇怪。這是俗世常發生的不幸。不是任何人的錯。也不該責怪任何人——

這種經常聽到的安慰和教誨，失去捨少爺的世津無法接受。

「母親遇到這種情況，想必不會責怪別人，而是責備自己。會認爲錯在自己，嬰兒是因爲自己的疏失才會夭折。」

畢竟「離開捨少爺一下子」的，是世津。

「世津夫人恐怕是不斷責備自己，一再地鑽牛角尖，讓人不能放著不管。爲了解救她受創的心靈……」

——錯不在妳。這場不幸並非妳造成的。

需要一個明確的壞人，好用來說服世津相信。

「於是搬出了伊勢屋源右衛門先生的賜子寶船。」

原本是源右衛門寶船上的弁財天帶來的孩子，才會因弁財天的一時興起又被帶走。這是可怕的畫，是不吉利的畫。全是四處散播這種東西，吹噓它具有賜子靈力的伊勢屋源右衛門的錯。以凡人之身裝神弄鬼，自以爲能隨心操控吉祥的七福神，是他的傲慢引來天譴——

「所以隔了兩個月才引發這場風波。」治兵衛說：「在這兩個月裡，多香屋的人們提心吊膽地觀察世津夫人的情況，益發覺得不能讓少夫人繼續這樣下去，便想出這個主意。」

你說的一點都沒錯。北一鬆了口氣，感覺就像是治兵衛伸指戳向他的太陽穴一樣。

「治兵衛先生，你該不會早就知道這個劇本了吧？」

明明知道，卻佯裝不知。因爲他無力改變。先前他嚴厲地告誡北一，以及當時那嚴肅的神情，如果都是緣於治兵衛知道一切詳情，就都能理解了。

然而，治兵衛卻不回答。取而代之的是，宛如在抽菸般噘起了嘴。

「不過，若按照你的說法，笹子屋的情形又該怎麼說？」他不緊不慢地低喃。

「這還用說嗎？他們想必是配合多香屋的主意，演出這麼一齣戲。」

與到伊勢屋興師問罪的那群人周旋的那晚，北一徹底了解到，源右衛門的賜子寶船畫在江戶市內廣為流傳，擄獲人心。這已是深厚的「信仰」。若是如此，那些將得子的夢想寄託在寶船畫上的家庭或夫婦，互相鼓勵，支持著這個信仰，也不是什麼奇怪的事。

「我在想，他們應該原本就有這樣的情誼，兩家店關係緊密。雙方都擁有寶船畫，也都成功懷胎，孩子卻在正可愛的年紀夭折，遭遇完全相同。」

北一說完，治兵衛那張馬臉拉得更長了，定睛注視著他。

「北一先生，你似乎不知道，多香屋的小老闆和笹子屋的老闆是兒時玩伴。笹子屋老闆就如同他的哥哥。」

北一不發一語，回望治兵衛。他咬著嘴唇，感覺到甜酒的回甘滋味。

「這樣的話就更有可能了。」

「雖然不知道是誰想的主意，但眞虧他想得到。」

治兵衛望向店門口，露出略感刺眼的神情。

「這次被當成壞人的伊勢屋源右衛門先生以及他的夫人，從很久以前就被生意夥伴們排擠。」

「因為夫人是藝伎出身對吧。」

「哦，你知道那檔子事啊。」

治兵衛採用這種粗俗的說話方式，微微一笑。

「那位夫人雖上了年紀，但風韻猶存。年輕時是婀娜多姿的美女，人見人愛……周遭的人們不光是瞧不起源右衛門先生，其實還嫉妒他。」

無論如何，這事聽了都讓人覺得不舒服。北一一口氣說道：「一直被欺凌的源右衛門先生，在意外的機緣下受人們吹捧，說他的畫具有賜子的靈力，而他也因過去受盡欺凌，心有不甘，於是備感驕傲。想求助他的靈力的人，表面上客客氣氣，其實心裡累積了更多怒氣。」

就是在這樣的緣由下，釀成此次的風波。將伊勢屋的源右衛門塑造成壞人吧。如果是那對夫妻，即使吃點苦頭，也是罪有應得。之前他們那麼趾高氣昂，現在就讓他們付出代價吧。

簡直是沒完沒了。

「北一先生，接下來你打算怎麼做？」

治兵衛如此詢問，那雙銅鈴大眼炯炯生輝。這個人爲什麼能露出這麼悠哉的神情呢？

「怎麼做？這……」

「要像捕快一樣闖進多香屋，大聲說『你們的陰謀是如此如此，這般這般，我已完全看穿，快點俯首認罪吧！』，嚴厲斥責他們嗎？」

怎麼可能這麼做。

「我不是捕快，就算使出這種霹靂手段，也沒人會當眞。」

況且眼下全是「恐怕、大概、可能、或許」之類的推測，沒有確切的證據。

「也對。你明白自己的身分，所以之前揭發那起大案子時，才會請冬木町的夫人出馬。」

沒錯，請盛裝打扮的夫人持千吉老大的朱纓十手，華麗亮相，非常精采的一幕。

「這次也如法炮製，怎麼樣？」

北一頻頻搖頭，「夫人不會答應的。我肯定會挨罵。」

彷彿可以聽見夫人的聲音。

——小北，你揭發這種事，對誰會有幫助？

伊勢屋的風波已平息。源右衛門的寶船畫已沒在江戶市內流傳。今後不必擔心這起事件會捲土重來。

就算揭發眞相，也只是讓多香屋的少夫人再度受苦罷了。

沒人會因此獲救。

「我知道夫人一定會對我說，把這件案子蓋上，等風波自然過去，是最好的方法。」

待時間流逝，就會淡化一切。

「沒錯，說得好。」治兵衛有些得意地說：「想必政五郎老大也早就看出是這種情況。」

「咦……」

沒這回事！政五郎老大十分同情伊勢屋蒙受的無妄之災。

——想揭發這場風波背後的陰暗面。

就是因爲他這麼說，北一才展開行動。

——你能否展現過人的手腕，讓在彼岸的千吉老大刮目相看？這是個絕佳的機會，你得好好幹啊。

政五郎老大在北一背後推了一把。

不，可是……

當時政五郎老大不也說了一句「所以我才一直暗中觀察情況」嗎？還說源右衛門「只是被人利用吧」。

如今細想，他指引了明確的方向。與其說是建議，不如說這幾乎就是答案了。

——不會吧？

北一跟個傻瓜似的，不自主地說了這麼一句。當然，他只是在心中低語。

「因爲政五郎老大十分了解千吉老大，很賞識他當捕快的本領。」治兵衛接著道。

不過，千吉老大死後，繼承他的朱纓文庫這塊招牌的北一，是個有多大能耐的年輕人呢？

「這個年輕人與富勘先生合作，製作出無可挑剔的文庫，替伊勢屋老闆解危，算是立了大功。不過，他對這場風波的眞相卻渾然未覺。如果一直放著不管，他恐怕永遠不會察覺。這樣太危險了，所以政五郎老大才出面指引一條明路吧。」

北一沉默不語，這時治兵衛彷彿要補上最後一擊，又說了一句：

「房屋管理人富勘先生自然也已看出他的心思。」

啊，是這樣嗎？北一感覺全身虛脫無力，從台階上滑落，直接蹲坐在土間。

「捕快處理的紛爭，大多屬於這一類。」

頭頂上方傳來治兵衛平靜的聲音。

「甩動十手和捕繩，逮捕歹徒，圓滿達成任務，如此華麗的場面，在一百次辦案中可能只會遇上一次。至於其他案子，往往雙方都有錯，公說公有理，婆說婆有理，只要將雙方的說詞整合，想辦法平息紛爭即可，盡是這種街頭巷尾的爭執。」

因此，想要加以仲裁，需要的是經驗。

「年輕時，像這樣請前輩指點迷津，或是自己想辦法解決，而失敗收場，遭遇各種狀況，是很理所當然的事。不過，北一先生……」

治兵衛走出帳房，舉起手溫柔地輕敲北一那頭髮稀疏的腦袋。

「如果政五郎老大認爲你是個只會讓千吉老大的威名蒙羞的蠢材，就不會親自露面了。」

不過，北一是個能幹的傢伙。

「老大十分賞識你。等這個案子辦完，你可要好好登門向老大請安。」

是是是。我這頭髮稀疏的腦袋，敲起來聲音很響對吧——北一心想。

寄放在舊物小販辰吉那裡的其餘七張寶船畫，北一猶豫著該怎麼處理才好。還是扔了比較乾脆？就算留著也沒意義。望著這些畫，就會忍不住在心裡想，畫出這些寶船畫的到底是多香屋的人，抑或是笹子屋的人，但這樣萬萬不可。

「不管怎麼說，即使是惡作劇，畫的終究是神明。」

不清楚內幕的辰吉，反對燒毀或是撕毀。北一被他單純的話語打動，最後決定交由辰吉處理。

過了半個月後，某天辰吉向北一展示以那七張寶船畫巧妙剪貼裝飾而成的枕屏風。除了以背部示人的弁財天外，不論從正面或反面看，都會與六福神中的某尊神明眼神交會，相當巧妙。雖然屏風看起來是便宜貨，但設計頗具巧思。

「合起來一共是四十九尊神。」

「眞氣派。如同你之前說的，有些人做的是不想讓女神瞧見的生意，要是能賣到那種地方就好了。」

「嗯，我找到買家了。」

交貨時，辰吉用一大塊布包好枕屏風，放上手拉車，合掌拍了兩下後，虔誠一拜。

「好，那我走了。」

手拉車卡啦作響，辰吉就此出發。阿辰婆婆目送辰吉離去，仍和平時一樣，獨自發著牢騷。儘管如此，北一還是感到內心變得輕盈許多。原本壓在心頭的一塊重石，現在已改放到寶船上的某個角落。他有這樣的感覺。

第二話

額頭裡的東西

二

「好吃吧？」

在「長命湯」的鍋爐口，北一坐在一個從垃圾山裡拉出來，已半損毀的木箱上。喜多次就站在一旁，吃著北一給他的豆餅。應該說，他一直吃個不停。

「富久町有家叫『豆辰』的豆子店，今天是他們店裡老太爺的忌日。」

是死後第二年的忌日。由於這位老太爺生前與千吉老大素有交誼，而且是「朱纓文庫」的老主顧，所以北一今天早上來「長命湯」之前，先去了「豆辰」一趟，在佛龕前上香。結果老闆娘對他說：

——這是我公公生前愛吃的東西，所以多做了一些。不嫌棄的話，請帶回去吃吧。冬木町的夫人那邊，我們會派人送去，這是小北你的份。

她遞出的那包以竹皮裹覆的豆餅，入手又沉又暖。

「那場寶船畫的風波，你又幫了我很大的忙。之後我只告訴你事情的經過，也沒付你工錢或謝禮，才以此答謝。不過，這是借花獻佛，對你比較抱歉。」

北一想和喜多次一起吃，於是將還熱烘烘的竹皮包揣在懷裡，跑來長命湯。現下這個時節，已完全不會冒汗，風吹過脖子還會覺得冷。北一這才發現，各處的木戶番（註一）都已販售起烤地瓜和炒栗子。

「喂，我問你好不好吃！」

北一心想，喜多次再怎麼少言寡語，開口誇一句總不會少塊肉吧，不料抬頭一看，發現他脹紅臉，握緊拳頭猛搥胸口，發出「唔、唔」的呻吟聲。

「你噎住了！」

北一跳了起來，但他可沒將這包得來不易的豆餅扔向一旁。他腦筋轉得快，將豆餅擺到一旁的空木桶上，接著朝喜多次那骨瘦嶙峋的後背不斷拍打。

「嘔……」

喜多次叫了一聲，恢復呼吸。

「嚥下去了……」

「要吐才對！你未免太貪吃了吧。」

喜多次完全不當一回事。他東張西望，找尋剩下的豆餅，北一急忙將那包豆餅搶了過來，逃向一旁。

「剩下的是我的份。」

「豆辰」的豆餅是跟小孩子的臉差不多大的圓餅，裡頭塞滿炒得香氣四溢的黑豆。烤得硬邦邦當然好吃，不過，剛做好時熱騰騰的口感更是特別。

「圓形的豆餅，眞是第一次看到。」

喜多次說道。他意猶未盡地嗅聞指間殘留的餅香，不只嘴角，連鼻頭也都沾了粉。

「嗯，圓形的豆餅，我也只知道『豆辰』這麼一家。大部分都是做成像海參的形狀。」

「海參？」

「像這樣……比米袋的形狀再窄一些。」

儘管用手比出形狀，喜多次彷彿還是不懂。

「你故鄉的豆餅，是做成方形，像伸餅（註二）那樣嗎？」

「是將方形斜切成三角形。」

這時北一猛然驚覺，不小心問到他故鄉的事，不要緊嗎？

喜多次似乎不以爲意，接著說「這並不是只有我家才有的風俗，是大家都一樣。新年的年糕湯裡也會加入那種豆餅」。

哦～豆餅年糕湯。北一不曾見過，也沒聽過。富勘或是見多識廣的冬木町夫人應該知道吧。

「這我還是第一次聽說。你的故鄉離這裡很遠嗎？」

我怎麼又問了呢？

註一：在城市內的各個要處，以及市町交界處設置的關卡，會派人戒備。

註二：將剛搗好的麻糬壓扁拉長成長方形製成。

「我、我家是煮怎樣的年糕湯來吃，我完全不記得。因爲我三歲那年的夏天走失了。千吉老大家是將伸餅切成這般大小，先烤到微焦後，再放進醬油味偏濃的高湯煮。湯料有蘿蔔、芋頭……」

北一說話時，喜多次不發一語地靠過來，將剩下的兩個豆餅全拿走了。北一手上只剩沾粉和竹皮。

「我只吃一個耶。」

「這不是我的工錢嗎？」

「話是沒錯，可是原本明明很多的！」

「哎呀，那場風波圓滿解決，眞是太好了。」

哦，用這招轉移話題？到口的食物被搶走，這種怨念可是很深的。

喜多次鼓起腮幫子，若無其事地嚼著豆餅，口齒不清地說：「替我撿到的七福神寶船畫找到收留處，你們長屋的那個舊物小販是好人。」

「嗯，我過去都太小看辰吉先生，對他了解不深。」

「是不是好人，得要有個契機才會明白，這也是沒辦法的事。」

哦，今天他話眞多。說得挺有道理。是豆餅的功效嗎？

「那麼，你去向那位叫政五郎的老大報告過了嗎？」

去過了。北一忍不住嘟起嘴。

「要是當時直接從『村田屋』前往，那就活像是個跑腿的小弟，太沒面子了。所以我等了幾天，觀察情況。」

政五郎老大果眞和他的稱號一樣，住在回向院後方的一戶普通民家。蕎麥麵店的生意是在其他地方，交由其他人手負責，而且他家中沒有手下喧鬧地頻繁進出。看他和夫人過著平靜的生活，雖然沒歸還十手，但感覺就像過著半退休的生活。從這個層面來看，甚至可以稱呼他為「大老大」。

老大這幢小巧的房子，首先是「伊勢屋」夫婦前往問安，對他說一聲「辛苦您了」。接著，「多香屋」和「笹子屋」的老闆也馬上一同前往拜訪。

——為了毫無根據的因果宿命傳聞，像女人和孩子一樣大吵大鬧，實在汗顏。我們會鄭重向伊勢屋老闆致歉，希望老大能出面居中調解。

聽說還深深低頭鞠躬。

「最後終於圓滿解決，所以我一本正經地前往拜訪，並坦白告訴老大，我被村田屋的治兵衛先生訓了一頓，這次的事我會謹記在心。」

——捕快處理的紛爭，大多屬於這一類。

「你猜政五郎老大怎麼說？」

他瞪大那雙如嬰兒般漂亮的眼睛，然後流露出彷彿是母親在對嬰兒餵奶的溫柔神情，莞爾一笑。

「他說，是村田屋老闆想多了，我可是什麼都沒察覺。」

——村田屋老闆想必是看北一你肯動腦筋，處處用心，勤於奔波查探，展開思考，才會這樣提點你。

「老大這番話，聽起來一點都不像是假話，彷彿是肺腑之言。」

令人敬畏，不愧是老練的捕快。

「接著，他又誇讚起我的工作表現以及文庫，還說千吉老大一定會以我爲榮。」

這句話深深滲進北一心中，也滲進眼裡，引得他眼眶泛紅。

「千吉老大健在時，我只是個比小狗更沒用處的打雜小弟。」

每天都挑著老大的朱纓文庫四處叫賣，靠家裡的剩飯塡飽肚子，寄住在老大的屋簷下，日子過得十分幸福。能在千吉老大底下當個打雜的小弟，我就心滿意足了。就連在夢中，也不敢有更進一步的奢求。

「如今我的想法有點改變。要是老大健在時，我能像現在這樣就好了，心裡很懊悔，很遺憾。雖然知道這麼想已太遲，依然忍不住會想……咦？」

喜多次不見了。剛才明明還在眼前大啖豆餅，怎麼一下就不見人影？

「不燙了，現在喝正好。」

喜多次突然從背後現身，右手拎著陶壺，左手拿著兩個茶碗。

北一激動地說「你這習慣得改改，像貓一樣躡腳走路，神出鬼沒的。這裡的老爺爺老奶奶，哪天要是被你嚇著，就這麼嚥了氣，該如何是好啊」。

喜多次拿來的陶壺，蓋子上有裂痕，兩個茶碗外緣都有缺損，模樣活像鋸子。約莫是他拖著手拉車四處蒐集柴火時，在某個地方撿回來的吧。

北一以為是白開水，沒想到陶壺裡是焙茶。雖然淡得只勉強帶有一點茶色，但入口依舊芳香。

「喝完就回去吧。你不是還有生意要做嗎?」

北一原本是打算前往工房。烤火盆和暖桌之類的入冬季節景物、飛到三河島村的白鶴、商家舉辦惠比須講(註)的熱鬧景象等等，要製作這些適合朱纓文庫的當令圖案，現在就得著手準備，相當忙碌。

北一與櫸宅邸的榮花為此討論過，她應該已開始作畫。繪畫方面完全不必擔心，但前些日子，美麗的榮花大人才剛訓過北一一頓。

——我作畫，是當成在自我學習精進。我的畫就算不能用在文庫上，我也不會生氣。如果你有不滿的地方，儘管跟我說。如果你明明覺得不夠好、不滿意，卻企圖掩飾自己眞正的想法，勉強採用我的畫，我會生氣。瀨戶也會生氣。到時候會有什麼後果，你應該知道吧?

北一很明白這樣的後果，於是伏身拜倒，向榮花立誓——小的絕不會口是心非，阿諛奉

註：陰曆十月二十日祭祀惠比須神的儀式，祈求生意興隆，並會設宴款待親朋好友。

承。

「雖然是大美人，但武士終究是武士。絕不是弱女孩。」

北一自言自語後，沉默了片刻。

「應該要說『弱女子』才對。」

喜多次說完，將掉落在縮腳褲膝蓋上的豆餅沾粉拍除。

「我也要出門一趟。」

喜多次蒐集柴火，並非一天一次，只要有空，可以使用手拉車，他就會出門好幾趟。澡堂得靠燒熱水才能營業，所以柴火是這門生意的命脈。

——這小子好像也是武士。

「一族」、「家譜」之類的字眼，他講得一副習以爲常的樣子。他的出身與北一截然不同。爲什麼會捨棄身分，來到堪稱是江戶邊陲的這種地方，擔任澡堂的鍋爐工，過著一身髒汙的日子？

儘管好奇，北一並不想大剌剌地直探他的個人隱私。或許哪天有機會，喜多次自己會說。也可能以後北一就對這件事不再好奇了。如同喜多次說辰吉「是個好人」，北一也認爲「喜多次（大概）是個好人」。雖然充滿謎團，但不是什麼邪惡的謎團。我是這麼想的，嗯。

好，該走了。北一同樣也擦拭沾粉的手，拍了拍衣服，突然想到一件事。

「聽說，以前政五郎老大有個記性絕佳的手下。」

喜多次將他的蓬頭亂髮重新綁好，撕開老舊的手巾，做成束衣帶，纏住衣袖，心不在焉地應一聲「哦」。

「我想重新調查一個老案子，便向政五郎老大詢問。結果他告訴我，如果是以前的事，可以去問他那位手下。」

那個人有高高隆起的額頭，並有過人的絕技，就是看過、聽過的事，全都牢記在腦中。

「他自小無依無靠，政五郎老大就像他的父親一樣，將他養大。他這項絕技受到賞識，長大成人後，一直都擔任衙門裡的文書人員。」

此刻喜多次明顯感到心情沉重，轉身背對北一。

「最近我打算去見那個人，關於你爹的事，還有你爹景仰的伯父……記得是在某座橋邊經營小吃攤，對吧？包括那個人的事。如果那個人記性眞的那麼好，或許他會知道些什麼。」

你要一起去嗎？北一還沒開口詢問，便閉上了嘴巴。因爲喜多次清瘦的背影告訴了他。

——少囉嗦。

好，明白了。

「那麼，改天見。」

今天沒帶伴手禮給「長命湯」的老爺爺老奶奶，下次來的時候，再補償他們。北一朝工房走去，同時腦中想著這些人情義理。儘管是秋高氣爽的好天氣，他心中卻微微籠罩著烏雲。

北一「想重新調查的老案子」，不是別的，正是二十八年前村田屋治兵衛遭遇的可怕案件。

末三老爺子覺得治兵衛不是善類，不太願意和他有生意上的合作。過去治兵衛兩度遭遇身邊親近的人橫死，所以末三老爺子說，被這種「罕見的慘事」纏身的治兵衛，是個「罪業深重」的人。

在第一起案件中，治兵衛的妻子丟了性命，而第二起案件，是常在村田屋出入，與他頗有交情的一位年輕流浪武士遭人斬殺。第二起案件發生在兩年前，千吉老大也經手過，大致的情形北一還記得。由於是武士尋仇或是奉旨討伐這類的案件，老大說，這不是市町官差該出面介入的事，就此抽手。既然如此，現在同樣不該介入。北一無從查探。

然而，村田屋的案件不一樣。這是租書店的老闆剛娶進門的妻子遭人擄走，慘遭殺害。不管怎麼看，市町官差都該出面。目前面臨的阻礙，只有將近三十年的這段歲月。

這起案件最後沒抓到凶手，當時治兵衛十九歲的新婚妻子登代爲什麼會被人擄走、爲什麼會被奪走性命，眞相一直隱沒在黑暗中。

我想重新調查這件案子，找出凶手，查明背後隱藏的緣由。北一心裡這麼想。雖然不知道自己是否有此能耐，但他想竭盡所能。他認爲自己應該這麼做。

村田屋的治兵衛確實脾氣有點古怪，但他是個好商人。與村田屋合作，將讀物收納在朱纓文庫裡，並為文庫畫上符合讀物內容的圖案，進行販售，這是回歸文庫原本用途的提案，相當有意思。如果連試都不試就作罷，實在可惜。事實上，北一與榮花和青海新兵衛談過這件事，兩人都躍躍欲試。

唯獨末三老爺子擺出頑固又陰沉的神情。

——我不想和那種人一起做生意。

末三老爺子是當初支持北一自立門戶的恩人。他討厭的事，北一不想勉強。要是繼續推動與村田屋的合作，末三老爺子可能會說一句「我也該退休了」，就此離開。老爺子女兒的夫家——田原町「丸屋」那群善良的人們，想必也不會再與北一合作。

這種左右為難的情況，該如何解決？就算一個人抱頭苦思也想不出答案，於是北一一如往常，向冬木町的夫人傾吐煩惱。夫人聽了之後，仍舊閉著眼睛，那光滑的眼皮顫動，狀甚開心地笑著說：

——既然如此，小北，你就試著靠自己的力量，去解開村田屋登代夫人那起案件吧。

那已是將近三十年前的事，當時千吉老大正好是北一現在的年紀，在他追隨的老大底下當捕快的見習小弟，因為人機靈，口才又好，備受企重。這樣的傳聞甚至傳進鮮少邁出家門的夫人耳中。沒錯，當時老大和夫人尚未相遇。

——抱歉，這起案件我什麼忙也幫不上。就算老大還在世，想必也不太記得詳情。你先請政五郎老大幫忙吧。富勘也能提供協助。等北一你下定決心，想知道什麼，試著直接向治兵衛先生問清楚。夫人給的建議相當明快。

——你就跟治兵衛先生說，這次我一定會幫你揪出凶手。要是連這點氣概也沒有，那怎麼行呢。

夫人，這話說來簡單，但以我的情況，這就像是隨便向人打包票，會良心不安的。

案發當時，很多人懷疑是治兵衛殺了登代，卻刻意佯裝成是遭人綁架。末三老爺子就是這麼說，表示這傳聞已在左鄰右舍間傳開。治兵衛恐怕不只是如坐針氈，簡直就像遭受地獄的業火焚燒。

如今重提這不堪回首的往事，眞的好嗎？只爲了北一做生意的野心……不，是爲了北一的朱纓文庫的夢想。

——總有一天會擁有自己的店面吧。

不過，治兵衛先生應該會想知道眞相。如果一直擱著沒弄明白，日後前往彼岸，不就沒臉見登代夫人嗎？

北一時而心急，時而猶豫，時而訓斥躊躇不決的自己，不自主地興起一個念頭——打聽這些往事時，要是喜多次能陪在我的身邊，一定可以爲我壯膽不少。

——我似乎太天眞了。

北一既羞愧，又不甘心，同時想到自己只吃到一個豆餅，感覺很嘔，於是朝工房走去。陰曆九月的太陽在高空俯視著他。在同樣的太陽底下，並非只有本所深川，在大川對岸的市街上也發生駭人聽聞的悲慘案件，暫時吹跑了北一腦中的煩躁。這事就發生在兩天後。

二

穿過富勘長屋出入口的木門來到大路上，朝通往本所的二目橋走去，途中左側有一棟瓦片屋頂的雙層房屋。其規模介於一般的「仕舞屋」（註）和「宅邸」之間，也可稱為「小宅邸」。到前年初秋為止，都是一家專賣藍染球和棉線的批發商「天野屋」在那裡做生意。

天野屋是藍染球批發的老店，不過是在第五代店主開始經手適合藍染的棉線之後，生意才日漸興隆。這位第五代店主與千吉老大同年，並且曾是同一家習字所的學生，就此有了交誼。千吉老大文庫屋裡的夥計和工匠穿的徽印短外衣，全是天野屋贈送。換句話說，這項贈禮代表「日後要是有什麼事，請您多多幫忙」。當時還只是跑腿小弟的北一，也拿過一件師兄們穿過不要的徽印短外衣。

天野屋夫婦育有二男一女，皆順利長大成人。長男娶妻生子，二男也有親事上門，眼看即將談成時——那是前年初春的事，第五代店主突然莫名深受暈眩所苦。動不動就感到頭暈目眩，即便閉眼躺在床上，仍暈眩不止。不論是仰躺、俯臥，或弓身抱膝，都一樣天旋地

註：在商店街裡，由做生意的店家轉為一般住家的房子。

轉。夜不能眠，食不下嚥，整個人變得無比虛弱，偏偏那年夏天又特別悶熱，第五代店主捱不過夏天，溘然辭世。

由於他過去連腹痛都不曾有，家人彷彿做了一場噩夢。但噩夢並未就此結束，第五代店主去世不到七七四十九天，換長男出現跟父親一樣的症狀，臥病在床。他們花了大筆銀兩請來大夫診治，讓他服下昂貴的湯藥，卻一樣不見起色。

漸漸地，天野屋的人們認爲，這奪走第五代店主性命，又讓即將接任第六代店主的長男生命力一天一天流逝的暈眩症狀，恐怕是某種業障或詛咒所造成。當時也曾前來找千吉老大商量，雖然北一是輾轉得知，但他很清楚此事。

——當初做棉線生意時，與幾家中盤商交涉，後來我丈夫說「就是他了」，選定其中一家，談妥生意，但被拒絕的店家對我們懷恨在心。

肯定就是那家中盤商下的詛咒，第五代店主的遺孀面如白蠟地如此堅稱，所以千吉老大專程前去與對方見面。當時是在秋老虎的大熱天下前往八王子。

——如果不順便到賭場逛逛，實在吃不消。

老大笑著出門，回來時直搖頭。天野屋深深懼怕的那家棉線中盤商，是個長得像小芋頭般五官平板的年輕人，才剛娶妻，過著儉樸幸福的生活。老大針對他們先前與天野屋的糾紛展開質問後，這年輕人嚇得身子蜷縮，臉色慘白。

——當時我也是剛從伯父手中繼承這門生意，天野屋老闆沒和我們做生意，我一直以爲是我還年輕，他瞧不起我，才會那麼生氣。事後我伯父以及寄合肝煎（註）狠狠訓了我一頓，我甚至想剃光頭謝罪。

這中盤商的妻子已有喜，隆起的肚子逐漸變得明顯。

對於詛咒、業障之類的說法，千吉老大打從一開始就沒當眞。不過，既然當事人對此深信不疑，他只好姑且聽著，之後再化解即可。總之，這位中盤商是無辜的。

——這種人不可能會詛咒他人。

走武藏野路返回，微微曬黑的千吉老大，召集了天野屋眾人，詢問他們是否想得到其他可能詛咒或怨恨他們的仇家。只要生意興隆，就會招來嫉妒，而當生意走下坡時，家中就會出現紛爭。不，有時正因做生意賺錢，家人和親戚之間才會互相仇視。你們就坦白說吧。

也就是說，將矛頭由「憎恨、詛咒天野屋的某人」，轉爲「被憎恨、詛咒、有罪惡感的天野屋內的某人」。

——既然有這樣的業障，天野屋的每個人只要拍拍自己的身體，應該都會拍出塵埃才對。你們就好好用力拍吧。

結果這家人當場哭了起來。我們不記得做過招人怨恨的事，家裡一直都一團和氣，也沒

註：職位名。江户時代，奉祿三千石以上的旗本，沒有職位者，統稱「寄合」。而「肝煎」則是負責監督寄合的職務。

和任何人結過梁子！

——既然如此，趁這個機會搬家吧。根據自古以來的慣習，有一種叫「方違」的做法。提出這項建議的人是富勘。當然，他已事先和千吉老大談妥，也找好了適合天野屋做生意和一家人生活的新居。

根據方違的做法，只要移往吉利的方位，消除災厄，就算之後再回到原來的場所也不影響。所以，抱持著先搬家試試的想法也沒關係。富勘口才一流，天野屋眾人被說服，搬往比深川更偏僻的本所外圍。

最後，第六代店主的暈眩毛病竟然不藥而癒，全新的天野屋生意也很快步上軌道。如今老夫人有三名孫子承歡膝下，她守護著亡夫與祖先們的牌位，過著安泰的日子。

位於二目橋旁的小宅邸從此成了空屋。那塊土地和房子的主人在江戶是數一數二的大地主，多出一、兩幢空屋，他根本不痛不癢。他打算暫時讓房子空著，去去穢氣。話雖如此，如果完全門戶洞開，又會有危險，還是得留意關上門窗，小心火燭。

在富勘的請託下，北一多次前往查看情況，並未特別感到陰森，就是普通的空屋。房子若沒人住，荒廢得特別快。說來真是可憐……只會引來這樣的感懷。

直到今年梅雨季前，才有人租下那座小宅邸。是一對三十歲左右的夫妻，和一個還走不太穩的小女孩，組成的三口之家。據富勘說，女主人是那位大地主的遠親，富勘從她小時候就知道她。

——她丈夫是名廚師。因爲有地主的幫忙，他們成婚不久，便在四谷的大木戶（註）附近開了一家小飯館，卻被地痞流氓盯上。

於是他們決定換一處河岸，渡過大川，移往深川，重新開飯館。

如果是一家便宜又好吃的飯館，那也不錯……正當北一滿懷期待時，小宅邸的門口掛上藍染的暖簾，上面寫著——

「桃井便當」。

是販售盒裝便當和竹皮飯糰，給人親近感的店家。儘管如此，像北一這樣的身分，還是無法經常到店裡光顧，只有在手頭較闊綽的時候，才會買「桃井」的飯糰犒賞自己。

這位丈夫名叫角一，妻子名叫阿常，而蹣跚學步的女孩名叫阿花。夫妻倆當初是在角一學藝的赤坂料理店認識，在店主的同意下共組家庭，開始經營飯館。夫妻倆原本感情和睦，店裡打理得很好，直到兩年前，有個常客對阿常糾纏不休，令他們深感困擾。

那是個年約四十，梳著町人髮髻的男人。

——他的髮髻怎麼看都像是町人的風格。既不像工匠，也不像是做粗重活的人，但也不像夥計或商人。如果是演員，又沒那份瀟灑。不過，他似乎手頭十分闊掉，所以我心想，他也許是開地下錢莊的。

註：檢查人馬貨物、證件及票據的場所，設置在以江戶爲起點的各個街道入口處。

——如果是開錢莊的，他的穿著和配件又顯得太寒酸。

這對夫妻的看法不一致。對方外表不俗，聲音也好聽，說話口吻有點演戲的味道，阿常說：

——該不會以前是在劇場裡跑龍套的吧？

聽著兩人說明的北一，在聽到此人「似乎腰不太好」後，便認定阿常勝出。劇場裡跑龍套的演員，不管年紀多大，只要使不出空翻，就再也不能吃這行飯。那傢伙可能是傷了腰，被趕出劇場吧。不過，這樣無法解釋他爲何手頭闊綽，而且這根本是瞎猜。

對方一有機會就糾纏阿常，糾纏無果，就硬逼著阿常答應他的要求，爲達目的不擇手段，即使是以阿花爲人質來逼阿常就範，他也不會有半點猶豫——這種死纏爛打的做法，實在是受夠了，乾脆拋下這家店，一家人逃離此地吧。他們甚至想過，乾脆逃離江戶算了。

——然而，當初拜地主與富勘先生之賜，才與這塊土地結緣。深川是個好地方。每天早上都在海潮的氣味中醒來。

角一的這句話，聽在從未離開過深川的北一耳中，感覺格外新鮮。

——當初在四谷時，阿常有過一段可怕的遭遇，實在令人感嘆，時至今日，我們仍驚魂未定。一時遲遲不敢做生意，讓客人走進店裡。而且要是開飯館，無論如何都得賣酒。

所以，開便當店正合適。這座小宅邸對我們一家三口來說，實在太大了，所以我們只使用一樓的一半空間，不過屋裡的修繕我都一手包辦，也會認眞打掃。很慶幸有寬敞的廚房。

北一不時會順道過來看他們，於是這對夫妻向他提到此事。

阿常將用舊了的文庫當置物盒使用，相當愛惜。

——眞是抱歉，我打算日後跟小北你買個全新的文庫。

所以，北一回道：

——既然如此，日後你們就請我製作桃井的朱纓文庫吧。在慶祝開店十週年的時候，分送給老主顧，這主意不錯吧？

眞是好主意，到時候一定委託你——角一眼中閃閃生輝。

這對夫婦啊。

勤奮認眞、感情融洽的角一和阿常，以及接下來的新年一過，即將滿三歲的阿花，一家三口。

就在九月十日這天。北一永遠難忘，就算想忘也忘不了。

一早睡眼惺忪地望向月曆的那一幕。

——昨晚風勢增強了。

他心裡這麼想，替脖子圍上手巾的那一幕。

——早安，小北。今天很冷呢。

在井邊遇見隔壁的鹿藏、阿鹿夫婦，因井水的冰冷而全身蜷縮的那一幕。

——想要味噌湯嗎？

阿金端來一個小鍋子。

——費用就用它來抵吧。

一個畫有出雲大神的神社和大鳥居圖案的朱纓文庫，阿金直接拿走的那一幕。

之前阿金對北一的商品明明都不感興趣啊……北一納悶地偏著頭，喝著鍋裡的味噌湯，接著往膝蓋用力一拍。他想起之前請榮花畫這個圖案時，榮花說的那句話。

——下個月會聚集八百萬眾神的出雲大社，是姻緣之神。

要是阿金能早日遇到「好對象」就好了。北一喝味噌湯時暗想，感覺湯有點鹹的那一幕。

北一忘不了。正因忘不了，根本不用憶起。那些光景會持續在他腦中浮現吧。

「北一，你在嗎？」

北一在爲外出做準備時，附近習字所的師傅——流浪武士武部權左衛門來訪，爲此事揭開了序幕。

「咦，老師。一大早的，有什麼事嗎？」

同是長屋住戶的佳代是武部老師的學生，富勘與武部老師認識已有十多年，而北一自立門戶後，武部老師的習字所算是他難能可貴的大客戶。只要老師叫一聲，他便會飛奔過去幫忙，不吝出力，但不知這次有什麼事。

只見武部老師表情凝重，以束衣帶纏好衣袖，難道是一早要練劍？

「我有個學生就住在附近。他一早出外釣魚，從二目橋返回的途中，發現情況不太對勁。」

什麼情況？哪裡的情況？

「是桃井。他們店裡連一扇防雨門都沒開。」

一早去釣魚的孩子，肩上挑著自己做的釣竿，腰間繫著裝滿小魚的魚籠，試著走到桃井的店門口。

——早安。

腰高障子（註一）上寫著「桃井」二字，底下附上桃子和水井的水墨畫。這孩子叫喚了兩、三聲，始終沒人應門。

「而且隱約飄來一股難聞的氣味。」

北一漸漸猜出是怎麼回事。

「怎樣的氣味？」

武部老師定睛注視著北一，「依我那十一歲的學生的描述，像是有人嘔吐的臭味。」

北一感到一陣噁心。怎會這樣！怎會發生這種事！

「番屋（註二）那邊——」

註一：日式紙門的一種，上方是紙門，下方是木板。

註二：江户時代，由町人自行組成類似義消、義警的組織，他們值勤的地方稱爲番屋。

「通知了。我也派人去通知富勘了。你和我一起去吧。」

去屋裡查看。

北一只是個賣文庫的小販，雖然是千吉老大的徒弟，但不過是個打雜的，根本沒辦法像捕快一樣辦案——雖然覺得自己沒辦法，卻也辦過幾件案子。儘管運氣不錯，最後都成功破案，但眞的都是湊巧。

然而，武部老師不容分說地接著道：

「現在的你應該沒問題。我們走吧。」

實在應該當場拒絕的。我不行啦，我是個膽小鬼，沒那種膽量。

因爲愚蠢，才沒拒絕。明明是個蠢蛋，卻又愛逞強。明明是個沒有腦袋的半調子，卻當自己很能幹，擔心起桃井那一家三口。

就算北一趕去，也幫不上什麼忙。

小宅邸的寬敞廚房裡，三人都斷了氣。角一蹲坐在土間，模樣就像在向人跪地磕頭。阿常在架高的房間中央，趴臥在地上，手裡摟著阿花。阿花像西瓜蟲一樣蜷縮著身子。

三人似乎都呑下了毒藥，吐出鮮血和嘔吐物，痛苦地掙扎，口吐白沫。

武部老師以手指逐一探向他們的脖子，測他們的脈搏，接著道：

「北一，要打赤腳。如果留下我們的腳印可就不妙了。」

北一連回答都做不到，只能脫下草屐。爲什麼一移動雙腳，就感覺腦袋在搖晃？

「如果要吐，到外頭去。要忍住，不能哭。別辱沒千吉老大的威名。」

武部老師毫不留情地說著，撩起裙褲的兩側，塞進腰帶裡，以便行動。那是一件滿是補丁，縫補得很用心的裙褲。接著，武部老師伸手搭向短刀的刀柄。

「搞不好有可疑人物躲在屋內。我去巡視一遍。你在這裡看著。」

武部老師像貓一樣敏捷地行動。北一用嘴巴呼吸，勉強忍住沒嘔吐。他就這樣呆立原地，淚水奪眶而出。嘴角垂落，從他緊咬的齒縫間逸出呻吟聲。感覺不是自己的聲音。

過了一會，武部老師如惡鬼般雙眼炯亮，如幽魂般面無血色，返回廚房。

「沒看到惡賊。沒有遭人破門而入的跡象。」

武部老師解除防備的架勢，垂落雙肩。北一見狀，原本支撐他的絲線頓時斷裂。

「抱歉。」

他飛快地說了這句話，從後門連滾帶爬地跑到戶外，抽抽噎噎地哭了起來。

三

之後，直到本所深川的同心（註一）澤井蓮太郎，和與力（註二）栗山周五郎這位驗屍老手一同現身為止，北一都不記得自己做了些什麼。

他遵照武部老師與提著刀直接趕來的富勘下達的指示，在桃井周遭拉起圍繩，不讓看熱鬧的群眾靠近。面對感到不安而多方詢問的鄰人以及桃井的熟客們，他得想辦法含糊帶過，感覺自己相當忙碌。其實他的腦袋一片空白，而且鼻塞，呼吸困難。不知爲何，眼睛也覺得刺痛。

說到驗屍的官爺，首先想到的便是「南町奉行所最擅長驗屍」的與力——栗山大人。之前第一次見面時，他的行事確實很俐落，但牢騷特別多，常抱怨「我明明是內勤官，卻得這麼費事」，或是「沒帶眼鏡，細小的東西看不清楚」。

如果今天他還是這樣說，聽了一定會非常難過。所以北一不同以往，顯得特別安靜。結果這次澤井少爺很快便向栗山大人介紹北一，並且說明：

「這小子是千吉的徒弟，名叫北一，雖然還不能獨當一面，無法將手牌交付給他，但他做事相當勤奮。」

栗山老爺中等身材，年約五十左右。花白的頭髮，搭上突出的下巴，令人印象深刻。他湊近與北一對望，開口說道：

「現債柴說有點晚了，不過，千吉的事實債教人遺憾。」

現在才說有點晚了，不過，千吉的事實在教人遺憾。

雖然是表達他心中遺憾的話語，但每個字聽起來都很含糊。這種聲音該怎麼形容？

——是叫啞嗓，還是酒嗓？

正當北一心不在焉時，栗山老爺已走進桃井屋內。澤井蓮太郎帶著幾名隨從和當月輪値的市町官差跟在後面。

「稍後會向你和那位習字所的老師仔細問話。你們在這裡等著，別走遠。」

澤井少爺細長的雙眼和平時一樣透著冷光。即使看到店內的慘狀，他的眼神也不會有任何改變吧。

「我們去那邊坐一下吧。」

被人從後面一把抓住肩頭，北一赫然回過神。是武部老師。早上見面時沒注意到，他的臉頰和下巴一帶因鬍碴而泛黑。那短短的白髮，猶如鐵砂裡的砂子般隱隱發光，特別顯眼。

「富勘一下就累得筋疲力竭。他也上了年紀。體力大不如前啊。」

道路對面，可能是有人設想周到（或是爲了方便他們自己看熱鬧），擺了幾個空木桶。富勘就坐在正中央的木桶上——應該說是癱坐在上面，無力地垂落雙肩。

「啊，老師、小北。」

富勘想把中央的木桶讓給老師坐，雙膝卻在打顫，站不起身。

「無妨，你坐著就行。」

武部老師制止富勘，直接跨坐在角落的木桶上。他不光用束衣帶纏住衣袖，還穿著滿是

註一：江戶時代，在與力底下掌理庶務和治安的下級官員。

註二：輔佐町奉行的一種官職，類似現代的警察署長，待遇與中下級旗本相當。

補丁的裙褲。

「老師，您早上練劍啊。」

北一也坐下，與武部老師中間隔著富勘，他爲自己軟弱無力的聲音感到驚訝。由於是在空腹的狀態下嘔吐，感覺整個人都快前胸貼後背了。

「嗯，偶爾也要溫習一下劍術才行。」

武部老師如此說道，一臉疲憊地撫摸下巴。幾乎都能聽到摩擦的沙沙聲了。

「……只是輕鬆地揮了幾下竹劍。」

「小北，雖然老師這樣說，但他本領過人呢。」

富勘說道。他的聲音渾濁，想必不是因爲像北一樣吐過，而是他強忍嘔吐的衝動，一再嚥回肚裡的緣故。

「哼，面對這樣的慘事，完全派不上用場的本領。」

任誰有再厲害的本領，都爲時已晚。

「到底發生了什麼事？」

北一失了魂似地問，武部老師和富勘都沒馬上回答。富勘低著頭，右手遮住眼睛。武部老師雖然背對著晨光，但就像陽光射進眼中，覺得很刺眼似地皺著眉頭。

「我做這一行很多年了，看過不少自殺還有強迫一起自殺的情形。」

富勘低語，顫抖著嘆了口氣。

「但帶著孩子一起走，看了實在教人難過。」

自殺？強迫一起自殺？北一那失去思考能力的腦袋空轉著：「那是自殺嗎？」

「不然會是什麼？他們不是服毒嗎？有那樣的殺人手法嗎？」

「這可難說，桃井生意興隆。角一先生和阿常夫人兩人，不論什麼時候見到他們，總是都笑咪咪的……」

阿花正好是怕生的年紀，看到不認識的客人會哭，但和北一很親近。

「我跟他們約定好了，等開店滿十週年時，要幫他們製作印有桃井屋號的朱纓文庫。」

他們沒理由服毒自盡。怎麼可能會有這種事！

「我們在這裡爭執也沒用。驗屍結束前，你們就好好守在這裡吧。」武部老師站起身。

「您要去哪裡？」

「發現桃井異狀的那名學生，我叫他在習字所等。我得去看他一下。」

北一都忘了早上去釣魚的那名學生。武部老師果然是成熟的大人。想到這點，頓時又一陣胸悶，北一清咳幾聲，想替自己掩飾。

「不用顧慮，儘管哭出來吧，小北。」

富勘的聲音虛弱無力。

「要哭只能趁年輕時，上了年紀後，遇到這種難過的事，還沒來得及哭，就會承受不住打擊倒下了。」

北一緊抿雙唇，抬起臉。我不哭。最想哭的人，是角一、阿常和阿花。我沒資格代替他們三個人哭。

他展現出守衛的樣子，試著環視四周。看熱鬧的約莫有二、三十人。雖然不清楚桃井內的情況，外面的人知道多少，但八丁堀一身卷羽織（註）裝扮的同心親臨現場，大家看了，應該都知道事情非比尋常吧。群眾比剛才聚在這裡的時候更顯怯縮，沒人敢走向前，嚷嚷「怎麼了、怎麼了」。

眾人神情緊繃，臉色蒼白，不安地竊竊私語。甚至有年輕姑娘哭成了淚人兒。有人以為北一在瞪他，急忙縮起脖子。

就在這時——

像是被吸引過去，北一與一名女子四目交接。

她站在道路靠這一側的角落，唯一的銀杏樹後方。這銀杏樹是足以雙手環抱的老樹，女子只露出半邊臉，北一視線捕捉到的，也只有女子的單邊眼睛。

不過，她的眼神很強悍。

——她為什麼看著我？

她引北一上鉤，想做什麼？我就不乖乖上鉤，自己把妳拉過來吧。北一從空桶上站起身。

這時，女子似乎猜出北一的意圖，乾脆地從銀杏樹後走出。

不是年輕姑娘。她梳了個大大的圓髻，穿著微帶灰色的青綠色小袖和服，下襬散布著紅葉圖案。腰帶是亮眼的方格圖案。拎著一個相同圖案但不同顏色的提袋。

在晨光下，和服的青綠色顯得很暗沉，近乎黑色。

女子的穿著講究，但身形矮短。可能是抹了厚厚的香粉吧，只有臉部特別白。不過，她微凸的眼珠特別引人注意。讓人聯想到身長和孩童相仿、劇場裡會使用的人偶，眼睛也是長這個樣子。會眨眼睛，也會抬眼，機關做得相當精細。

女子的雙眼望向北一，接著像貓一樣俐落轉身，穿過看熱鬧的人群，消失蹤影。

北一大爲吃驚，一時無法動彈。女子的小袖和服露出一大片後頸，所以當她轉身背對時，從後頸到肩胛骨上方都一覽無遺。上頭有刺青。是圓圈當中有一片銀杏葉的圖案。葉片呈扇形擴展的部分朝上，微向右傾。不，那也可能是三弦琴的撥子，總之，是形狀很像銀杏葉的圖案。

女人刺青，光這樣就十分罕見了。雖然看起來像一般的少婦，其實是煙花女子嗎？如果是這樣，那圖案似乎別有含意。

「小北，怎麼了？」

富勘朝北一叫喚，拉了他的衣袖一把。北一望著女子消失的方向，對他問道：

註：羽織（短外罩）的一種穿法。江戶的同心爲了方便行動，都不穿裙褲，而且將羽織下襬往上折，塞進腰帶裡，稱爲卷羽織。

「銀杏是不是有什麼不吉利的由來?」

「咦?」

「我好像在讀物上看過銀杏妖之類的。」

「你說的是樹齡很老,就算會變成妖怪現身也不足為奇的銀杏樹吧。」

說完後,富勘刻意傾身向前,窺望北一的神色。

「你不要緊吧?」

北一指著女子剛才藏身的那棵銀杏樹,「它也很老,對吧?」

富勘轉頭望向老銀杏樹,對那群始終不肯散去的看熱鬧群眾露出嫌棄的表情。

「以前天野屋老闆在此開店前,沿途長了一整排銀杏樹。」

銀杏是不易起火,有防火功用的樹木。作為木材,它的木紋緊實漂亮,容易加工,頗受重視。不過,秋天長出的銀杏果就有點麻煩了,當然,它很好吃,又能作為藥材,頗具滋養功效,但氣味就是難聞。

銀杏並不是直接一顆圓粒長在樹枝上。那是種子。果實的形狀像袋子,而銀杏就長在裡頭。而這果實帶有一種獨特的臭味,想要取得裡頭的銀杏,得先將它埋進土裡,讓它腐爛,花上一段時間,這麼一來又更臭了。當然,非人工採集,直接掉落地面的果實同樣很臭。

「由於實在臭得教人受不了,天野屋第二代店主雇人把樹砍了。那棵樹是當時一直保留到現在的老樹,考慮到全部砍光恐怕會引來銀杏的怨恨……」

最後才留下一棵。

「這麼說來，那名女子會是銀杏化成的妖怪嗎？」

北一如此低語，用指頭揉著眉間。是我自己眼花嗎？因爲剛剛哭得像個孩子似的，現在眼睛深處陣陣刺痛。

「小北，你在說什麼啊？」

「剛才我看到一名奇怪的女子。」

話說到一半，澤井少爺從桃井走出。

「喂，富勘、北一。去召集人手，並找三塊門板來。遺體要移往番屋。」

負責驗屍的栗山周五郎留在桃井。

所以幫忙運完屍體後，北一急忙返回桃井。他想和栗山老爺談談。這位老練的驗屍官，是否也會認爲這是自殺或是強迫自殺呢？

在寬敞的土間，栗山周五郎插著腰，昂然而立。不知何時，他已換好裝。他脫下黑色短外罩和黃八丈（註一），像町裡的大夫般穿上筒袖和服，以及類似緊身底褲的褲子。那不是輕衫（註二），也不是野褲（註三），而是眞的如同緊身底褲，以薄布做成的褲子，在腳踝上方還綁著細繩。同時，他也脫去草屐，改穿上皮革二趾鞋襪。這是他在驗屍時的裝扮嗎？

「有、有沒有小的能幫忙的地方？」

爲了避免踩亂現場，北一跪坐在後門外詢問。栗山老爺轉頭瞄了北一一眼，從懷裡取出某個東西，向他拋來。

「穿上這個。」

聲音依舊沙啞，但不至於聽不懂。

接過栗山老爺拋來的東西一看，是和栗山老爺穿的完全一樣的皮革二趾鞋襪。比北一所知道的一般皮革二趾鞋襪更輕薄柔軟。

「仔細把衣服下襬塞進腰帶，捲起衣袖。別讓頭髮掉……」

說到一半，栗山老爺再度轉頭望向北一。「這點你倒是不用擔心。」

這時候似乎該慶幸頭髮稀疏。北一俐落地進行準備。

「可以走進土間。跟在我的後面。」

「是。」

即使遺體已運走，痕跡和臭味仍殘留在屋裡。土間的地面布置了像束衣帶般的軟繩，排出那三具遺體倒地時的形狀。爲了避免繩子移位，重要的位置會釘上細針，或是擺上小的鎭

註一：在黃底上織出褐色條紋或格子圖案的絹織物。起初產於八丈島，因而得名。

註二：褲腳較窄的窄身裙褲。

註三：加強褲管的設計，方便行動的裙褲。

石。

繩子顏色不同，共有三色。如果北一沒記錯，角一遺體倒臥的位置是白色的繩子，阿常是紅色，阿花則是藍色。

北一呼吸急促，雙手發顫，他急忙握緊拳頭。

「你看到了殘酷的畫面吧。」

栗山老爺仍昂然而立，如此說道。渾濁沙啞的聲音中，帶有一絲安慰之意。他已沒有第一次見面時，那滿腹牢騷、不好伺候的樣貌，此時給人的感覺是一本正經，值得信賴。

「你認識這一家人是嗎？」

「是的。他們的便當，對我來說是美味佳餚。我跟角一先生、阿常夫人說好，日後要替他們製作慶祝開店十週年的文庫。」

這樣啊——栗山周五郎應道。接著他便不再言語，維持同樣的姿勢，一動也不動。

北一再也無法按捺，詢問：

「如果一家人是這樣的死法，一定是自殺嗎？」

北一的聲音在顫抖，眼眸深處逐漸熱了起來。

「如果是像這樣服毒後喪命，大概就是自殺吧。富勘——房屋管理人勘右衛門先生是這樣說的，但我不能接受。栗山大人，您見過許多案例……」

栗山老爺抬起右手，打斷北一的話。

「如果說是這一家人一起自殺，我也認爲情況十分可疑。」

咦，眞的？

「如果要多方思考，留在命案現場會比較好，所以我才留下來。」

「眞、眞的很抱歉。小的是否打擾到您了？」

栗山老爺仍舊雙手插腰，挺直腰桿，發出一聲沉吟。

「……角一是曾在某家店學藝的廚師嗎？」

「聽說是這樣沒錯。與阿常夫人也是在那家料理店認識的。」

栗山周五郎緩緩頷首，轉身望向北一。

「接下來，要把廚房裡的東西全都記在本子上做記錄。包含鍋裡殘留的東西、碗櫃裡的東西、垃圾桶裡的垃圾、水甕裡的水量。」

千吉的徒弟，你來幫我忙。

「這樣的慘事鮮少發生。類似的案件，我曾兩度找本所的政五郎來幫忙，但千吉應該沒處理過。你要連同你猝死的老大那一份好好幹。」

而且要好好學——栗山老爺說。

北一沒有異議。他甚至想磕頭膜拜，大喊「謝謝老爺」。

「我會認眞學的！」

接下來，北一一直埋頭苦幹。入秋後晝短夜長，他按照栗山周五郎的命令，埋首於作業中，猛然回神，發現根本沒看到晚霞，星星已在夜空中閃爍。

栗山老爺似乎帶著隨從，以及擔任驗屍見習生的年輕同心。這些人有的感到納悶，有的面露不滿，但老爺沒理會他們，只是一味地使喚北一。老爺所說的「本子」並非只有一種，分成以文字寫成的本子，以及畫有圖案和插圖的本子。負責記錄的人當然是栗山周五郎，北一只是奉命備妥材料、搬動，處理完後加以整理。

途中澤井少爺一度過來查看情況，他苦笑道：

「栗山大人，您該不會是把我說的話當眞吧？」

北一專注於眼前的工作中，沒去細想這句話的含意。當一切都整理妥當後，栗山老爺主動解開謎團。

「我聽澤井說過，你個性認眞，不會輕忽每個細節。」

所以有機會的話，我想找你來當驗屍助手。

北一不知道澤井蓮太郎對他有這樣的評價。不過，是哪件事讓澤井少爺給予這樣的評價，北一大致猜得出來。

今年的春雨時節，深川十萬坪的地主井口八右衛門，他宅邸裡的別房地板底下挖出人骨。在澤井少爺的命令下，北一獨自將它掘出，除去泥巴，加以清洗後，細數骨頭的數量。他對骨頭周邊的泥土過篩後，發現有個像烏天狗的小根付（註）。這成了北一與鍋爐工喜多次結識的契機，不過這又是另一個故事了。

當時北一並不是心甘情願地撿骨。起初百般不願，甚至想溜。搞得滿身塵土和泥濘，還要忍受雨淋，全身冰冷。甚至有蟲在地上爬，連井口家的夥計們都站得遠遠的，眞的很辛苦。

但當他聚精會神地面對遺骨時，漸漸產生了感情。產生想將遺骨徹底掘出，拼湊出人形的念頭。

儘管如此，北一仍有點驚訝。栗山老爺雖然沒戴眼鏡，但北一的工作態度全瞧在眼裡，事後還誇獎他是吧。

不論是澤井少爺，或是栗山老爺，全都一樣。

——你的努力總有人會看到，指的就是這麼一回事。

「千吉擅長與人應對，但這種需要耐性的工作很不拿手。」栗山周五郎說。

「你的個性和你們老大不同，我認爲這樣很好。」

受到誇讚，理應高興，不過聽到千吉老大被批評，北一心裡頗感意外，一時不知該有何種表情。

「今天就到這裡，你回去休息吧。那雙皮革二趾鞋襪，你到外面後再脫。」

栗山老爺冷淡地說道，將北一趕出後門。接著，他突然想到似地補上一句「對了，給你

註：以繫繩連結印籠、菸盒、提袋等物品，吊在腰帶上用來固定的道具。

打個賞吧」。

「這怎麼行呢，我不能收老爺您的賞錢。」

「不是要給你錢。」

經過半天的相處，北一明白，栗山周五郎幾乎完全不笑。但他絕非陰險之人，也沒有壞心眼。是個像工匠一樣，做事相當講究的老爺，不太像市町官吏。

「這起案件如果說是全家一起自殺，情況十分可疑，我何以會這麼認爲，我就告訴你原因吧。」

哦，這打賞有價值！

「在這樣的案件中，查明三人服毒的先後順序很重要。」

以全家一起自殺的情況來看，首先是夫妻與孩子的組合，順序通常是丈夫讓妻子和孩子服毒，自己最後服毒。如果少了夫妻其中一人，只有父子或母子的情況，父親（或母親）會先讓孩子服毒，自己再隨後服毒。

「就算是強迫自殺，如果是夫妻的話，通常下手的人是丈夫。如果是親子的話，下手的則會是父親（或母親）。」

所以，桃井一家三口如果也是自殺，角一應該會看著孩子阿花以及妻子阿常先後服毒，自己最後才服毒。

「但那像是角一吐出的食物殘渣，飛濺到阿常和阿花衣服的前胸部分。」

如果是這樣，就是角一最先服毒，在妻子面前斷氣。

「的確……這點十分可疑。」

可是，有什麼根據能推測那是「角一吐出的食物殘渣」呢？

「阿花似乎還無法跟父母吃相同的食物。放在爐灶上的鍋子，裡頭的食物就是證據。」

鍋裡殘留些許根莖蔬菜和麻糬融煮成的稀飯，北一也看到了。

「他們夫妻吃的則是雜穀飯、蕪菁味噌湯、半邊的水煮青背魚，裝在碗櫃裡一個附蓋子的容器中。」

吃了這半邊魚的人，只有角一。因為在阿常嘴角殘留的嘔吐物中，沒有魚肉的碎屑，但角一有。光從一開始聞到的嘔吐物臭味就可明白。

「同樣混有魚肉碎屑的嘔吐物，飛濺到阿常和阿花的衣服前胸部分，所以是角一先服毒。」

這時，妻子的毒性尚未發作，還能正常行動，她可能是想照顧痛苦難受的角一，於是丈夫吐向她前胸。

「這不是全家自殺會有的順序。你明白的話，就走吧。你不是還有生意要做？從明天起，如果有什麼新發現，我會再通知你。」

北一像池裡的鯉魚般張大著嘴巴，在秋天皎潔的月光下，一路走回富勘長屋。

接下來到冬木町的夫人那裡去吧。桃井的事想必已傳入夫人耳中，她應該很擔心。

但我實在累壞了，手腳好僵硬。明明做的不全是粗重的活，可能是一直繃緊神經的緣故吧。

不過，這樣的辛苦確實值得。栗山老爺果然是厲害的人物。我希望能爲他效力。我要認眞工作，努力學習。

北一緊握拳頭，想鼓舞自己，不知爲何雙腳一軟，癱坐在地。眼前變得比黑夜還暗。不妙，餓過頭了——

「小北，喂～小北。」

有人拍打他的臉頰。吵死了，讓我睡一會嘛。

「不能睡在水溝蓋上啦。」

是同住長屋的鄰居太一的聲音。傳來一股酒味，想必挑擔叫賣的寅藏也在。

「我姊姊在煮味噌粥。」

還放入地瓜來增加份量，保證能塡飽肚子。太一的聲音傳入耳中後，便飄來味噌的香氣，趕跑了酒味。

北一抬起沉重的眼皮，睜開眼睛。太一正俯視著他。

「小北，今天辛苦你了。」

這句慰勞的話，讓理應已忘記的淚水再次湧上眼眶，北一用力閉上眼。

四

一夜過去，北一上午來到位於高橋的番屋，再次與栗山周五郎見面。

「昨天辛苦你了。」

栗山老爺坐在設有白洲（註）的庭園入門台階上，以無比沙啞的聲音出言慰勞，北一十分欣喜。

「小的上了難得的一課，獲益匪淺。」

雖然栗山老爺穿著像是八丁堀的老爺們會穿的便服，但與力身上的絲綢布料就是與眾不同。不過，自從「驗屍官栗山」穿筒袖和服辦案的模樣深深烙印在眼中後，現在看到不是那身裝扮的栗山老爺，只覺得很不起眼，實在不可思議。

「今天有什麼小的可以效力的嗎？」

「嗯。」栗山老爺點了點頭，朝北一招手，壓低聲音說話，似乎不想讓侍衛聽見。北一把耳朵湊近。

「我從房屋管理人那裡聽說了，我們在桃井內搜證時，你跟習字所的師傅以及房屋管理

註：宅邸裡鋪設白砂的庭園。

人勘右衛門，在屋外看到一名可疑的女子，對吧？」

他指的是，那名背部上方有個形狀像三弦琴撥子或銀杏葉刺青的女子。

「是，我確實看到了。那名女子就站在靠近我這一側的道路旁、一棵老銀杏樹後方，感覺是在窺望桃井內的情況，實在令人好奇。女子也注意到我，回瞪了我一眼……」

北一回想當時的情況，盡可能詳細說明。栗山老爺從懷中取出對折的本子，抽出插在腰帶上的筆墨壺，將北一說的話仔細記下。

「下襬是紅葉圖案的青綠色小袖和服，腰帶是方格圖案。微凸的眼珠特別顯眼。」

「你看事情挺仔細的嘛。」

栗山周五郎以毛筆的尾端抵向下巴，一臉佩服地說著，嘴角微微上揚。那應該就是這位老爺的笑容了。

「不，小的頭腦沒那麼好……不過，和服與腰帶的圖案，在構思朱纓文庫的圖案時會有幫助，我只是常提醒自己要看仔細，並牢記在腦中。」

「那名女子約莫多大年紀？」

「一開始她引起我的注意時，我覺得是某戶人家的少婦，所以應該已不是年輕姑娘。」

年齡很難估算。如果是介於三十到四十歲之間，幾歲都有可能。就算實際年紀更為年輕，或是更為年長，也不足為奇。

「她背上的東西確定是刺青沒錯吧？不是斑或傷痕吧？」

栗山老爺如此直接地詢問，北一一時也無法打包票。他心裡一陣動搖。

「……我不認爲會有那種形狀的斑或傷痕。」

栗山老爺緊抿雙唇，緩緩翻著本子，打開第一頁，遞向北一。

「你看這個。」

北一望向本子，發現本子上畫滿了方框，裡頭有小小的□和○符號，寫有「碗櫃」和「木桶」等文字。此外，還有零星幾個又小又細長的小圓點。

「這應該是桃井的廚房平面圖。□和○是器具，這個較大的方框是爐灶，上面是煙囪。」

「沒錯，是昨天我和澤井兩人進入屋內後畫的。這小圓點你猜是什麼？」

一、二、三，細數數目的這段時間，北一展開思索，接著應道：「是腳印嗎？」

栗山老爺重重地點頭。

「當中有三個大人、一個小孩的腳印，混雜在一起。」

角一和阿常兩個大人。女兒阿花一個小孩。

「前一晚打烊後，似乎做了一番清掃，廚房和土間的角落也留下清掃過的痕跡。所以這四種腳印，應該是從昨天早上桃井一家人起床，一直到被殺害爲止的期間所留下。」

一絲寒意從北一背後竄過。「這麼說來，第三個大人的腳印，是那名凶手留下……」

他不禁屏息。竟然以這樣的方式，便能確認那天早上凶手就在屋內。

「第三人的腳印，是女人的腳印。」栗山周五郎說：「與阿常的腳印相比，那是長度短、寬度窄，十分纖細的腳。而且和在屋裡生活的這一家三口一樣，對方也打著赤腳。這點從各個地方都看得出來，有些地方甚至清楚留下腳趾的形狀。」

老爺如此說道，指出幾個留下腳印的地方。「包括這裡，和那裡。」

「碗櫃前和燈籠箱所在的橫梁下是嗎？」

北一偏著頭，回想桃井廚房的景象，一面思索。碗櫃上面可以放東西。橫梁可以懸吊或是掛上東西。

「這女人應該是在這兩個地方墊腳找尋某個東西，或是要加以隱藏吧？」

栗山老爺像剛才一樣，嘴角輕揚，說道：「這兩個地方只找得到灰塵，什麼東西也沒藏。所以目前只剩兩條路線，一是她找尋某個東西，但沒能找到，二是她將找到的東西帶走了。」

原來如此。北一再度屏息。不是感到痛苦，也不是害怕。他覺得天理昭彰，報應不爽。對於這樣的推論，他一陣熱血激昂，滿心雀躍。

「凶手是為了『某個東西』潛入桃井，下毒害死礙事的一家三口嗎？」

「現在還不能妄下斷論。對方的目的也可能是要殺害他們三人，待事成之後，再慢慢挑選值錢的東西。」

也對。雖然讓人感到既麻煩又焦急，但如果不徹底掌握每個細節來思考，會造成誤判。

「不過，那女人最有可能是凶手，這是可以確定的事。話說回來，使用毒物殺人，往往都是出自女人之手。」

對於沒有力氣的女人，毒物是安全又有效的武器。

——可是，這又是爲什麼？爲什麼這女人非得殺了桃井一家三口不可？

角一不像是會招女人怨恨的男人。他與妻子阿常感情和睦，也很疼愛獨生女阿花。

那麼，難道是因爲阿常？阿常和這女人起過爭執，引來殺機嗎？不，如果有過這樣的紛爭，左鄰右舍應該有人會發現才對。桃井是生意興隆的便當店，有不少熟客。角一和阿常跟左鄰右舍都很親近。不論是好事還是壞事，皆瞞不過眾人的耳目。

原本覺得眞是報應不爽，興奮之情退去，冷汗直冒。北一微微嘆了口氣。

「他們三人服下的毒物，恐怕是附子。」栗山周五郎說。

「附子？」

從烏頭這種美麗的花中取得的強效毒物。

「它作爲藥物，有很強的藥效，藥材行或批發商都有販售，價格昂貴。當然，使用上需要特別注意，而用來當老鼠藥的砒霜，也有類似的功效。」

如果想取得的話，倒也不是什麼難事。

「你看到的那名背後有銀杏刺青的女子，我認爲十分可疑。」

聽到栗山老爺這番話，北一抬起眼，用力點頭。

「得找出她才行，對吧？」

當時那名女子的眼神，是在觀看自己殺害這一家三口的殘忍犯行，以及爲此恐懼戰慄的世人，細細品味自己犯下的惡行是嗎？

——可惡！要是當場逮住她就好了。我到底在幹什麼啊。

「在桃井之前，曾在那裡做生意的天野屋，澤井已過去調查了。這事我還是第一次聽聞。聽說天野屋家中陸續有人染病，於是採用「方違」的做法，遷往他處。」

北一聽了之後，差點叫出聲來。

「難道當時也是……？」

前年初春，天野屋的第五代店主深受暈眩的病症所苦，這不就是一連串不祥之事的開端嗎？

「暈眩是吧……那可不是附子會引發的症狀。」

「如果是不會鬧出人命的份量，稀釋後讓人服下，會不會出現頭暈目眩的症狀呢？」

「哪會有這麼剛好的事。再說了，同樣的凶手對天野屋和桃井下同樣的毒，沒這個道理吧？」

妄下判斷是大忌——北一遭到訓斥，不禁縮起脖子。

「對不起。總之，我會幫忙找出那名銀杏女。」

「那就拜託你了。關於桃井的角一和阿常的事，你們應該很清楚才對。」

我去調查附子的出處——說完這句話後，栗山老爺便站起身。

角一和阿常夫婦的過往，以及開始在小宅邸經營桃井的前後經過，就屬富勘最清楚。要與桃井的熟客、店裡往來的商人，以及其他相關人等接洽，只要請富勘以房屋管理人的身分出面處理，應該就能順利進行。

「聽說他們夫妻之前在四谷經營飯館，被麻煩的客人纏上，苦不堪言。」

習字所的武部老師主動前來幫忙。

「如果要去那一帶重新調查，富勘先生想必需要保鑣。不久前他才被人綁架，吃足了苦頭。」

「那麼，那邊就麻煩你們兩位了。」

北一的目標鎖定那名銀杏女。重要的線索就是那罕見的背部刺青。這並不是隨處可見。

「如果是在澡堂，刺青會特別顯眼。」

北一前去找喜多次，一如往常，在鍋爐口的柴火和垃圾堆之間與他交談。

「希望你能幫我查探一名背後有刺青的女子，刺青的形狀像是銀杏葉，也像是三弦琴的撥子。或許有哪位客人看過。」

喜多次那沾滿煤灰的臉，比平時更黑。他不屑地哼了一聲。

「與其找我幫忙，不如找我們店裡的老爺爺老奶奶。」

「我當然會請他們幫忙，但希望你也能幫我留意。」

「先跟你聲明一點。」

「什麼事？」

「我們店裡沒有女湯。」

北一倒抽一口氣，足足停頓了從一數到四這麼久。

「男人之間也會聊到女人的事吧？」

喜多次再度不屑地哼了一聲。「是、是，知道了。」

什麼態度嘛。北一暗自嘀咕，前往冬木町夫人的住處。

「俗話說遠在天邊，近在眼前，如果夫人知道這種刺青的來歷……」

那事情就好辦了。雖然心裡這麼想，結果卻不如想像中這般樂觀。一提到桃井，夫人緊閉的眼皮間便流下淚來。身為夫人忠心的女侍，同時也是她的知心夥伴、得力心腹的阿光，也跟著一起淚眼漣漣。

「真是太殘忍了。竟然連孩子也沒放過，逼孩子服毒，這種事連地獄的牛頭馬面也做不出來。」

「小北，你要快點逮捕凶手。日後那傢伙遊街示眾時，我會追過去拿熱開水潑她！」

北一應道：「……這樣的話，載那名凶手的馬匹太可憐了，潑水就免了吧。」

雖然夫人見多識廣，但關於女人刺青一事，卻一無所悉。

「我自己沒辦法看到刺青，也沒聽老大提過。」

千吉老大不光是自己經手的案子，世間發生的各種事也都會說給夫人聽，講得生動又詳細，讓看不見的夫人也能聽著像是親眼所見，然而……

「老大可能不太喜歡刺青吧，甚至曾語帶諷刺地說，分辨地痞流氓時，比起看臉，不如看刺青的圖案更可靠。」

而且說到女人刺青，似乎還是在花街柳巷較爲常見。例如，以此作爲向情夫立誓的證據，或者是老主顧送上大筆銀兩，只好含淚汙損自己的肌膚。

「因爲都不是什麼好事，我不會吵著要他說給我聽。」

由於這個緣故，從夫人那裡只得到一個建議。

「與其找我，不如去找宇多丁幫忙吧。那麼罕見的刺青，他可能聽過什麼消息，或是記得些什麼。」

深川元町的梳頭店老闆宇多丁，如果是個柔弱的美男子，那確實很像是梳頭師傅，偏偏他是個大漢，一些三流的相撲力士對上他，恐怕都會嚇得落荒而逃。

而這個大漢一聽到北一提起桃井的「桃」字，便放聲哭了起來。

「人們都說世上沒有慈悲的神佛，眞是一點也沒錯。小北，你要是逮到凶手，請先偷偷帶來我這裡。看我用剃刀劃破他脖子，然後握住腳踝，把他整個人倒吊提起來，搾乾他全身的最後一滴血，再拿去餵野狗，讓野狗啃他骨頭！」

北一應道：「……要是讓野狗記住人肉的味道可不好，還是別這麼做吧。」

由於做生意的關係，宇多丁見過各種刺青的圖案，然而……

「銀杏葉的圖案，我沒見過，也沒聽過。就算那是三弦琴的撥子好了，那些靠教三弦琴討生活的師傅們，只要是正經人，都不會汙損自己的肌膚。」

有趣的是，宇多丁和夫人都一樣（也就是說，千吉老大也一樣），使用了「汙損肌膚」這樣的詞語。

「那名刺青女不會是一生當中就這麼一次，剛好從桃井附近路過吧？」

「應該不會。」

只要她不是隨機殺人魔的話。話說回來，也不太可能會有對人下毒的隨機殺人魔。

「要是她曾以客人的身分來過我店裡，總會有人記得吧。她的穿著不是刻意露出一大片後頸，要讓人看見她的刺青嗎？」

「昨天她應該也能改採遮掩自己身上刺青的裝扮，而且之前她靠近桃井時，可能身上還沒有刺青。」

如果不徹底掌握每個細節來思考，會造成誤判。嗯！

然而，宇多丁的濃眉微微一挑。

「小北，很多事你還不懂。就算是像短外罩上面的徽印一樣大的刺青，也不是那麼容易刺的。因為刺完後會紅腫、發燒，而且不是刺完後馬上就會那麼好看。」

噢，是這樣啊。北一搔抓那頭髮稀疏的腦袋時，宇多丁的眉頭皺得更緊了。

「連同小孩子一起，能一次讓三個人送命的女人……不，就算是男人也一樣。」

對方恐怕視殺人爲家常便飯吧。

「家常便飯？」

「我的意思是，桃井的案子並不是對方第一次下手。」

對方以前也殺過人。

「那個形狀像銀杏的刺青，搞不好具有某種含意。難道是細作？那是辨識的標誌。對忍者來說，殺人根本是小事一樁。」

宇多丁說得輕巧，北一卻感覺像是當胸挨了一拳。

——那小子。

鍋爐工喜多次的右肩有烏天狗刺青。他本人說那就像是他們一族的家紋。

——所以，那小子的身手才會跟忍者一樣。

悄然無聲地跑跳，一擊就讓鎖定的對手無法動彈。就像將柴火拋進鍋裡一樣輕鬆。

這個狀似銀杏葉的刺青，或許如同某一族的家紋。而這一族的人也和喜多次一樣身懷絕技。

如果是這樣，要一次殺害便當店的一家三口，根本易如反掌。

——雖然沒這麼想過，卻不無可能。

不過，果眞如此，喜多次爲何反應那麼冷淡？「對方可能是像我這樣的人」，爲什麼不跟我說？

「如果往前回溯查探，不知江戶市內是否發生過類似的案件？」

宇多丁沒發現北一僵立原地，他盤起粗壯的手臂，接著說道。

「要是小千還在世，就能直接向他問個清楚了。但很遺憾，現在能倚靠的人，大概只有本所的政五郎老大了。」

因爲這位老大有個記性過人的手下——

「咦！」北一出聲，頓時回神。「宇多丁，你知道老大的那名手下？」

「我可是人稱順風耳的梳頭店老闆。」宇多丁昂然挺起高大的身軀。「照這樣看來，小北你也知道，還眞是不能小看你。」

「我也是前不久才剛知道的。當時爲了調解紛爭，請政五郎老大出面幫忙。」

老大當時還大力誇讚我呢。雖然想如此吹噓一下，但北一嚥回了肚裡。

「他眞的很有身爲老大的威儀。」

「我還是比較喜歡小千。」

會叫千吉老大「小千」的人，只有這個大漢了。

「不過，就連小千也對政五郎老大相當尊敬。」

千吉老大遠比政五郎老大年輕，所以這樣的說法有點奇怪，不過算了。

「所以我……順勢向政五郎老大詢問起以前的案子。結果老大告訴我，如果要問以前的事，可以找他的一名手下。」

我一點都沒誇大，他眞的什麼都記得，什麼都想得起來——政五郎老大說。

「此人有個又凸又大的額頭，甚至會在臉部形成陰影，感覺和一般人很不一樣，就像是妖怪。」

宇多丁說著，咧嘴一笑。笑容幾乎要從那張大臉滿出了。

「小北，你去見他時，兜襠布可得綁緊，小心別嚇得腿軟。」

宇多丁的建議，北一沒當眞，但他還是先跟政五郎老大知會了一聲。

——桃井便當店一案是吧？我家「大額頭」的能力如果派得上用場，你就儘管運用吧。事先獲得老大的許可，準備前往拜訪那位人物時，北一換了一件新的兜襠布。因爲感覺這麼做比較好。例如……到時候就算嚇得昏到，被人用門板扛出，至少不會太難看吧？

政五郎老大的那名手下叫三太郎，但沒人這樣喊他。他從政五郎老大底下獨立出來後，便在町奉行所的文書官——書記同心底下擔任助手，至今已有二十五個年頭。由於他的能力過人，近來甚至獲准進出裁決所，大家都管他叫「大額頭」。

聽說，他在與八丁堀公宅隔一條路的七軒町租屋。

——爲了避免屋內收藏的文書因日曬受損，他家中的門口和窗戶都設有擋板，所以一看就知道。大額頭和你一樣，雖然相貌堂堂，但頭髮稀疏。我已告訴他，千吉老大的手下會前去拜訪他。

我相貌堂堂？嘿嘿。

「歡迎。」

前來相迎的人，五官長得很端正。想必小時候常有人誇他可愛吧。年輕時應該也頗有女人緣。

「您是賣文庫的北一先生，對吧？請進。」

但在那個大額頭下，不管有什麼特徵，都相形失色。

——眞的就像妖怪一樣。那叫什麼來著，滑瓢（註）是吧？

北一頓時腿軟，癱坐在地。

五

大額頭三太郎的租屋處，昔日是一家當鋪的倉庫。

「這裡是曾受火災波及，燒毀一半的破倉庫。」

當初在修繕時，順便改建成一般的住家，但走進屋內一看，不管再怎麼改變，許多地方還是保有倉庫的樣貌。首先，地板的厚度就不一樣，屋柱和橫梁的粗細也不同。雖然是雙層建築，但一樓的天花板有一半以上挑空，二樓的部分沿牆壁鋪設了細長的木板地，圍成一個「コ」字形。上下樓使用的是一道近乎垂直擺放的梯子，沒有樓梯。

二樓幾乎全被書本和文件的層架占滿，一樓除了小小的廚房和約莫九尺寬（二·七公尺）的壁櫥外，也是同樣的情形。

北一看得張大嘴巴，久久無法闔上。

「這是……」

他一時無法接話。

「抱歉，我的下巴好像掉了。」

北一一手放在頭頂，另一手抵向下巴，試著讓嘴巴闔上。大額頭三太郎見狀，開心地笑了。

「看您這麼驚訝，我更有幹勁了。」

「這裡的文件和書本，全是三、三……」

像我這樣的人，親暱地叫他「三太郎先生」合適嗎？可是，如果叫他「大額頭先生」又太沒禮貌了。

「如果您是要稱呼我，直接叫我『大額頭』就行了。」

註：日本傳說裡的一種妖怪，特徵爲頭部特別大。在漫畫《鬼太郎》中也曾出現。

大額頭露出柔和的笑臉，朝北一招手。「先進來吧。請坐到那張書桌旁。在這屋子裡，不管坐在哪邊都沒多大差別，不過那邊有圓墊。」

裡頭的木板地上擺著一張大書桌，四周確實放有兩、三片圓墊。地板打掃得十分乾淨，看不到半點棉絮。

大額頭讓北一先入內，自己則是掀起廚房爐灶上的鐵鍋鍋蓋。微微升起一道蒸氣，鐵鍋裡正在燒開水。接著，他從碗櫃取出一組方格圖案的茶壺和茶碗。茶葉罐擺在爐灶旁的台座上。

雖然行動緩慢，但動作熟練。接著，他邊沏茶邊問：

「北一先生，您喜歡菸草嗎？」

「咦？不，我要是抽菸的話，人在彼岸的千古老大夜裡會來到我的枕邊，一腳將我踢飛。」

哈哈哈，大額頭笑了起來。他是個沒脾氣，感覺很和善的人。但那額頭高高地隆起，在眉毛底下形成暗影。

「那就好。我這屋子就像柴火一樣，連把抽菸看得比吃飯還重要的三輪田大人，我也請他到屋外抽去。」

三輪田大人是雇用大額頭當助手的書記同心。大額頭不同於捕快，北一不知道他是否領有手牌，但至少知道他不是使用「三輪田老爺」這樣的稱呼。

「哦，難怪燒開水也是在廚房。」

「對。只有爐灶用火，屋裡一概沒放烤火盆。冬天可冷了。」

大額頭在圓形托盤上擺了兩個茶碗，走上木板地。

「我只備了茶水，請先用來潤潤喉吧。」

「是，謝謝。」

芳香的好茶。這氣味是第一次聞到，但感覺和什麼很相似。

「這是蕎麥茶。」不用北一開口問，大額頭又主動說明：「是政五郎老大店裡的茶，當初我拿了一些回來，現在都只喝它了。」

北一把鼻子湊向茶碗，深吸一口熱氣。「原來如此，這氣味頗像蕎麥湯。」

「它能袪寒。天一冷，就會忍不住想喝熱的，但老喝白開水或番茶，就不得不勤跑廁所，苦不堪言。改喝蕎麥茶就不一樣了。」

哈哈，突然就聊開了。

「不過，寒冬裡連一個烤火盆都沒有，十分難受吧？」

「我都是靠湯婆子（註）來禦寒。」

這一切都是爲了保護屋裡收藏的書本和文件。

「請問……這些全是您自己謄寫的嗎？」

「是的。關於我腦袋的功能，您應該從政五郎老大那裡聽說了吧？」

這是當然。「聽說不管是多久以前的事，或多瑣細的小事，您都能隨意從記憶之海中找出來。」

大額頭將手中的茶碗擺回托盤上，恭敬地以指尖點地，額頭抵向地面，發出清脆的聲響。

「如您所見，就是這樣一個大鐵壺。」

這麼說就太誇張了吧……其實倒也不會。那額頭確實很像是因常常使用而略顯歪斜，卻磨得相當光滑的大鐵壺。

「雖然裡面可以放許多東西，但如果只是一味儲存，在我死後，衙門的官差們就傷腦筋了，所以我才把額頭裡的東西都謄寫下來。」

北一仔細環視後發現，層架上到處都夾著木牌，上面依序寫著日文五十音、「壹」「貳」「參」，以及江戶的町名和道路的名稱。大概是目錄吧。

「不過，這麼一來，其中不就會有像我這種外人不該看的內容嗎？」

北一率直提出他所擔心的問題。大額頭如此親切地邀他入內固然好，但日後會不會對大額頭的立場有什麼影響？

「我聽政五郎老大提過，北一先生十分細心，總會注意到各種細節。」

註：類似熱水袋的保暖器具。

我不單相貌堂堂，還十分細心是嗎？嘿嘿。

「因為不見得注意到的事都能派上用場，這也是沒辦法的事。對了，大額頭先生，您這身衣服上的格子圖案，每個格子各有一個漢字，雖然字很小，但我看得到。寫著戌、巳之類的，是干支吧？」

「是十干十二支。」

大額頭微笑應道。接著，他伸手指向北一的左肘後方。

「插在那邊的層架上，用盒子裝的文件，哪個都行。請打開看看吧。」

咦！北一頓時不知所措。「我看了之後，會不會給您添麻煩啊？」

「沒關係的，儘管看吧。」

大額頭朗聲大笑，不顯一絲動搖。北一為他的氣勢所震懾，急忙往自己的衣服上擦了擦雙手。這樣應該就能完全擦除髒汙和汗水了吧？

好，就挑離我最近，裝在一個黃綠色薄薄盒子內的文件吧。這座層架沒有當目錄用的木牌，也許是不太重要的內容……

北一取出盒子，拿起文件，翻動頁面。

咦？北一更加不知所措了。

這什麼啊？

「這不是……漢字。」他忍不住脫口而出。「我懂了，這是南蠻的文字吧？」

「錯～」大額頭以開朗的語調回答。「不過，您能馬上聯想到南蠻文字，就很不簡單了。請不要只看一本，把層架上的文件全拿出來，看個仔細吧。」

北一頓時產生了興趣，收起原先的顧慮，接著取出兩、三本，翻開頁面。根本沒必要每一本都看，他驚呆了，完全看不懂。

「我投降。這到底是什麼，拜託您告訴我吧。」

「是暗語。」大額頭解釋。「是我一邊和三輪田大人討論，一邊加上個人巧思想出來的。目前共有五種，您一開始看到的是鏡文字。」

將一般的漢字或假名反過來寫。

「第二個看到的，是根據文字的發音改換成暗語的暗號，第三個是更換順序的暗號，每一種都有解讀所需的密鑰，由我交給三輪田大人。」

北一連要發出一聲佩服的感嘆「哇～」都忘了。

「擺在二樓的，不光是我個人的記憶，當中也有衙門的文件，所以加上雙重暗語。」

沒有密鑰的人，不管再怎麼看，也看不出端倪。只會看到比經文還難懂的文字排列。

「要守護這些文書，光靠我一個人留神不夠。衙門和裁決所內的事，都交由官差們負責，不過三輪田大人常對我說……」

——我已做好安排，就算我猝死，也完全不用擔心。

「三輪田大人叫我大可放心。」

另一方面，因大水或火災而失去這些文書的情況，也不用太擔心。比起失去紀錄，紀錄外洩的情況更為嚴重。

「我年輕時從沒想過要將這大鐵壺裡的東西寫成文字保留下來，但自從我一直以為會像仙人一樣長壽的茂七老大過世後，我如遭當頭棒喝，頓時醒悟。」

我自己也難保哪天會死。人命如燭火。

「於是，我著手安排寫下紀錄，話雖如此……」

大額頭此時的眼神，彷彿凝望著遠方某個明亮之物。

「現在這些暗語和暗號的基礎，是當時和我非常要好的一位朋友想出的點子。」

那位朋友（註）打小就有個習慣，不管看到什麼，都想加以丈量，長大後醉心於算術，最後前往長崎學習算術，從此在長崎定居，成了一名學者。

北一有點跟不上，「您說的茂七老大，是政五郎老大的老大嗎？」

大額頭說了一句「哎呀呀」，改為用食指往額頭用力一敲。

「是的。我從茂七老大那裡聽了許多往事，全收納在這個大鐵壺裡，這就是我的工作。茂七老大過世後，我感覺整個人就像收割結束後，被留在水田裡的稻草人一樣。」

一整年都在吃白食，給政五郎老大和夫人添麻煩。當時那位喜歡算術的朋友幫了不少忙，經常鼓勵和督促大額頭。

「北一先生，您有些地方讓我想起那位朋友……」

大額頭瞇起眼睛，溫柔低語，接著突然重新端正坐好，朗聲說道：「不，你們長得一點都不像！」

明明是自己提到，爲何要這麼刻意否認？

「我完全不會算術，就算拿著曲尺，我也不確定是否能準確量出一尺的長度。」

「不過，您是靠製作、販售文庫販售爲生，應該不至於如此手拙。」

好了，先不談這些——大額頭直視北一。

「我們進入正題吧。您要調查二目橋旁那家便當店發生的殘酷案件，對嗎？」

此刻再次提及，依舊令人鼻酸的那一家三口的遺體。混在看熱鬧的群眾中，舉止可疑的女子。她背後疑似刺青的奇怪標誌。多虧有這屋子的奇特景致、蕎麥茶的芳香，以及能力過人的大額頭，北一才能流暢地說明緣由。

「哦……」

聽完後，大額頭鼓起單邊臉，如此應道。接著，他改爲鼓起另一邊的臉頰，說了一句「竟然有這種事」。

而後他突然鬆開自己的衣領，準備露出上半身。咦、咦、咦，怎麼回事？

「您這是幹什麼？」

註：《糊塗蟲》裡的人物，弓之助。

「請告訴我，那女人背後的哪個部位有銀杏葉形狀的標誌？」

大額頭背對北一。北一屁股離地，改採跪姿，以手指比出記憶中的位置。

「與其說是背部，不如說是脖子下方。」

「在肩胛骨中間一帶，對吧？」

「沒那麼下面。從衣領處就看得到刺青，所以……是在後頸這個略微突出的骨頭下方。」

「原來如此。」

大額頭重新穿好衣服，改爲繞到北一背後，用力將他的衣領往後拉（幸好穿的是沒有補丁的外出用小袖和服），讓脖子周邊鬆開。

「是這裡吧？」大額頭以手指按住北一的後頸下方。「如果向按摩師傅詢問，他們會告訴您，這裡有個針灸的穴位，叫『風門』。」

大額頭試著在半空中寫下「風門」這兩個漢字。因爲是常用的字，北一也認得。

「不論冷熱，都是透過這裡進入人體，是重要的穴位。風寒也是從這裡入侵，所以只要讓這裡保持溫熱，很快就能痊癒。相反地，染上熱病時，只要讓這裡和腋下降溫就行了。」

雖然這是有用的知識，但和那名女子有什麼關聯？

「對方刻意在這個穴位上刺青呢。」

大額頭就這樣站在北一背後，那顆大腦袋偏向一旁。沒錯，雖然他的額頭很凸，不過他的腦袋也不小。

「北一先生，您看到的應該是刺青沒錯，只是……」

那可能不是隨時都看得到。

「唯有在某個條件下才看得見。否則，那名女子再怎麼不正經，如此招搖也很難過日子吧。」

「有這樣的刺青嗎？」

大額頭頷首，「有白粉刺青這種東西。」

簡單來說，就是沒上色，只用線條刺出圖案的一種做法。

「如果是這種刺青，平時看不出來。只在有當事人因發熱流汗、泡澡、吃熱食，加速血液循環，肌膚發燙時，刺青才會浮現。」

北一再度張大嘴巴。這次他沒刻意做出用雙手幫忙闔上下巴的誇張動作，結果大額頭對他說：

「請把嘴巴閉上吧。灰塵會跑進嘴裡。」

「啊，是。」

大額頭再次伸指按向北一的風門穴。「如同我剛才說的，這是熱氣在人們身體進出的穴位，很容易感受到冷和熱。也就是說，白粉刺青容易在這裡浮現。」

那刺青就算跟短外罩上的徽印一般大，也會清楚浮現。

「我對此有印象。」

確實有印象。大額頭在北一身後一屁股坐下，喃喃自語。

「我記得。因爲是在詢問某件事的時候，學到關於白粉刺青的事。」

北一不安地轉頭窺望坐在他背後的大額頭。由於大額頭低著頭，臉部完全被額頭的陰影籠罩，看不到表情。只傳來像是貓喉嚨發出的咕嚕聲，聽起來也像是誦念佛號般的咕噥聲。

「嘰哩咕嚕嘰哩咕嚕嘰哩咕嚕」。

大額頭只有嘴唇微動，彷彿在誦唱著什麼。不時會有類似人名或地名的詞語傳進耳中。

「呃，大額頭先生。」

儘管北一叫喚，他仍一動也不動。

「大額頭先生，您沒事吧？」

北一伸手輕碰他的肩膀後，那「嘰哩咕嚕」的低語中斷，大額頭猛然抬起臉。

「唉，又得從頭來過了。」

「咦？」

「這樣我會搞不清楚，請不要中途叫我！」

「眞、眞是抱歉。」

北一雙手放在膝上，就像在挨訓般，畢恭畢敬地坐正。大額頭再度低下頭，豎起右手食指，抵在他的大額頭正中央。

他誦念了一聲「南無三」（註），好似要與人決鬥。

「那麼，我再試一次。嘰哩咕嚕……」

望著他此時的模樣，北一終於明白是怎麼回事。這個人雖然什麼事都記得，能回想起以前的事，但要回想時，需要這樣的步驟。

——如果不按照記憶的順序來回想，他可能會搞不清楚吧。

感覺好像很方便，其實極爲不便。大額頭自己非常清楚這點，才會開始將額頭裡的記憶寫成文字，並編成目錄。

等了約兩刻鐘（三十分鐘），大額頭停止低喃，氣喘吁吁。

「呼～請給我……水……」

廚房鐵鍋裡的熱開水涼得差不多了。

大額頭用茶碗喝了兩大碗，重重吁了口氣。

「三十四年前，品川驛站外郊有一間名叫『紅葉屋』的矢場。」

矢場的生意，是提供短弓給客人射靶玩樂，也附帶提供酒菜。

「那一帶是秋天的紅葉勝地，所以他們鎖定觀光客，生意興隆。不過，那家店並非以矢場聞名，而是以店內接客的美女聞名遐邇。」

說到矢場女，不光是陪笑招呼客人，往往也會賣身。不，應該說以賣身居多。

註：「南無三寶」的縮語，向神佛求助時的發語詞。三寶指的是佛、法、僧。

「而那位店主不是個好東西，只要是他自己和客人覺得有趣，不管什麼事都做得出來……」

某天，他想出一個點子——爲店裡的矢場女肌膚刺上標誌。

「在後頸下方，以白粉刺青的方式刺上紅葉的圖案。」

矢場女在接客喝酒時，氣血上衝，刺青便會浮現。這正是我們紅葉屋的賣點啊。

「好惡劣的行徑。」

北一忍不住脫口而出，接著急忙摀住嘴。剛才講話不要緊吧？不會又打擾到他，得從頭來過吧？

「我已完全想起，沒關係。」大額頭笑道。「這種缺德的行徑被官府得知，是他以這種隱形刺青當賣點的兩年後。因爲當時有個熟客，想和他花了大把銀兩的矢場女一起殉情。」

話說回來，這名店主會被問罪，是沒能阻止兩人殉情的緣故。至於他往店裡女人的肌膚刺上標誌一事，只換來一句「敗壞風紀」的訓斥。

「不過，這事傳開後，就失去了原先的樂趣。紅葉屋從此不再做那樣的刺青，然而……」

在賣春的女人身上刺標誌，這種不人道的做法，成了一種創意，流傳下來。

「之後在品川驛站外，出現了幾家幹這種勾當的店。就連江戶市內也有，所以茂七老大也知道這回事。」

這種事當然無法公然爲之。招牌掛的是居酒屋、料理店、澡堂、旅店，店內做的卻是賣春的勾當，像這種店家都會將這項創意發揚光大。

「北一先生，您看到的那名女子，我猜可能是在那種店裡工作，而且銀杏的圖案別有含意。」

只能畫出人像畫，廣爲散發搜尋了——大額頭說。

「如果那名女子就住在附近，應該有人認得她，所以約莫是外地來的。最好也要向木賃旅館（註）發人像畫。」

明明得到很好的建議，但北一陷入心中湧現的漩渦。

「那名女子的背部……可以看到銀杏的圖案……如果那眞的是白粉刺青……」

那天早上，那名女子知道桃井一家三口化爲悲慘的屍體，無比興奮，氣血上湧。呼～呼～呼～北一閉上眼。不斷湧出的怒氣，在他眼皮底下形成鮮紅的漩渦。角一的死狀。阿常將年幼的阿花摟在臂彎中，倒臥地上的那張臉。滿是不甘心、恐懼、痛苦。

「……先生。」

大額頭叫喚著，拍打北一的肩膀。

「北一先生，請抬起臉來。」

註：原文爲「木賃宿」，伙食、寢具幾乎都是入住的房客自行準備，只需支付燒柴費用的便宜旅館。

在他的催促下，北一抬起眼，從鬢角流下一道汗水，從眼角流下一行眼淚。

大額頭先生。那碩大的腦袋、高高隆起的額頭、在額頭下形成暗影的溫柔面容。

「桃井一案，讓您心裡很難過吧。」

他的聲音將北一心裡旋繞的鮮紅漩渦逐漸吸走。

「您還年輕，目睹如此殘酷的案件，會忿恨不平，感到淚水在眼角燒灼，是理所當然的。」

沒有人可以一下子就變得堅強──

「這件案子也一樣，找到凶手之前，只能持續忍耐。這不容易辦到，而且這種情形今後只會更多。您要一一克服，成爲獨當一面的捕快。」

我能成爲獨當一面的捕快嗎？北一暗自思忖。比起這個夢想，未來會怎樣一點都不重要，現在我只想知道那名銀杏女在何方。衝到她面前，親手將她五花大綁。

「不能先認輸，要讓自己更霸氣一點。只要對您有幫助，我這大額頭裡的記憶，隨時都能爲您效勞。」

大額頭如此說道，朝北一的雙肩用力一拍。北一明明骨瘦如柴，但因挑擔而長繭的肩膀，拍出的聲音相當響亮。

第三話

人魚之毒

一

捕快這一行，無法單單以此謀生。並非奉旨辦案就能輕鬆賺進大把銀兩。

以前當捕快的都不是什麼正經人。一些幹過壞事的地痞流氓，懂得惡人所幹的勾當，很清楚歹徒們的消息和動靜，於是被衙門的與力或同心提拔爲手下，幫忙跑腿賺點小錢，這就是捕快的開端。而這種稱不上正經的工作，要成爲一塊在世間暢行無阻的響亮招牌，博得「老大」的稱號，被指派專屬地盤，擁有自己的手下，並讓他們得以餬口，需要漫長的歲月，以及許多正派男人的努力累積而成。

約莫是因有這樣的歷史淵源，江戶市內的捕快許多至今仍另有正職。千吉老大的文庫屋，以及政五郎老大的蕎麥麵店也是如此。以「回向院的茂七」稱號聞名的茂七老大，年輕時曾以製作黑文字（牙籤）爲業，由於風評絕佳，生意忙不過來，還得雇人幫忙。

千吉老大過世後，北一光是能繼續從事挑擔叫賣文庫的工作，就十分幸運了，但他竟然在因緣際會下像捕快一樣辦案，甚至進一步以文庫商人的身分自立門戶。他知道自己還只是個乳臭未乾的小子，拜意外的發展之賜才得以混飯吃，所以不敢說大話。不過，他免不了在心中暗忖——捕快這工作，我僅僅是學個樣子辦案，就心急如焚，一肚子怒火，要不是另有正職，可以轉換心情，一定會難過得受不了，無法吃這行飯。

便當店「桃井」一家三口的命案，之後一直沒有進展。關於那名銀杏刺青的女子，已印製人像畫，不光在本所深川發放，還請大川西側街道一帶的番屋幫忙廣爲流傳。畫中特別加註強調最有特色的刺青，要是有人在哪裡看到，應該會前來通報才對。目前只能耐著性子等了。

位於二目橋旁的那座小宅邸，自案發那天早上以來，一直維持原樣，富勘說：

「在逮捕凶手前，一概不打掃，保留一切線索，這是房東的意思。」

連土間和木板地上沾染的血跡也保留原狀，要是一不注意，就會長蟲或是發黴，所以要經常前去開窗通風。北一也會留意此事，前往查看。

直到前年初秋都在此開店的「天野屋」，雖說已遷往本所的外圍，但發生這樣的大事，很快也傳進他們耳中，一家人嚇得魂不附體。政五郎老大馬上派機靈的手下前往，在天野屋一家人的身邊保護他們的安全，讓他們放心，順便打聽他們是否記得曾與誰結怨，這十年來和誰起過衝突，不管是怎樣的小事都好，最近有沒有遭遇什麼怪事。

雖然生意興隆，桃井終究只是一家小小的便當店。與經營藍染球和棉線這種大生意的天野屋相比，財力規模相差懸殊。會不會這起案件的凶手眞正的目標其實是天野屋，桃井一家三口是運氣不好，被錯認誤殺？這是政五郎老大的解讀。

不過，天野屋一家人異口同聲地說，我們不記得曾與人結怨，而引來如此不人道的殘酷復仇。況且，我們的生意不會引發如此激烈的衝突。家中亦不曾發生會讓人懷恨在心的紛爭。更別提與身上刺青的女人有什麼瓜葛了，此事絕無可能！連受過政五郎老大嚴格調教，眼力、耳力、直覺都高人一等的這名手下，也感覺不出他們的陳述中有任何謊言或隱瞞。

——看來，認錯人的可能性可以排除了。

就連政五郎老大也只能做出這樣的結論。這麼一來，只能研判桃井的角一、阿常、阿花三人，是因故被人盯上，慘遭滅門。

附帶一提，第五代店主死後，天野屋決定搬遷，而第六代店主的暈眩毛病，自從在新家落腳後，便沒再復發。不過，今年盛夏時節，第六代店主多次爲劇烈頭痛所苦。前來看診的大夫說，應該是中暑導致。

「簡單來說，他們父子可能是同樣的體質，只要身體狀況欠佳，就容易出現暈眩或頭痛的毛病。」

桃井一家三口服下的毒物附子，與此完全無關。

其實我也猜是這樣——富勘一臉得意地說道。

「天野屋老闆一直嚷嚷著這是作祟、詛咒、業障，害怕不已，我才開不了口。」

北一從命案發生的那天早上便意志消沉，延續至今。遲遲找不到那名有銀杏刺青的女子，他備感焦急，每天都爲此咬牙切齒。富勘也一直掛念著這起案件，每次一打聽到新的消息，就會馬上通知他。這點北一十分感謝，但每次聽了之後，總覺得壓在心頭的重擔又多了幾分。

在這樣的日子中，唯獨有件事起了小小的變化，這與北一的命運——這樣說略嫌誇張，應該說與他的身分有關。此事與負責驗屍的與力——栗山周五郎有緊密的關聯。

繼上次之後，栗山老爺再度來到深川的番屋，給北一捎了口信。於是北一親自登門拜訪，對栗山老爺說道：

「勞您大駕，小的實在承受不起。如果不嫌棄小的這副邋遢德性，小的可到您位於八丁堀的府邸請安……」

這位嗓音沙啞的與力，以渾濁的聲音回應。

「我八丁堀的公宅租給別人了，我住在小舟町二丁目，一家比攤販強沒多少的編繩店，名叫『梓』。你要是賣文庫時順道去露個面，也能顧及到生意。傍晚比早上更合適。」

町奉行所的與力和同心，將幕府配給的宅邸租給別人使用，自己改住其他地方，這是常有的事。不過，看起來爲人嚴謹的栗山老爺，竟然也是這樣？北一頗感意外。

隔天日暮時分，北一馬上前往「梓」向栗山老爺請安，目睹了更教他意外的景象。果眞如栗山老爺所言，那是很像是在擺攤販售的店家，不過，顧店的是一位大美人，美得隱隱生輝，宛如在昏黃夜色中點亮一盞紙燈籠。擺在層架上販售的編繩，似乎是這位美女親手編織，走到販售處的土間，只見放了兩台掛著絲線的丸台（註）。高度及腰的分格層架上，收納了五顏六色的線軸，還可以看到一旁擺著紡車。

「哎呀，您是賣文庫的北一先生吧。」

聽到這位美女的聲音後，感覺她的年紀約莫三十歲左右。

「我聽栗山大人提過。請在這裡等一下。如果你的文庫還沒賣完，可以順便讓我欣賞一下，那就太開心了。」

她並非採用武家妻女的說話用語。那是略帶粗魯，充滿溫情的口吻。

在栗山周五郎回來前，等了不到兩刻鐘（三十分鐘）。這段時間裡，女子買了一個紅葉和樹果圖案的文庫，請北一喝了一杯番茶。北一得知女子名叫阿里，面對面近看後發現，她的右眼有點斜視，更顯女人味，嗓音也很悅耳。

「我回來了。」

「您回來啦，老爺。」

「哦，北一。你來啦。」

一襲黑色短外罩的栗山老爺，將插在腰間的長短刀交給阿里，她熟練地接過，兩人一起走進屋內。光看他們的互動，就知道兩人關係匪淺。

阿里探出頭，說道：

「北一先生，請繞到庭院這邊來。」

「是。」

註：製作編繩時使用的工具，模樣像圓椅。

以方格籬笆圍成的小小庭院裡沒有半棵樹木，除了踏腳石和脫鞋石所在的位置外，全都覆滿濃茶色的青苔。苔球隨處可見，相當有趣，是十分特別的設計。眞是一位神祕莫測的老爺。

「辛苦你了。有些事我想先跟你說一聲。」

身穿便服的栗山老爺那突出的下巴以及沙啞的聲音，都與平時無異。既沒因阿里的事而難爲情，也沒半點要解釋的意思。北一也沒將這件事放在心上。總有一天老爺自己會說的。

「我們談過幾次，澤井似乎不打算讓你當千吉的接班人。」

澤井蓮太郎，即澤井少爺，是發手牌給千吉老大的本所深川同心。

「如果您指的是澤井大人的想法，原本千吉老大的手下們也都很清楚。聽說千吉老大自己提過，他不想讓任何人接班……況且我連老大的手下都算不上，只是個在家吃閒飯的。」

栗山老爺嗯了一聲，點了點頭。「澤井似乎認爲，只要有本所的政五郎和他的手下們就夠了。」

身爲深川的一個文庫小販，北一同樣這麼認爲。

「你自己怎麼想？今後想當捕快嗎？」

「這……」

如果是今年初夏前的北一，面對這樣的詢問，應該會乾脆地回答「想」。不過，現在想法有些改變。

「這不是我能決定的事。」

栗山老爺聞言，揚起單邊嘴角。他覺得有意思。

「說得對。畢竟以後的事沒人知道。不過，這樣吧……在桃井那個案子正確破案前，就跟在我身邊幫忙跑腿，你願意嗎？」

咦？北一憨傻地叫了一聲，全身一僵。

「你要經常到這裡和我聯繫、展開調查、向人打聽消息，必要時還得像那天在桃井那樣，擔任驗屍的助手。領手牌這種正經八百的事先不談，只是口頭約定當我的跑腿，你願意試試嗎？」

北一整個人跳起來似地重新坐正，大聲應道：「是，小的很樂意爲老爺跑腿！」

栗山老爺背後傳來一陣輕細的笑聲。只見阿里端著菸盒走來，擱在老爺身旁後，端正坐好，恭敬地朝北一低頭行禮。

「雖然我家老爺性情不定，對自己不喜歡的工作總是態度冷淡，還望您多多幫忙。」

北一臉頰一熱，縮著身子，不斷搔抓頭髮稀疏的腦袋。

栗山老爺手持一支看起來頗有年代的菸管，悠哉地抽了口菸後，緩緩呼出，瞇起單邊眼睛說「那麼，我們進入正題吧」。

「兩年前騷擾桃井夫婦的那名男子，身分已查明。雖然花了一點時間，但就在昨天，澤井率領捕吏闖入男子的住處，將他逮捕。」

角一和阿常在來到深川開設桃井這家店之前，原本是在四谷的大木戶旁經營飯館。那裡有個客人總是纏著阿常向她調情，令夫妻倆傷透腦筋。對方是年約四十的男子，髮髻和裝扮都像一般町人，除此之外，既不知他叫什麼名字，也不知是何來歷。約莫是打從一開始就對阿常懷有非分之想，不同的人問他，他就會說出不同的名字和身分，甚至會亂開玩笑，回答「和這裡的店主一樣叫角一」，或是「我也開飯館」。

角一和阿常之所以結束營業，逃離四谷，也是爲了擺脫這個傢伙。此事上從富勘，下至和他們夫妻熟識的人們，全都知曉。所以面對挑井一家三口的遺體，會懷疑是這個來路不明的男子下的手，也是理所當然。

聽聞此事緣由的澤井少爺，也覺得得先查明這傢伙的身分才行，於是安排了時間和人手前往逮人。後來成功逮捕這個糾纏不休、惹人厭的男子，沒白費工夫。

「太好了。對方是怎樣的醜八怪啊？」

栗山周五郎換睇起另一眼，「角一和阿常的飯館，位於四谷御門外的鹽町二丁目。那一帶的武家宅邸和寺院，遠比一般的町人住家還多。這樣你可有猜出什麼？」

大木戶前方有尾張大人（註一）無比氣派的宅邸，再來就是有個名爲「傳馬町」的市町。與牢房所在的傳馬町不同……應該沒什麼關聯吧。這時，北一腦中浮現一個答案。

「是賭場嗎？」

武家宅邸的中間部屋（註二）常會暗中開設賭場。因爲町奉行所管不到這裡。

「嗯，」栗山老爺往外突出的下巴上下擺動，「這男子名叫久十，三十八歲。尾張大人宅邸南側一帶開設的賭場都由他掌管，身分是一名『侍從』，同時也是賭場老大的手下。」

原來如此。難怪「看起來不像工匠，不像是做粗重活的人，但也不像夥計、商人，或是演員。不過似乎手頭十分闊掉，偏偏穿著和配件又顯得太寒酸，所以不像是開地下錢莊的」。

北一說出當初角一和阿常與他的對話。「阿常夫人還說，對方的嗓音不錯，說話口吻有點演戲的味道，該不會是在劇場裡跑龍套的吧？聽說那男子的腰不好，我一度覺得有這種可能。以爲他是上了年紀，使不出空翻的跑龍套演員。」

栗山老爺手執菸管，緩緩點了點頭。「你的判斷不錯。阿常這個女人似乎也挺有識人的眼光。」

不過，猜對方是演員，確實猜錯了。

「久十並非從年輕時就當侍從。有很長一段時間他都是當壺振師（註三）。

註一：指尾張藩的尾張德川家。

註二：江户時代，在武士底下處理各種雜務的隨從，稱爲「中間」。而中間在武士宅邸裡居住的長屋，稱爲「中間部屋」，人們常在此聚賭。

註三：在賭場中負責將骰子放入壺中甩動定輸贏的人。

負責擲骰子的壺振師，聽說是個頗傷腰的工作。每次輸贏都要大聲吆喝，所以嗓音會變得響亮。

「原來如此……我會牢記在心。」

下次我帶本子和筆墨壺來好了。

「在飯館的熟客中，似乎有人看出久十可能是這樣的來歷，但當時沒說。」

畢竟只是個人猜測，無憑無據。等到阿常被纏上，飯館方面為此傷透腦筋後，才開口這麼說，就像是在搬弄是非，於是更難開口了。因為誰也不想和賭場的地痞流氓扯上關係，要是多嘴惹禍上身，那就糟了。

「每次更換設賭場的地方，他便會跟著轉移陣地，所以他的居所不定。看在他常去的那些飯館老闆的眼裡，他宛如無根的野草，一會風吹現身，一會不見蹤影。」

角一和阿常想必覺得很可怕。

「這次，市町官吏一樣無從出手，便請寺院和神社方面提供協助。澤井似乎從他父親那一代就與他們有交誼，幫了大忙。」

澤井蓮太郎人稱「少爺」，可不是虛有其名。因為他那如今已退休的父親澤井蓮十郎，曾是本所深川的同心，地方人士都稱他為「老爺」，相當景仰他（不過，以最近少爺那工作勤奮、處事精明的模樣來看，似乎要不了多久就會成為「老爺」，而大家也會改口叫退休的蓮十郎「老太爺」）。聽說他父親昔日是能力過人的市町官吏，就算在寺社奉行所裡有他的人脈，也不足爲奇。

「這麼說來，那個叫久十的男子，現下在番屋嗎？」

「不，被送往傳馬町接受審問。」

所以才麻煩啊——栗山老爺將突出的下巴往內收，嘴角下垂。

「前後已過了一天，他恐怕會覺得自己沒辦法再撐下去了。就算他招了，也不足爲奇。」

北一不太懂這話的意思。

「撐……撐什麼？」

「因爲受到拷問啊。」

哦，原來是指那個啊。「這樣他就會招了吧，說出他與賭場老大的關係。」

栗山老爺瞇起雙眼，望向北一。

「你確實觀察力敏銳，工作勤奮，不會疏忽小細節，但似乎有思慮淺薄的毛病。」

咦？

「澤井和負責審問的與力，想逼久十招供的，是他殺害桃井一家三口所用的手法。關於賭博一事，他不過是底下一個小角色。」

原來如此。久十這個無賴會招認，是他殺害角一全家。

「那麼，久十會招認他是凶手。」

栗山老爺靜靜注視著北一，並未回答。

北一在他的目光中清醒過來，感覺就像挨了一記耳光。啊，原來是這麼回事！

「意思是，就算他沒殺人，也會因受不了拷問，被屈打成招，說是他殺的！」

這麼一來，桃井的案件就解決了，萬萬歲。但如果是這樣，北一看到的那名背後有銀杏刺青的女子，又是怎麼回事？栗山老爺發現的腳印呢？

「這些會變成多餘之物。」栗山周五郎回答。「沒有意義的多餘之物。不會留在紀錄中，從此被丟棄遺忘的東西。」

接著，他像在嘆息般，呼出一口菸。

「過去我大費工夫進行驗屍所發現的線索，有七成都被這樣糟蹋了。」

在審問中得到的招供太過沉重。在慘烈的拷問下，就算是漏洞百出的供詞，只要有「請原諒我，這一切都是我做的」這句話，就有其價值。

北一倒抽一口氣，頓時說不出話。沒想到會從如此老練的驗屍官口中，聽到這樣的感嘆。

——千吉老大和政五郎老大也有過這樣的經驗嗎？

接著，北一想起剛才栗山老爺說的話，「在桃井那件案子正確破案前，就跟在我身邊，幫忙跑腿，你願意嗎」。他的意思是要「正確的破案」，而非只是破案。

「可是老爺，這次您不想再糟蹋好不容易發現的證據，又跟我說，如果我願意跑腿，就

跟著您。」

老爺以菸管打向菸盒的外緣，發出「噹」的一聲清響。在殘響中，他再度揚起單邊嘴角說：

「沒錯。我不想讓澤井太得意。他是個精明人，而且他和那些負責審問的與力不同，不會瞧不起我，不過……」

咦？栗山老爺被負責審問的與力瞧不起？他明明擁有如此高超的驗屍技術，難道是對自己有心投入的工作，和不感興趣的工作太過挑剔？

「在這件案子上，他對於你看到的那名有銀杏刺青的女子，以及無法確認是什麼時候在屋內留下的女人腳印，似乎一點都不感興趣。」

澤井少爺逮捕久十，將他押送至傳馬町時，便認爲桃井一案已破案。

「我想要翻案，所以北一，這需要毅力和耐心。」

小的明白！

二

季節未到，水先知。現在是秋季，正是到市內名勝景點賞紅葉的時候，井水卻冷得教人直打哆嗦，爲了給冬木町的夫人燒洗澡水，北一在汲水時不停打噴嚏。而開始燒鍋爐後，那股暖氣令人感到通體舒暢，北一忍不住打起盹來。

泡完澡的夫人溫柔地笑道：

「辛苦你了。今晚準備了豐盛的菜餚，你就多吃點吧。」

和夫人同住，打點她一切生活起居的女侍阿光，是個落落大方，藏不住祕密的女人。在北一的眼裡，她的年紀介於姊姊和阿姨之間，但每次只要有什麼開心事，她就會像孩子般顯露在臉上。

端菜上桌的阿光那笑咪咪的神情，以及擺有烤火盆的夫人起居室裡瀰漫的淡淡香氣，都令北一滿懷期待。

「聞起來眞美味。」

「沒錯，包你吃得讚不絕口。」

阿光以水藍色束衣帶纏住衣袖，完全露出上臂。咦？阿光姊似乎變豐腴了。

「今天晚餐的第一道菜，是湯麵。」

涼麵是江戶人愛吃的食物，但夏天才吃。至於湯麵，有很長一段時間，北一都認爲那是爲了解決夏天沒吃完的涼麵才湊合著吃。蕎麥麵高級多了。

但自從在夫人家中吃過阿光煮的湯麵後，翻轉了他的成見。阿光加入濃濃的信州味噌，再放大量的山菜和香菇來熬湯，這樣煮成的湯麵好吃得教人落淚。北一總是還沒搞清楚剛才吃的麵跑哪去了，就吃完第一碗，打第二碗開始，才慢慢回神。現在他就是如此深愛湯麵。

「我煮了很多。你可以像參加大胃王比賽那樣一直加麵喔。」

接著，阿光端來一個大盤子，上頭擺了許多用竹籤串起的炸天婦羅。有沙鮻、窩斑鰶、芝蝦、星鰻，地瓜、蓮藕、秋茄。而那個小孩子拳頭般大的圓形物體……

「是貝柱炸茼菜。」

北一看得直眨眼，夫人笑著對他說道：「茼菜用油炸過後，會散發香味。感覺連我都能看到那油亮的綠色。」

夫人闔上的眼皮微微顫動。

「御船藏前町有一家新開的天婦羅路邊攤。」阿光說著，端來最後一個托盤，上面擺了一個大碗。碗裡裝著滿滿的柿子，全都剝好皮，切成半圓形。

「開店前十天有優惠價，我端著盤子過去，請他們幫我炸。」

北一只在外面站著吃過一、兩串炸天婦羅，邊吃還邊喊燙。如今能在家中吃到炸天婦羅，簡直……

「像在做夢一樣。那我不客氣了！」

「你就邊吃邊捏自己的臉頰吧。湯麵放久了會失去嚼勁，你盡量吃吧。」

「夫人，小北吃第二碗了，您不必替他擔心。」

北一在開朗的笑聲包圍下，品嘗了風味絕佳的晚餐。

「……小北，最近心情很鬱悶吧？」

夫人以炸天婦羅當下酒菜，自斟自飲，享受著溫酒，湯麵只吃了一口。她朝菸管裡塡入喜歡的菸草，緩緩呑雲吐霧，如此說道。

「目睹那麼殘酷的情景，這也難怪。所以阿光才說，要多煮一些小北愛吃的菜，讓你打起精神來。」

阿光根本就是弁天女神，絕不是嫁不出去的老姑婆。

「感謝招待。」

北一雙手抵著榻榻米，朝夫人和阿光低頭行禮，接著說：

「我有事想向夫人報告。」

在政五郎老大的介紹下，我與大額頭先生見面。同時也開始在擔任驗屍官的與力——栗山周五郎底下工作。北一道出來龍去脈。

「沒先徵求夫人的同意，就私自答覆栗山老爺，是我處事不周。料想千吉老大在天之靈也一定會責罵我。」

雖然栗山周五郎是與力，但他並非本所深川這邊的官吏，居然把澤井蓮太郎擱在一旁，跑去當他的手下。

「我聽老大說過。」

夫人微微偏著頭。她盤在腦後的黑髮也微微傾向一旁。

「以這種形式爲衙門的官吏跑腿的人，稱爲『小者』。既不是捕快，也不是徒弟，只是微不足道的小人物。」

就像螞蟻一樣——夫人說。

「沒人會在意的。你用不著向我道歉，老大想必也不會責怪你。不過，你倒是能從中學到許多日後派得上用場的知識。」

原本以爲北一會號啕大哭，沒想到他竟打了個飽嗝，吃得太撐了。夫人被菸嗆著，莞爾一笑。阿光則是以托盤遮臉，哈哈大笑。

「既然如此，阿光，把那個東西拿出來吧。」

「是，夫人。」

阿光走進擺放衣櫃的房間，旋即回來。她拈著一張紙的邊角，是那身上有銀杏刺青的女子的人像畫。

「如果認定凶手就是那個叫久十的男人，這幅人像畫就沒用處了，全都會被扔掉。最好趁現在依你手上的畫多畫幾張，增加數量。」

北一還沒想到這方面，不過夫人說得對，再過不久，不論是番屋，還是町內的木戶番，都不再需要這張人像畫。但對栗山老爺和北一來說，要找出那名身上有銀杏刺青的女子，這是很重要的線索。

「夫人，這種公告或人像畫，您都會一一保存嗎？」

夫人像小姑娘似地點了點頭，「對。自從老大拜託我這麼做以後，我一直都有這個習慣。」
——這種東西，有時日後會需要。松葉，麻煩妳了。
原來是千吉老大的主意。
「放在那座有黑色金屬環釦的衣櫃最底下的抽屜裡，用包裝紙夾著。」
說到這裡，夫人突然噘起了嘴。
「既然有這難得的緣分，我留存的文件全交給大額頭先生保管好了。不過，當中包含了對千吉老大辦案有幫助的文件，以及最後白忙一場的文件，都混雜在一起。」
眞是個好主意，夫人——阿光在一旁附和。
「改天有機會，你再代我詢問大額頭先生是否有意願。」
我明白了——北一鞠躬應道。這時，有個想法浮現腦海。
「夫人，您見過大額頭先生，並和他說過話嗎？」
「怎麼可能？從來沒有。」夫人搖搖頭。「不過，我倒是從千吉老大那裡聽過此人的傳聞。」
宇多丁也是同樣的情形。
「我見過他，不過……直到現在仍難以置信。因爲大額頭先生眞的什麼事都記得，什麼都想得起來，當眞神乎其技，不過，要是中途被打擾，就得從頭來過。」
北一說明此事，夫人聽得十分認眞，頻頻點頭。阿光聽完又笑了。

北一戰戰兢兢地說：「夫人的記性也特別好。」

「沒大額頭先生那麼厲害。」

「不過，夫人不會像他那樣，得從頭來過。你們兩位的差異在哪裡呢……」

「如果是這樣，還是夫人比較厲害吧。」

阿光在一旁插嘴，打斷了北一的話。夫人一聽，明確地搖頭否定。

「不是的。我想，大額頭先生和我的差異，在於『腦中記的是什麼』。」

北一與阿光互望一眼，「會是什麼？」

夫人說道：「我從別人那裡聽來的事，只能和一般人一樣記在腦中。千吉老大說過的事，可能是因爲我感到懷念和寂寞，反覆回想，細細品味，才比一般人記得牢，但這樣還是不太可靠。爲了方便想起，我或許會改變當事人說過的話。」

夫人比一般人記得多的，是書籍的內容。

「例如，從隨筆文章中得知的事情、讀物的大綱和關鍵台詞、主角俊俏的模樣、反派角色的狠毒。因爲合乎情理、有條有理、有高潮起伏，要記住並不難。」

然而，大額頭不一樣。

「大額頭先生聽聞世事的各種眞相，收藏在腦中。眞實發生的事與故事不同，情節發展得不乾不脆，還會前後矛盾，沒有結局，大多很難牢記。可是，他卻宛如一座大山，事無鉅細，全部蒐集起來，保持原貌，就這樣牢記在腦中。他絕不會隨便干涉，與不相關的事連結，方便自己記憶，也不會將不方便記憶的邊角切除。」

所以，回想（拉出抽屜）時得花一些工夫，一旦受到打擾，便會看漏連結這些瑣事的絲線。

「原來如此。」北一深深吐出一口氣。

「你明白了嗎？」

「我只覺得兩位都很厲害。」

「最厲害的還是大額頭先生。不過你記著，如果是和書本有關的事，也可以來找我。」

感激不盡。之前也有過這樣的經驗，記得應該是一本叫《雜談蔦葛》的書？

「對了，若要增加人像畫的張數，找得到人幫你畫嗎？」

面對夫人的詢問，北一挺起單薄的胸膛，應道：「有的！」

一夜過後，在深川猿江的「櫸宅邸」二樓的某個房間。

隔著一張靠在窗邊，光線明亮的書桌，北一與榮花迎面而坐。少主此刻正握著一支筆鋒尖細的畫筆，蘸了一滴墨汁，畫下那名可疑女子背後的銀杏刺青。因爲是附在人像畫旁的放大圖，約二寸（六公分）寬，榮花正描繪銀杏葉的輪廓。她小心翼翼，不讓墨汁暈開，線條歪斜。

在一旁觀看的北一，不自覺地屏住呼吸。後來憋得難受，才深吸一口氣。

「你從剛才就一直這樣，很煩人呢。」

榮花停筆，仍緊盯著畫到一半的線條，語氣尖銳地說道。

「咦，我嗎？」

「別那樣不時地閉氣、呼氣。」

抱歉，北一縮起身子。

今天早上榮花仍是前面垂著劉海的年輕武士裝扮。長髮綁成一束垂在腦後，身穿小菊花圖案的小袖和服與唐棧（註）短裙褲。束衣帶是鮮紅色，在著手作業前，她才在北一面前唰的一聲纏好衣袖。此時露出的上臂，和阿光一樣豐腴，不過結實的程度遠非阿光能比。

——久坐會氣血不順，畫不出想要的線條。所以有志學畫者，也得鍛鍊腰腿才行。

第一次見面時，榮花這麼說過。她外出時，腰間都會插上長短刀，想必平時也沒疏於劍術的鍛鍊。

「我看看……」

榮花瞇起眼睛，望向手中的畫。請她加畫的這張全新的人像畫，爲了顧及澤井少爺的臉面，不能附上桃井命案的原委。這只是「尋人啓示」。雖然少了文字，但可在空白處附上刺青圖案的放大圖，這是榮花的點子。

女子的臉部，畫得與冬木町夫人保留的第一張人像畫一模一樣……當然，這完全是臨摹，但北一還是覺得少主的畫技一流，佩服不已。差點又呼出了鼻息，於是他朝鼻翼使勁，止住呼吸，卻換肚子叫了起來。

「好了，」榮花說著挺起身，重新面向北一。「你看這樣如何？」

那名女子的臉孔，以及北一目睹的銀杏刺青，還有新鮮的墨香。

「謝謝您。」

「張數應該愈多愈好吧。我如果會刻版畫，一次就能印製很多張……但很不巧，只能用毛筆一張一張畫，不過就試試吧。」

她看起來一點都不排斥。榮花大人就算畫這種畫，也樂在其中嗎？她二話不說就一口答應，雖然北一非常感激，卻也覺得很不可思議。

「有沒有我能幫忙的地方？」

「沒有。」榮花簡潔地應道。

「例如磨墨，或是將畫好的紙張懸吊起來晾乾之類的……」

「我會叫新兵衛做。」

侍奉榮花的御用人青海新兵衛，一早前來爲北一開門時，正拿著和他一般高的長柄竹帚在清掃庭院的落葉。

「櫸宅邸」種有模樣好看的高大櫸樹，於是北一替它取了這個名稱。此處是旗本椿山勝

註：藏青底色搭配藍綠色或紅色條紋的棉織物。

元大人的別宅。因著他姓氏的緣故，庭院裡也種有山茶樹（椿）。

山茶花掉落的模樣，讓人聯想到斬首，武家向來不喜歡山茶樹。而姓氏中有個「椿」字，便讓庭院裡開滿山茶花，這到底是怎樣的一位旗本呢——北一沒什麼學問，所以不在意這件事，但富勘對此相當納悶，曾私下向新兵衛詢問。

這位忠心不二的御用人笑著回答：「我不知道。不過，如果把它想成一個勇猛果敢的姓氏，砍下的敵將首級堆積如山，就像落地的山茶花堆積如山一般，反而會覺得這樣很吉利。」

這麼一說，確實有道理，北一和富勘都能接受。青海新兵衛就是這樣的人，性情開朗，充滿活力。今天早上他如同在練習槍術，揮舞著竹帚，但寒暄幾句後，便不見他的人影。

「突然提出這樣的要求，讓青海大人爲**齒**事勞煩、爲此**賜**勞……咦？爲此事**老**煩……」見北一舌頭打結，榮花哈哈大笑。「新兵衛是去御材木藏後面撿栗子和銀杏了。他要和那一帶的農家小孩比賽，所以撩起裙褲下襬趕過去了。」

聽說武家宅邸的御用人什麼雜事都做，沒想到居然會和孩童比賽撿樹果。

「榮花大人也喜歡銀杏嗎？」

「喜歡。瀨戶會用砂鍋炒給我吃，炸成天婦羅也十分可口。」她如此說道，低頭望向剛完成的人像畫。「若這名女子是桃井命案的凶手，我恐怕有好一陣子會很在意銀杏的臭味。」

說得一點都沒錯。

「話說回來，北一，你眼力眞好。這個刺青實際上只有一文錢那般大吧？你居然連細節都看得這麼清楚。」

北一覺得那刺青比一文錢還大上一些，而且鮮明地浮現在女子頸部下方的平坦處，所以看得相當清楚。

「那好像叫白粉刺青，是氣血上湧時才會浮現的刺青。」

儘管是年輕武士的裝扮，榮花畢竟是個年輕姑娘。北一連「氣血上湧」這種話都覺得難以啓齒，但榮花似乎不以爲意。

「因爲要將它當成與桃井命案無關，只是一般尋人的人像畫來發放，所以發放對象不限定是番屋或木戶番。在商家或路邊攤這些地方也要盡可能廣爲發放，讓愈多人看到愈好，這點非常重要。」

北一也想在自己挑擔叫賣的地方發放，因此需要很多張畫，但只靠榮花一人實在太辛苦了。

榮花看出北一的歉疚，不以爲意地說：「因爲畫人像畫而忙不過來的這段期間，我會先停畫朱纓文庫的圖案。用之前畫好的素材湊合一下，想辦法撐過去吧。」

這是當然，我什麼都肯做，遵命。

「之前你提過，想做傳單對吧？」

這件事也傳進榮花的耳中嗎？

「這點子是不錯……」

我明白這相當耗費人力和金錢。

「如果想將今後要販售的文庫圖案製作成傳單，預先發放，現在就得開始準備初春的文庫，否則會趕不及，相當忙碌。然後一推出，馬上又得為接下來的傳單做準備。憑我現在的力量，根本無能為力。」

北一縮著脖子，榮花說了聲「嗯」。那是拉得很長的一聲「嗯～～」，她似乎在思考些什麼。接著，她說道：

「如果打算每次都推出為期很短的傳單，用完就丟，想必會十分匆忙。」

榮花偏著頭低語。那綁成一束的亮澤黑髮，在朝陽下閃閃生輝。宛如一匹有著剛勁有力的脖子和漂亮尾巴的駿馬。

「……乾脆別做傳單，改做型錄如何？」

型錄？

「將過去朱纓文庫上的圖案，全收錄在裡頭的樣本帖。按月分類，採二十四節氣排列也行。分別做出一整年份樣式的全冊，以及月份樣式的分冊，這樣應該也挺有意思吧？」

榮花的聲音充滿幹勁。

「當然，其實採圖鑑的形式比較好，但如果要一一加入插圖，我一個人實在忙不過來。

如果你能找到願意畫圖鑑這種小圖案的畫師，那就另當別論了。」

該怎麼做呢？北一一時想不到門路。租書店的村田屋治兵衛不是也說過嗎？製作讀物抄本時，畫插畫的畫師難尋，而且又花錢。

「因為型錄只有一、兩本是不夠的，不過，如果是要製作成書本，可以採印刷的方式。」

「印製這麼多，要怎麼運用？」

什麼嘛，你還不懂嗎？榮花彷彿回了這句話，睜大眼睛。

「你要四處擺放。帶到你挑擔叫賣的地方，拿給客人看。讓客人挑選喜歡的圖案，然後配合客人的預訂製作文庫。」

如果是這種做法，就不會被製作傳單所花的時間耍得團團轉，只要完成一般製作的文庫，以及接受下訂製作的文庫就行了。

「在這種情況下，畫師有我一個人就夠了，但製作文庫的工匠人數最好要增加。而挑擔叫賣的工作，也不能只有北一你負責，另外雇人會比較好。」

規模愈來愈大了。

「我再跟末三老爺子討論看看，現在還是先……」

榮花一副猛然回神的模樣，「也對，現在的重點是尋人。」

這時，窗戶下方的庭院，傳來青海新兵衛的聲音。他似乎正與女侍總管瀨戶大人交談。

「青海大人又挨罵了嗎？」

瀨戶大人是一位滿頭銀髮、精神矍鑠的老太太，在這座宅邸裡位高權重。青海新兵衛就不用提了，常在宅邸進出的文庫小販（不過，現在已從「奴才」升格）北一，在她面前別說抬不起頭了，就算在地上挖個洞，把頭插進洞裡，這樣的敬意還是不夠。

榮花俐落地挺直身子，打開格子窗，往外探出頭。那一連串動作宛如仙女飛天，微微傳來一陣香氣，想必是小袖和服上薰了香吧。

「哦，大豐收。北一，你也來看。」

那就冒犯了——北一保持距離，從窗戶往下窺望。正好新兵衛抬頭望向這邊，舉起那裝著滿滿銀杏果的大簸箕。

「好臭……」

「的確。」

北一捏著鼻子笑道，再度望向新兵衛時，忽然發現有人快步從西邊菊川橋的方向走來。明顯是朝櫸宅邸而來。此時新兵衛也發現有人，轉身望去。

——是太一。

是與北一同樣住在富勘長屋的鄰居。和他父親寅藏一起挑擔賣魚。但此刻的太一沒挑扁擔，雙手空空朝這裡跑來。

「榮花大人，請恕我失陪。」

北一急忙下樓，奔向櫸宅邸的庭院。因爲瀨戶大人也在，他彎著腰像在滑行般走過。

「啊，小北。」

你果然在這裡——太一氣喘吁吁。「我和我爹分頭在找你。」

「寅藏先生去哪裡了？」

「到你的工房去了。」

「眞是抱歉……謝謝。」

「是富勘先生託我來的。」

太一氣喘吁吁，表情緊繃。他要通報的是什麼事，北一已猜到。

「辛苦你了，先喝杯水吧。」

新兵衛慰勞太一，瀨戶大人則是走進屋內。

「小北，」太一說：「殘忍殺害桃井一家的凶手，聽說被捕了。」

昨天被捕，今天早上才傳出消息，表示那傢伙受不了拷問，已屈打成招。

新兵衛代替沉默不語的北一問道：

「原來如此。凶手是怎樣的人？」

「是個不務正業的賭徒，名叫久十。聽說是桃井店裡的客人，迷戀老闆娘，老是糾纏不休。」

太一終於緩過氣來，望向北一。

「小北，你或許想親自逮捕凶手，不過，現在凶手已落網，眞是太好了。」

當時北一幫忙栗山老爺驗屍，回到長屋後累得倒地，是寅藏、阿金、太一這一家人在一旁照顧他。太一知道，北一從那之後一直鬱鬱寡歡。這句「眞是太好了」，暗含他的溫柔與體貼。

所以，北一才想回一聲「嗯」。還沒來得及開口，太一又接著說：

「那傢伙被押送至傳馬町的牢房，可能是訊問手段太嚴苛了吧。聽說他全部招供之後，很快就死了。」

眞是罪有應得——太一說。

死了。

這麼一來，那起案件就了結了。不管做什麼，都無法翻案。久十死了，不管我方的證據再齊全，或抓來眞正的凶手，都無法讓久十說一句：

——我之前的供詞是假的。

北一緊咬嘴唇。他低著頭，說不出話。

「太一，你到廚房來。光喝一杯水不夠，吃碗熱水泡飯再走吧。」

新兵衛將大簸箕夾在腋下，推著太一的背，朗聲呼喚著「瀨戶大人、瀨戶大人，有事要拜託您」，走進屋內。

去撿拾銀杏的新兵衛還不知道詳情。雖然不知道，但看到北一的神情，他已猜出幾分。

「北一。」

榮花叫喚。不知何時，她已站在一旁。

「你擺出這樣的神情，又有何用？」

榮花的眼神無比嚴肅，背脊和瀨戶大人一樣挺直。

「不論久十是生是死，你該做的事一樣沒變。」

沒錯，一樣沒變。北一抬起頭。這時，一陣氣味撲鼻而來。可能連新兵衛也慌了，銀杏果掉落腳下。那是一顆已腐爛，無法食用，非丟不可的果實。

「好臭，」榮花說：「眞是討人厭的銀杏呢。」

當時北一看到的身上有銀杏刺青的女子。那浮現笑意的薄唇。

她到底是何方神聖，此時又在什麼地方？

三

北一挑著扁擔前往佐賀町村田屋的途中，偶遇一名嬌小的大嬸，拖著攤車賣糯米糰子。應該是準備前往固定的地點做生意吧。北一被糰子的香氣吸引，決定買一包當成給治兵衛的伴手禮。那是抹了厚厚一層鹹甜醬的醬油糰子。

「才剛烤好，很好吃喔。小哥，下次再遇到，記得光顧啊。」

「沒問題。對了，大嬸，可以拜託妳一件事嗎？」

今天是霜降。明明秋意漸濃，賣糰子的大嬸臉上，夏日曬黑的肌膚卻還是一樣黝黑。北一的臉大概也和她差不多吧。

「什麼事？」

「這張人像畫，可以貼在妳的攤位前面嗎？我在尋人。」

榮花加畫了好幾張那銀杏刺青女的人像畫，數下來共有上百張。凡是北一想得到的地方，他都跑去發送，只要是想得到的人，也都請他們張貼。青海新兵衛就不用提了，還有富勘、梳頭店的宇多丁、喜多次待的扇橋「長命湯」、同是長屋房客的舊物小販辰吉、除了在家接縫衣物的工作外也四處打零工的阿秀、賣菜的鹿藏和阿鹿這對老夫妻、賣魚的寅藏和兒子太一，以及在定食屋工作的女兒阿金。習字所的師傅武部老師，似乎常去位於相生橋對面的居酒屋「利根以」（北一也曾請老師帶他去過）。當然也包括租書店的村田屋。對了，當初北一帶著人像畫去見治兵衛時，也請剛好在場的筆墨商「勝文堂」的二掌櫃六助（這個人長著一張令人看了大為吃驚的絲瓜臉）幫忙在店內張貼。勝文堂位於日本橋通四丁目，所以女子的人像畫確實來到了大川對面。

——如果不夠，我還能畫。

雖然榮花這麼說，但如果全部精力都投注在這件事情上，就無法設計文庫的新圖案了。苦苦等候銀杏女現身，轉眼半個月即將過去。另外，榮花想出的製作型錄一事，北一告訴末三老爺子後，老爺子躍躍欲試。再不讓榮花回歸本業的話，恐怕會趕不及……不過，如果說出「本業」這個字眼，恐怕會被瀨戶大人斥喝無禮，而遭砍頭吧。

「尋人這項工作，在找到之前，你打算一直持續下去，對吧？畫人像畫這點小事，不用畫師出馬，只要照著範本臨摹應該畫得出來。我幫你跟我們的客人問問，看有誰願意接這份差事吧。」

剛認識的六助，好心地主動說要幫忙，北一大爲吃驚。但北一也知道，這時候不能馬上一口答應。

「其實我做這件事，很有可能會遭本所深川的老爺訓斥，所以我才會在市町官吏管不到的地方請人作畫。」

請榮花畫人像畫，也有這層考量。

「如果是我熟識的人，我可以向他們賠罪道歉，但要是將勝文堂也捲進來，萬萬不可。不過，還是很謝謝您的好意。」

見北一低頭鞠躬，綽號炭球眉毛的村田屋治兵衛，與一張絲瓜臉配上細眼的六助，都嘴角輕揚。

「嗯，挺可靠的嘛。」六助說。

「他是我打算一起做生意的對象，當然可靠。」治兵衛挺起胸膛說道。這個像竹竿一樣瘦長的大漢，就算坐著，上半身依舊很長。

「雖然千吉老大有一些教人不敢領教的傳聞，但徒弟當中，還是有這種正派的人物。」

咦？這句話北一實在無法置若罔聞。「您說老大有教人不敢領教的傳聞，是怎樣的傳聞？」

六助不慌不忙地摩挲著突出的下巴，「他不是好女色嗎？」

「是沒錯啦……不過，他並不是一位惹人嫌的老大。」

「這個嘛，北一先生在這方面還只算是個毛頭小子，所以可能不懂。」

不談這些了——治兵衛打斷他的話。

「好了，兩位別再打混，快回去吧。」

自從上次一見，就一直沒拜訪村田屋。關於人像畫一事，之前拜託幫忙發送張貼的那些地方，至今沒傳來任何消息。北一今天來到村田屋，是為了找治兵衛商量，等型錄完成後，能否放一本在村田屋裡供人租借。

只要末三老爺子不願意，就沒辦法答應治兵衛提議的「讀物文庫」。然而北一並未放棄，他不想輕易和治兵衛斷了情誼。

在提不起精神的日子裡，至少聊聊生意的話題，讓自己能積極正向一點。北一心裡這麼想，於是邁步前往，但來到村田屋一看，裡頭有兩名客人，似乎與治兵衛頗有交誼，雙方聊得相當熱絡，聲音都傳到了大路上。這兩名客人看起來是富裕的商人，年紀差距像是父子，也許真的是一對父子。

北一悄悄往租書店內窺望，看到村田屋唯一的掌櫃端著放有茶點的托盤前來。這位掌櫃彷彿平時都吸風飲露，身材枯瘦，是位長得猶如仙人的老先生。他不曾跟北一說過話。不論什麼時候見到他，他不是拿著掃帚在打掃，就是忙著撣去商品上的塵埃，或者是打水。此刻，這位掌櫃笑容可掬地向這對父子問候。

不行。小北，今天不能打擾。改天吧。

佐賀町相當大，被通往大川的河渠分成幾個區塊，而村田屋就位在上橋邊。沿著仙台堀往東走，便可來到冬木町。就到夫人那裡，請她們吃醬油糰子吧。吹過河面的風滿是寒意，將裝有糰子的紙包揣入懷中，頓時暖和許多，這樣正好。北一重新挑起扁擔，邁開腳步。

就在北一準備往前走時，看到阿光過了正前方的相生橋，朝他這邊走來。她已拆下束衣帶和圍裙，拎著一個包袱。

北一眨了眨眼，注視著阿光走路的姿態，接著他猛然轉身，躲在某戶人家的轉角處，心臟噗通噗通直跳。

——爲什麼我要躲起來？

阿光是對冬木町的夫人忠心不二的女侍，將夫人照顧得無微不至，是個好姑娘。對北一來說，就像是親人一樣（不過究竟該說是姊姊還是阿姨，有點難分）。

但爲什麼我沒跟她揮手打招呼，而是躲起來呢？

噗通、噗通。心臟好不容易平靜下來，也恢復了判斷力。接著，北一重新省視自己的內心。

——朝這裡走來的阿光，看起來眞有女人味。

不久前，阿光在服侍他們用餐時，北一發現她的上臂變豐腴了，但並未因此想入非非。之後還拿她和榮花結實的上臂進行比較，或許對阿光有點失禮，不過北一絕對沒有非分之想。

然而，剛才看到阿光的臉，卻沒辦法自然地問一句「妳外出啊？」。因爲阿光展現出北一之前不曾見過的「女人味」。

見她穿得很講究，想必眞的是受夫人之託，要上哪去辦事吧。爲了不失體面，就算略施脂粉也不足爲奇。然而，不只是這樣。不是那種感覺。

北一保護著疊在扁擔上的商品，快步朝冬木町走去。拜見夫人，請她告訴我阿光是去哪裡。然後……問夫人阿光姊最近是不是變得比較有女人味了？

我犯傻啊，能這樣問話嗎？不然要怎麼說？阿光姊是不是認識什麼男人了？還是，有人上門提親嗎？沒有啦，只是覺得她最近變漂亮了……嘿嘿。

不管怎麼開口，感覺都有點低俗。北一沒有邪心，只是發現阿光變得有女人味了，有點吃驚。該怎麼開口表達這樣的想法呢？

北一還沒想清楚便來到夫人的住處，穿過後方的木門，放下扁擔，稍稍喘息。好，先借個廁所，洗好手後，再向夫人問候吧。當他做好決定，躡腳經過庭院時，從面向緣廊的紙門後方，傳來夫人的聲音。

四扇的紙門，正中央兩扇合起來的部分打開約一個拳頭寬。喜歡抽菸的夫人，只要朝菸管裡點了火，一定會開門保持通風。

「……少爺，您說的一點都沒錯。」

北一像被一腳踩中的青蛙，當場縮起身子。夫人家有客人。兩人正在談話嗎？只聽到一句「少爺」，對方的身分有各種可能。這位訪客到底是誰呢？

「不過，北一絕對沒有半點忤逆您的意思，這點請您相信。雖然他還少不更事，但並非不知分寸的蠢材。他是個懂得尊敬長輩，學習彌補自己不足之處的孩子。已故的千吉一直用心栽培他，老身松葉再清楚不過了。」

夫人名叫「松葉」。雖然是像教謠曲或舞蹈的師傅會取的風雅藝名，但平時幾乎沒人會這樣稱呼她。

「妳突然搬出千吉的名字，我的立場馬上就變尷尬了。」

這回答的聲音，是本所深川的同心澤井蓮太郎。不是某戶商家的少爺，而是澤井少爺。

北一驚訝得差點打起嗝，急忙雙手摀嘴。

「因爲他在我爹底下工作認眞，加上我開始見習的那幾年，他不止一次幫了我大忙，我欠他一份人情。」

千吉老大當上捕快後，一直都是向少爺的父親、同樣是本所深川同心的澤井蓮十郎領受手牌。這位老爺退休，由蓮太郎少爺繼承其衣缽後，千吉老大改爲在少爺底下效力，奉旨辦差。不過就像少爺剛才自己說的，這位老練的捕快跟著年輕的市町官吏辦事，就算說千吉老大賣了不少人情給少爺，也不足爲奇。

「住在深川的人，有誰敢對澤井家的老爺講恩情，說這種不識好歹的話？」

夫人仍是平時沉穩的聲音。北一彷彿能看見她端坐在烤火盆前，雙手疊放於膝上，緊閉的眼皮微微顫動，如此應對。

「不過，能否請您就當是在千吉的墓前上香，顧念這份情誼，對目前北一正在做的事，暫時睜一隻眼閉一隻眼？」

北一正在做的事。少爺看到那張人像畫了嗎？不管再怎麼裝傻，說那是「尋人啓示」，最後還是會穿幫。

「那麼多張畫，北一一個人不可能張羅得來。」

少爺似乎嗤之以鼻，哼了一聲。

「我也看得出，那並非他自己想出的主意。所以我的意思是，如果不給他當頭一釘，警告他一聲，無法做好表率。」

少爺已完全看穿，北一是受驗屍官栗山周五郎煽動才這麼做。

——市町的官吏，都說栗山老爺是個怪人。

這又更令少爺感到不悅是嗎？

「無法做好表率」，這句話說得很重。千吉老大生前，連小弟負責的工作都沒做過的北一，突然一下子跳過少爺，在他的上司與力（雖然是個怪人）底下當跑腿，或許也惹惱了少爺。

「那麼，這警告的一釘，由我代爲收下吧。」夫人說：「暫時由我代爲保管，日後有必要時，毋須勞煩少爺出馬，我會親手拿這釘子刺向他的後頸。到時候會直接刺穿他的喉嚨，讓他斷氣。」

哇，太可怕了。饒了我吧，夫人。北一的嘴巴摀得更緊了，全身縮得跟庭院裡的踏腳石一樣小。

「瞧妳，說得那麼不留情。」

澤井少爺微微一笑。這時候好歹要苦笑一下吧。

「一直都沒機會當面跟夫人說，當初我從見習轉爲正式任官，賜予千吉手牌時，曾向他確認，日後他若是有個萬一，可曾想過要由誰來繼承。」

夫人接過話：「千吉與少爺的那場對話，我聽千吉提過。當時他明確地說，不會讓任何人繼承他的十手。」

——原來夫人也知道啊。

北一鮮明地憶起過往。千吉老大猝逝後，澤井父子、富勘、北一的師兄們，聚在一起討論文庫屋和捕快的位子該由誰來承接，當時澤井蓮太郎便向眾人宣布：

——我不想將手牌交給千吉的徒弟們。我要收回朱纓十手。

此事就連退休的澤井老太爺似乎也是第一次聽聞，大爲吃驚。

——這是千吉的遺願。他說徒弟們都無法繼承這把十手，甚至爲此寫了封書信。

北一的師兄們個個垂頭喪氣，流下不甘心的眼淚，一旁的澤井老太爺大聲喝斥道：

——這樣的話，要由誰來守護松葉！

拜此之賜，夫人（連同北一）才能保有今日的生活。北一眞的很感激，但當時連徒弟都稱不上的北一，都聽得瞠目結舌，他的師兄們自然更是心有不甘。難怪後來有些師兄離開深川，北一明白這也是情有可原。

——他們認爲我們都是廢物。

當時是乍暖還寒的時節，接著兩度季節更替，北一是否稍微跳脫出廢物的等級呢？現在他所做的事，不論是文庫的生意，還是模仿捕快辦案，是否都不是像螃蟹一樣，自己一個人忙著吐泡泡，而是眞的對世人有所助益呢？

「那麼，放任北一擺出捕快的架子，在町內東奔西跑，妳不覺得是罔顧千吉遺志的行爲嗎？」

北一眞的很想化爲庭石。如果是石頭，就什麼也感覺不到了。

「或許聽起來像在忤逆少爺，不過，我並不這麼認爲。」

夫人的話聲微帶笑意。

「北一那孩子有他自己的想法和打算，才會在町內東奔西跑。出手幫助他的人們，也並不是因爲北一仗著身後有千吉的光環。倒不如說，是因爲北一還不夠有出息，不足以承受千吉的光環，大家才忍不住想出手幫他一把。」

現在的北一並不是持十手的捕快——夫人說。

「面對任何事都是赤手空拳，受到世人的批評也會受傷、流血，一面磨出水泡和繭皮，一面認眞學習，讓自己的臉皮和手皮變厚，替深川市街的人們跑腿。」

兩人的對話出現空檔時，傳來庭院樹林的沙沙聲。北一數著自己的心跳。

「——看來是討論不出個對錯了。既然夫人都這麼說了，我就先靜觀其變吧。」

哼哼。少爺兩度呼出鼻息，聽起來比剛才的那聲「哼」柔和了些許。接著，他似乎一把拿起長短刀，起身離席。

「不用送了。夫人，請多保重身體。家父十分擔心妳。」

「老身受之有愧啊。」

少爺從大門離去。北一模仿著庭石，遲遲無法動彈。

「可以了。」夫人出聲叫喚。「北一，你在那裡對嗎？出來吧。我聞到可口的香氣了。」

由於雙眼失明，夫人其他的感官變得特別敏銳。聲音、動靜、氣味、觸感等，有什麼風吹草動，她都瞭若指掌。

「我買了醬油糰子過來……」

北一終於站起身，伸展手腳。膝蓋發出嘎吱聲響，實在丟人。

「蹲在這種地方，糰子都被壓扁了。」

「味道沒變就好，快進屋裡吧。」

「真是抱歉。」北一差點像小孩子一樣哭了起來，但他極力掩飾。

他仔細拂去衣服上的塵土，從緣廊走進屋內，只見夫人宛如擺飾，靜靜坐著。纏成串燒般的頭髮上，有一綹白髮。一身露芝（註）圖案的和服，繫上「銀杏葉交錯」圖案的刺繡腰帶，是相當雅緻的秋天裝扮。

「銀杏是北一你現在的仇敵，對吧？今天早上阿光說，希望小北能早日將仇敵逮捕歸案，選了這條腰帶。」

說完後，夫人以手掌輕拍腰帶前方。

「是的，是很大的銀杏葉圖案。」

「原本銀杏是能為許多人帶來助益的樹木。記不記得你小時候尿床，曾讓你喝下很苦的煎藥？那就是銀杏製成的草藥。」

北一拿鐵壺裡的開水沖番茶，打開那包壓扁的糰子。

「夫人，請用。」

夫人朝糰子的方向伸長脖子，同時伸出手。「好、好，不說了。請給我一串。」

謝謝您替我說話。我會努力，絕不糟蹋夫人的這份好意。北一暗自在心裡雙手合十。

兩人隔著長火盆，細細品嘗彈牙的糰子。

「剛才前來的途中，在相生橋那裡看到阿光姊……」

想必是夫人見澤井少爺來訪，猜出他要談的內容，刻意吩咐阿光出外辦事，將她支開吧。

「之前有人送我東西，我派她帶糕餅禮盒去回禮。」

夫人輕描淡寫地說道，一口咬下糰子。「眞好吃。」

一股鹹甜的味道，直滲入北一心底。是淚中帶笑的味道。

「沒留阿光的份，她會埋怨的。」

「偶爾沒關係啦。那孩子最近好像變豐腴了。」

哦，夫人發現了。

「我也這麼認爲。夫人，您怎麼知道？」

「我幾乎每天都會扶她的手。摸的時候就感覺得出來。」

夫人吃完了一串，拿起第二串。「我叫阿光『那孩子』，叫你也是『那孩子』。不過，你們都不是孩子了。」

夫人緊閉的眼皮底下，眼珠似乎骨碌碌地轉動著。

「而我也成了老太婆。雖然是沒辦法的事，但難免心情鬱悶。」

註：草地上結露珠的圖案。

夫人的眼角浮現深邃的笑紋，臉頰和嘴角也有細細的皺紋。不過，看了只會讓人覺得有點皺紋又如何，還是一樣美。

「夫人永遠都是夫人，不會變成老太婆的。」

「哎呀，小北現在也跟成熟男人一樣，懂得對女人說好聽話了。」

北一連忙逃往廚房，拿了手巾回來。夫人一臉滿足地擦拭嘴角，並將沾在手指上的鹹甜醬擦乾淨，以接續剛才話題的口吻說：

「為了犒賞你，我告訴你一個祕密吧。」

夫人轉身面向北一。就算不是像這樣一對一，而是同時有許多人在場，夫人也能準確地面向她想交談的對象，不會出錯。

「當初老大過世，澤井少爺提到剛才那番話的時候，你也在場吧？」

「對，我坐在末座。」

「聽到少爺說，老大決定不讓任何人繼承他的十手，甚至留下書信，你想必很沮喪，甚至忿忿不平吧。」

「我打從一開始就不算是老大的徒弟。」

「才沒這回事。如果你不算是老大的徒弟，老大就不會養你。」

夫人緩緩搖了搖頭，接著彷彿在豎耳聆聽遠處的聲音，微微側著頭。大概是聽出回憶中千吉老大那令人懷念的聲音。

「有件事不能讓澤井少爺知道……」

千吉老大告訴夫人，不願讓徒弟們繼承他的十手時，曾說出更深入的原因。

「老大他對捕快這個職務抱持懷疑。」

——不能永遠都是由這群正邪難分的傢伙奉旨辦差。

「捕快原本是一些過去因觸法而良心不安的人，很清楚江戶市內的陰暗面，因此被衙門的官吏看上，掏錢雇用他們。就這是捕快的起源。」

打從一開始，就不是光明正大、能昂首闊步的身分。

「以毒攻毒，壞人最清楚壞人的勾當。由於方便好用，漸漸受到重用。不過北一，要是永遠仰賴這種危險的結構，江戶的市町將會慢慢從根基開始腐敗，要不了多久，這裡將不再是認眞工作的人可以安居樂業的地方。」

這是千吉老大最擔心的。

「本所深川有政五郎老大和千吉老大。在政五郎老大之前，有茂七老大。他們三人都對恃強凌弱、邪魔歪道深惡痛絕，我們本所深川的百姓才得以平安度日。然而，在這廣大的人世間，仍以心術不正的捕快居多。」

夫人的聲音嚴肅又沉重，北一微感不安。夫人是否見過這種心術不正的捕快？

「仗著十手向人討錢花用，白吃白喝，將女人占爲己有的這種黑心捕快，甚至不顧臉面地說，正因黑心才當得了捕快。這話說得一點都沒錯，所以才教人沒轍啊。」

這樣的結構，非得從根基加以改變不可——

「所以，老大才決定不讓人繼承他的位子。」

並非不看好自己的徒弟，完全不指望他們。

「老大想必沒料到自己會死得這麼突然，也可說是他失算了。」

沒選定接班人，等自己過世後，讓這地方形成一處空白。雖然是只限於深川這個小地方才有的情況，不過，藉由這麼做，他期待能出現不同以往的另一番樣貌。

「另一番樣貌，指的是……」

「一個不需要捕快的市町結構。」

從夫人的口吻中感覺不到一絲猶豫。此時傳入北一耳中的，是千吉老大說過的話。

「身為市町官吏的老爺們不倚賴捕快，依舊能維護法紀的一套結構。為了構築這套結構，或許得請老爺們先改變自己。」

這恐怕是個大難題——夫人沉聲道。

「一旦發生什麼案件，就派捕快奔走，暗地裡四處查探，只要逮捕到可疑人士，就屈打成招，讓對方成為凶手，宣布破案。總之，只要逼對方招供，就會成為真相。」

夫人的聲音中帶有激情。的確，這番話不能傳進澤井少爺耳中。一個沒弄好，會害自己人頭落地。

「長期以來，一直持續著這種敷衍的做法，那些心術不正的捕快才會那麼吃得開。不論是否走偏了，是否做法有誤，既然是行之有年的做法，就會希望維持原樣，不想去改變，此乃人性……」

說到這裡，夫人猛然回神般，閉口不語。她的手指滑過烤火盆外緣，探尋茶碗。即使北一沒出手幫忙，夫人仍順利拿起茶碗，以變溫的番茶潤了潤喉。

「千吉老大在因緣際會下成了捕快，但他從沒做過虧心事。聽說，茂七老大也是這樣的人。難得的奇人，全聚集在本所深川。」

北一沒細想，便提到另一位老大的名字。「政五郎老大也是吧？」

只見夫人的眼眸一動，緊閉的眼皮彷彿在抽搐。

「原來北一你不知道啊。」

「咦？」

「這不是可以四處跟人說的事，不過，還是有人知道，所以遲早會傳進你的耳裡。就算我現在告訴你，想必老天也不會責罰我吧。」

這麼神祕，到底是怎麼回事？

「政五郎老大年輕時殺過人，在傳馬町的牢房裡待過一段時日。」

他在那起案件中認識茂七老大，成為他的徒弟，並承諾會認真工作，因此免去罪刑，重返外面的世界。這就是他鮮為人知的一段過去。

「或許是逼不得已而犯下的罪行，也可能只是年輕時血氣方剛，思慮欠周，不懂得分辨善惡。不管怎樣，這位老大是有前科的。就這層意涵來看，算是大有來頭的捕快。」

夫人這句話並非是在挖苦，也不是在嘲笑。她的聲音滿含苦澀，歪著嘴，好似咬了一口澀柿子。

「千吉老大很尊敬政五郎老大，也認同他的能力，相當倚賴他。然而，同樣也深感惋惜。」

——像他這樣的人物，如果不是曾淪爲罪人，便無法成爲維護法紀的一方，實在沒道理。

千吉老大的聲音在北一耳畔響起。他突然覺得剛才吃進肚裡的醬油糰子，彷彿卡在胸口。

當天晚上，北一難以成眠，斷斷續續地夢見模糊的畫面。明明是一睜開眼就消失無蹤的淡淡夢境，但閉上眼想再度入睡時，那消失的夢卻又忽隱忽現，著實擾人。

北一多次夢見千吉老大。他背對著北一，不論北一再怎麼叫喚，他都不回頭。老大在黑暗中與某人聊得十分熱絡，那鼻梁挺直的側臉，看起來宛如包覆在清冷的光芒中，令人深感不可思議。

——就像菩薩一樣。

結果北一根本沒睡飽，隔天一早嚴重睡過頭。他大吃一驚，彈跳而起，出門時哈欠連

連。他揉著眼睛打開紙門，才剛走出門外——

「小北！」

這聲尖銳的叫喚，來自住在出入口的木門附近的阿秀。

「有、有客人找你。」

北一搔抓著頭髮稀疏的腦袋，朝抱著木桶的阿秀所站之處望去。眼角因沾滿眼屎，感覺很緊繃。

——嗯？

不論是身形、穿著、前端彎曲的髮髻，一切都顯得陌生的一名男子，站在富勘長屋出入的木門口。

「這位就是您要找的北一先生。」

阿秀朝男子嫣然一笑，抱著木桶，橫著走到北一身邊。

「喂，小北，你振作一點！」

這名陌生男子的年紀，估計應該比北一大，比青海新兵衛年輕。又粗又短的脖子，搭上寬闊的背膀，體格厚實。大腿粗壯，膝蓋骨也相當大。灰綠色配上墨色的粗細雙色條紋小袖和服，下襬撩起塞進腰帶內，下半身是緊身底褲、布質綁腿，搭上草鞋。用不著確認他揹在肩上的行李也知道，這是出外旅行的裝束。他背後還掛著斗笠。

「不好意思。」

音。

男子發出嗆辣的聲音。不是像栗山周五郎那樣的沙啞嗓音，而是會傳來辣椒的辣味的嗓音。

「你就是賣文庫的北一先生吧？可以借一步說話嗎？」

意思是要到一旁去談事情吧。對方豎起右手拇指，比向肩膀後方。因爲做出這個動作，他的袖口往下滑落，手肘整個露出。

上面有刺青。雖然看不清楚圖案，但絕不是斑或傷痕。北一頓時睡意全消。

阿秀想必也看到了吧。放在木桶裡的茶碗和盤子哐啷作響。

這名來路不明的男子，見北一和阿秀嚇得發抖，露出歉疚的神情，蹙起濃眉。

「抱歉。雖然我是這副模樣，但絕不是什麼可疑人物。而且我要談的事，對你應該是有益無害。」

說完後，他從懷中取出某個東西，在北一面前攤開。

「是關於這女子的事。」

是那名銀杏刺青女的人像畫。

四

居酒屋「利根以」，據說原本是賣鰻魚飯。北一不知道他們改換生意的緣由，倒是從阿秀的女兒佳代那裡聽到一件有趣的事。約莫兩年前，武部老師習字所的學生們全聚在這家店的二樓。

「在紙門、屏風、隔門上，練習寫大字。」

十分有趣的練習。原本以為是某種咒術，後來才知道，「利根以」二樓的房間裡仍留有兩扇當時練習寫字的隔門。

連不太會寫漢字的北一也看得出來，孩子們在那裡寫下的文字，雖然很像漢字，但感覺是另一種文字，而非漢字。

這名手臂上有刺青、來路不明的男子，仔細打量著那一對隔門。

「這是什麼？不像漢字，是謎題嗎？」

他坦然說出心中的納悶，令他的可疑程度減少了幾分。不過，男子詢問的對象不是北一，而是穩穩坐在他對面的武部權左衛門。

於是，武部老師回應「哦，果然直覺不錯。確實是謎題」。

「有什麼含意呢？」

「不知道。雖然不知道含意，還是很有趣，才會保留下來吧。」

個性單純的膽小鬼北一，為了與這名來訪的男子進行交涉，找來了幫手。富勘不是說找就馬上找得到人，若要跑去找青海新兵衛，又得花不少時間。眼下最合適的人選，就是人在富勘長屋附近的武部老師。由於北一睡過頭，現在是學生們午休的時間，恰恰合適。

武部權左衛門成為流浪武士已有很長一段時日，不過他身為字習所的老師，頗受深川的人們敬重，與妻子聰美育有五子，都教養得很好。可能是不想讓妻兒操心，他提議：

——別在這裡談，到可以安靜談話的地方吧。

於是，武部老師帶著北一和那名來路不明的男子，前往「利根以」的二樓。人像畫攤在中間，三人圍著畫而坐。武部老師似乎與這家居酒屋的老闆夫婦是熟識，只說了一句「抱歉，二樓借用一下，不用搭理我們沒關係」，店主夫婦也不顯驚訝之色。

至於武部老師會誇獎這名差點害北一和阿秀嚇得滲尿的男子「果然直覺不錯」，是因為男子與千吉老大是同行。

不過他不是江戶的捕快。他名叫半次郎，今年三十六歲。

「我在上總國木更津港，擔任木更津船的碼頭和卸貨場的管理人。請想成是以船代替馬匹的批發店領班吧。另外也會順便奉旨辦差。」

半次郎來自滿是海潮氣味的市町，怎麼聽也不覺得是帶鹹味的沙啞嗓音，而是帶有嗆辣味。

「我們的『上層』，和你們江戶市町不一樣，不是町奉行所。在習字所的老師面前說這話，感覺像在班門弄斧，所以就說給北一先生聽吧。在相模、武藏、上野、下野、常陸、上總、下總、安房這關八州，負責取締不法之徒的工作，算是八州迴——八州大人的職務。」

如果是八州迴這個職位，北一倒也不是從沒聽過。

「正式來寫的話，要寫成關東取締出役。」武部老師加以補充，北一朝他點了點頭，接著向半次郎反問：

「你說的木更津船，指的是停靠在日本橋木更津河岸的五大力船或押送船吧？」

五大力船是載貨重量一百石到三百石的運輸船，由於吃水淺，也能在河上通行。押送船則是推著船櫓航行的船隻，體積更小，負責載運魚、鹽、醬油等貨物。

「許多人會隨著貨物一同往來，因此打架、偷竊的紛爭頻傳。日本橋不是千吉老大的地盤，但河渠和河川跟捕快的地盤無法清楚切割。老大常動不動就趕往日本橋的河岸，我也從老大那裡得知，木更津船停靠的對岸，很多規矩與江戶市內不一樣。」

聽北一這麼說，半次郎嘴角輕揚。他在笑的時候，眼角、鼻翼、嘴角，都只會牽動單邊臉。另外半邊臉則是一動也不動。

「既然你知道，那就好談了。我負責監視木更津港，避免讓麻煩事連同錢財和貨物一起從江戶漂過來。一旦進來，就要馬上逮住，讓它流向大海。」

他面露微笑，瞇起眼睛，下巴往前挺出。聲音中的嗆辣味變得更濃了。

「不同於江戶市內的市町官吏，八州大人並不會一直待在同一片土地上。」

八州迴是在勘定奉行的管轄下，由統管關八州的代官下屬中選出。兩人一組，工作是巡視水戶藩和川越藩領地以外的各個地方，所以官名中才有個「迴」字。

「由於這個緣故，他們不在的期間，各地奉旨辦差的捕快就扮演了相當重要的角色，我也一樣。不過，與江戶市內的捕快老大相比，我們的個性比較粗獷，做的事也比較野蠻。對了，我們沒使用十手。」

不過手臂上有刺青。剛才只瞄到一眼，那是怎樣的圖案呢？愈可怕的事物，愈會想看，北一的心思都放在半次郎的右邊衣袖上。

「原本關八州就是在江戶市內待不下去的流浪漢、賭徒、逃犯等流亡的地方，也是在江戶幹壞事的盜賊或製造僞幣的傢伙藏身的地方。」

武部老師悠哉地將雙手揣在懷裡，如此說道。雖然是實話，但別講得這麼明白嘛。北一（大概是）臉色發白。因爲半次郎的眼中閃著亮光。

「如同習字所老師說的，我也是這類人。原本是一名船夫，墮落成賭徒。」

半次郎猛然捲起衣袖，露出右臂的刺青。從手肘順著上臂一直到肩膀，刺了一個圖案。是一尾大魚……不對，腰部以下是魚，但胸部以上是女人。披散著豐沛的頭髮，臉上浮現笑意，雙手遮胸，腰身彎曲。她上仰的頭部來到半次郎手腕的位置，尾巴則是來到腋下，所以是呈倒立的模樣。

「咦，北一先生，你不知道嗎？」

這是人魚喔。

「在我出生長大的海邊村莊，據說如果下網捕到這傢伙，將她帶回家好好飼養，就會連續九十九天大豐收。」

不過，到了第一百天，如果不放人魚回大海，村莊就會被海嘯吞沒。

「這人魚嘴唇的附近點了朱砂。」

武部老師一動也不動地仔細觀看。

「鱗片的墨色也有濃淡之分。圖案這麼複雜，刺青的費用應該很貴，你的左臂和背後也有刺青嗎？」

別再問了啦。他要是露出整個上半身，北一恐怕會嚇得滲尿。

「老師眞壞心。」

半次郎放下袖子，收起手臂上的人魚圖案，揚起單邊的眼角，微微一笑。

「這種東西是我荒唐年少的證明，不是用來向人炫耀的。」

「不過，在你的地盤，應該有不少人會拿它來發揮影響力。」武部老師淡淡地說。「不過，很不巧，我、北一、請北一辦差的市町官吏，都不玩這套。好了，我們言歸正傳吧。」

儘管武部老師代替北一說出想說的話，但北一依舊嚇得差點滲尿，極力忍了下來。眞是太丟臉、太沒用了——心裡才剛這麼想，話語便脫口而出。

「這張人像畫裡的女子，可能是凶手，殺害了便當店善良又勤奮的店主夫婦，以及他們正在學走路的女兒。」

聽到北一這句話，半次郎臉色驟變。原本歪斜的眉毛轉正，挺出的下巴往回收。

「用什麼殺人，如何下手？」

這是如針刺般尖銳的問題。

「讓他們服下毒物。附子。」

「三個人都是嗎？」

「嗯。」

半次郎的眉間微微浮現皺紋，接著血氣逐漸從臉上退去。整張臉變得無比蒼白。

「可惡……猜中最糟的情況。」

半次郎咬牙切齒，低聲沉吟。

「拜託，請告訴我詳情。」

來自木更津的這名捕快，明顯變了個樣。除了海潮的氣味和人魚刺青外，難道他還帶來了什麼嗎？

北一道出詳情。因爲此事複雜，要照順序說明出奇地困難，而且內容不時會混雜在一起，武部老師會從旁插話，幫忙解釋。

「……這張尋人的人像畫明明畫得很講究，卻只寫著張貼者是文庫屋的北一，我當時看了就覺得奇怪。」

聽完事情經過後，半次郎低聲說道。

「被視爲凶手的那個叫久十的男人死在傳馬町，便當店的命案就此結案，但我不能接受。」

一口氣說完後，北一感到喉嚨沙啞，咳了起來。不知爲何，武部老師緩緩站起身，走下樓去。

「我這樣說你可能無法接受，不過，這種事十分常見。」

看準北一說完話的空檔，半次郎接過話。他眼中不帶半點嘲諷之色。

「倒不如說，這是理所當然的事。」

「在八州大人腳下，也是同樣的情況嗎？」

「官吏幹的事，在哪裡都一樣。法紀就是以這種方式來維護。」

如果是這樣，那根本就是錯誤的維護方式嘛。北一才剛這麼想，便憶起昨晚斷斷續續出現在夢中的千吉老大那張側臉。老大發現這項錯誤，想加以改變。建立一個沒有捕快的市町，才能正確地維護法紀，這是老大的構想。

「北一先生。」

半次郎凝視著北一。他眼瞳深處的光芒，令北一感到一股寒氣。

「你花這麼多時間找尋這名女子，打算做什麼呢？」

「做什麼……」

「就算逮到她，也不能拖著她上衙門。那位是負責驗屍的官員嗎？即使那位老爺出面交涉，已定案的裁決是不會翻案的。要是一直出言忤逆，稍有差池，恐怕會爲你引來牢獄之災。」

北一喉嚨乾啞，吞了口唾沫。小北，你到底打算怎麼做？逮捕那名女子，逼她招供，讓自己滿意，這樣就行了嗎？

「因爲我也曾這樣，沒考慮折衷的做法，一頭熱地拚命追查，結果令自己大失所望。」我沒資格笑你——說完後，半次郎的單邊臉露出笑容。

武部老師沿著狹窄的樓梯走上樓，發出嘎吱聲。他雙手端著一個托盤，上頭放有三個茶碗和一個茶壺。

「是這家店招待的。」

他如此說道，放下托盤，一屁股坐下，拿起茶壺，倒入茶碗。是白開水。升起溫熱的熱氣。

「可以稱呼你爲半次郎老大吧？」

半次郎收起半邊臉的笑意，將揚起的眉毛轉正，顯得一本正經。「在我的地盤外，若擺出老大的架子，就不識相了。叫我半次郎——不，叫我阿半就行了。」

「那麼，阿半。」武部老師拿起自己的茶碗，喝了一口。「你之前提過，這件事對我們應該是有益無害，說來聽聽吧。」

「那我就邊喝邊說吧。」

半次郎也一把拿起茶碗，將碗裡的開水送入口中。他臉上的血色仍未恢復。

「我認識這張人像畫上的女子。雖然不知道她現下人在何處、在做些什麼，但我知道她還是個十五歲的小姑娘時，是什麼地方的人，也知道她當時在那裡做什麼。附帶一提，我對她背後的銀杏圖案有印象。」

一段開場白後，半次郎娓娓道來。

「離日本橋河岸約十八里（約現今的七十公里）的安房內房（註一）海邊，有座九崎村。」

那是半次郎出生的漁村。也有往外載送漁獲的海港。

「上總國和安房國的內房，有許多不會出現在圖繪中的小漁村和海港。九崎村也是其中之一。」

那不是個富裕的村莊。九崎是借用同音字，據說原本是寫成「苦崎」，可見這裡的生活有多艱困。掌管村莊一切的船主家，代代都很吝嗇，對船夫們就不用說了，對村民們同樣也是冷酷又殘忍，這是造成眾人生活艱困的主要原因。

半次郎的父親不是船員，而是划著扁舟出海捕魚的漁夫。小得可憐的田地常遭受鹽害，所以土地貧瘠，頂多只能種植地瓜或豆類，家中連女人都去有農地的人家工作，這才勉強得以糊口。

天空和大海一樣蔚藍，遼闊無垠，平日的生活卻很困苦，壓得人喘不過氣。家中四兄弟的老么半次郎，不想永遠待在這種地方，自幼便想著要離開村莊。

然而，在半次郎長大成人前，九崎村發生了意想不到的變化。下總的銚子港有一家經營染布和紡織，生意興隆的店家，名叫「染吉」，爲了朝上總拓展生意，而在九崎村開分店。

房總有許多小大名（諸侯），當中也混雜了遠方大名的飛地領（註二）。一個地區由多位領主分別擁有，這並不是什麼稀罕事。染吉是下總的商家，卻在房總首屈一指的熱鬧海港經營得有聲有色，所以就算想透過顧客和往來客戶，在上總擁有可靠的門路，也不足爲奇。之所以選中九崎村，亦是深諳內情，看準這裡的村民們長年被貪婪的船主剝削勞力，如果引進染布或紡織這種完全不同的生計，一定能吸引許多人來工作。或許能將原本一座海邊的窮港轉變成染布之港，一手掌握——

實際上，他們只花了兩年就辦到了。染吉的染布工房、紡織場、屋舍，在半次郎八歲那年春天建造完成。他十歲那年過年時，聽說船主還私下偷偷向染吉借錢。村裡的人力全都離棄船主，轉爲到工資優渥的染吉工作，於是出海捕魚用的船隻被棄置一旁，漁網被堆置在海灘上，散發惡臭。

染吉經營兩種生意。一種是從附近特別挑選過的地方採購麻和棉線，以獨門祕方製作的

註一：「內房」是房總半島西南沿岸地區，意思是「安房的內側」之意。「外房」則是指房總半島東南部的太平洋沿岸。

註二：江戶時代，與大名城池所在的領地距離遙遠的分散領地。

染料加以染色，織出各種彩色花紋，再從港口搬上五大力船，出貨到江戶、浦賀、神奈川販售，算是生產批發商從事的生意。另一種生意則在自家的布匹上染上鶴龜、鯛魚、寶船之類的吉祥物，做成顏色鮮豔的長半纏。

這種長半纏被稱爲「萬祝」，是房總的船主或船東們祝賀豐收，送給漁夫們的贈禮。染吉在銚子港也是以製作萬祝聞名的名店。經過多年歲月的技術精進，他們培育出雄厚的資材調度力，能取得想要的絲線和染料，滿足顧客的各種需求，做出宛如將世上的歡樂景象都呈現在長半纏上的萬祝。

一直夢想離開村莊的半次郎，其實並不想離開海邊。如果嫌木更津和金谷離家太近，逃往銚子也行，不過，他還是想當一名漁夫。原本他認爲不這麼做，根本無法養活自己，但猛然回神，發現父親和兄長們，都已搭上豎起染吉旗幟的五大力船，母親和附近的婦女們，也在染吉學習織布，在店裡工作。父親他們去程載著染吉的商品，在海上乘風破浪，回程從江戶灣對岸的海港滿載絲線和染料而歸，有時還會順便買回一些珍奇的伴手禮。村裡的生活從根本上起了變化。

九崎村的染吉分店，生意上了軌道後，歸還向總店借來的招牌，自立門戶。掛起獨立的招牌，連屋號也一併更新。

染吉的銚子總店，以鮮豔的紅色染布爲賣點。另一方面，九崎的分店則是以散發黃金般光澤的染布自豪。不過，如果取名「染金」，格調就太低了。挑明以黃金當賣點，過於乏味。

因此，他們最後選中的屋號，是仲秋時散落黃光般樹葉的銀杏。

「取其簡稱，將屋號命名為『染杏』。」

半次郎有個習慣，就是會邊說邊摸耳垂。

「招牌以及在收納商品的木箱上烙下的徽印，都會是銀杏葉圓圈裡的圖案。」

北一和武部老師不約而同地望向起毛邊的榻榻米上，那張「尋人啟示」。女子的人像畫旁，附上一個圓圈裡有銀杏葉的圖案。

半次郎伸手指向那裡。

「就是這個圖案。我還記得。」

一模一樣──他加重語氣。不過，如果是圓圈搭配草木樹葉的圖案，不論是家徽或是屋號，都相當普遍。

「這是十分單純的圖案，會不會只是剛好相似？」

「不管是銀杏葉的方向，還是像撥子一樣張開的形狀，全都一模一樣，絕不是剛好相似。」

聽半次郎的口吻，感覺得出他異常自信。北一窺望武部老師的側臉，只見老師雙手揣在懷裡，抬眼望著半次郎。

「然後呢？」

半次郎翻出小袖和服的袖口，擦拭鼻頭，注視著人像畫。他的眼眸深處有一簇黑暗的火焰。

「接下來我會談到一起案件。姑且不談老師會怎樣，北一先生，你得多加小心，千萬別因為太過吃驚，嚇得心臟從嘴巴裡掉出來。」

北一不認為這是在嘲笑，於是乖乖把嘴巴閉緊。

「二十一年前，我十五歲那年八月中旬的一個早上，染杏的店主夫婦和孩子們——長男、長女、次男三人，以及負責掌管織布工房的那位織布長老爺子，一共六人，在吃完早餐後身體陸續出狀況，痛苦掙扎了半天，全都一命嗚呼。」

咦！

「一開始看起來像是食物中毒。村裡的人家，不論是大財主，還是賺一天吃一天的小老百姓，在煮味噌湯時，習慣都是整尾小魚放進去煮，所以可能是有不新鮮的魚混入其中。」

染杏一家五口和織布長，平時都是一起用餐。織布長是從銚子港的總店轉調來這裡的老練工匠，對店主夫婦而言，是像父親一樣可敬的人物。

「不過，當時在附近的金谷港，剛好有一起大案子。那位火付盜賊改的官吏，正巧逮捕了一群盜賊，準備移送衙門而在旅棧暫住，他特地趕來替這六具屍體驗屍。」

火付盜賊改與町奉行所或八州迴不同，是為了維護法紀、取締惡徒而設立的組織。如同那令人害怕的字面名稱，專門處理縱火、江洋大盜等凶殘的案件，為了緝捕歹徒，他們底下的同心不光在江戶市內，甚至會出差前往關八州。這時，他聽聞治理九崎村的大商家染杏發生的慘案，馬上研判此案絕不能輕忽。

「最後查出這不是食物中毒，而是一起殺人案。」

因爲喪命的六人，都服下了附子。

「附子！」

北一大叫一聲，驚訝得幾乎整個人倒轉。一胃裡的東西湧上喉頭，他急忙摀住嘴巴。

半次郎望著北一，用力點了點頭。

「沒錯。據說是將曬乾的附子切細，混進味噌湯用的海帶中。」

六人當中，最早感到不舒服的是織布長，接著是五歲的次男。一個是老年人，一個是身體嬌小的孩童，所以毒性很快發作。

「從六人開始感到痛苦，直到斷氣，在場的人們全程目睹，火盜改的官吏光是聽他們描述，馬上猜到是附子。首先會無法呼吸，接著不斷狂嘔，最後停止心跳。另外，嘔吐物的臭味也有其特徵。」

桃井那三人的情況也一樣，栗山老爺一眼看出「這應該是附子的毒」。

武部老師問：「當時所有人都吃進肚裡，完全沒察覺，這表示附子沒有苦味或辣味嗎？」

「附子有時會煎來當藥用，據說微帶苦味。不過，漁村的味噌湯口味比較重。」半次郎一臉認眞地說：「味噌的氣味強烈，又重鹹，再加上湯裡的料是海帶，附子就混在那樣的海水味中。」

鹹鹹的味噌味，以及帶有海水味的海帶口感，在北一嘴裡擴散開來。如果是平時，他會覺得很美味，甚至會不小心口水直冒，但現在完全沒這種感覺。

「另外，不知道這樣是好是壞……附子是從烏頭這種草上採集而來。這種草不論是花、芽、莖、葉，還是根，全都有毒。如果直接吃，馬上就會沒命，可見毒性有多強。而且沒有解毒的方法，一旦服下，只能想辦法催吐。」

沒有任何解救的辦法。

「不過，加熱後毒氣會轉淡，染杏的那六人撐了半天才喪命，是那熱騰騰的味噌湯的緣故。」

儘管拉長了時間，卻還是保不住性命，或許這樣反而殘酷。

「確認是毒殺後，要找出凶手就簡單了。」

說到這裡，半次郎第一次顯得口齒不太靈活。「以替喪命的六人準備早餐的廚房女侍爲首，染杏的夥計全都被帶去衙門。」

如果凶手是店內夥計，這算是殺害主人，死罪難逃。

「只要是與這六人親近，有機會接近廚房的人，不管是誰都好。通常夥計都會對老闆或老闆娘感到不滿，只要抓來拷問，一旦招供，那個人就是凶手。」

和久十一樣。北一坐在「利根以」的房間裡，感覺地板彷彿正緩緩下陷。

「有誰招供了嗎？」

面對武部老師的詢問，半次郎眨了眨眼後，微微頷首。

「有五人被活活拷問至死，說來也真奇怪，跟遭毒死的人數一樣，拷問到第六個人時，她招認說——對不起，是我在鍋裡下毒。此人是在織布工房工作的一名三十多歲的寡婦。」

半個月前，她偷偷將剩布和用剩的線卷帶走，打算賣給來自木更津的行商客，結果露出馬腳，差點就要捲鋪蓋走路時——

——她的丈夫死在海上，一個女人家要養活三個孩子，不容易啊。

織布長同情她，替她說情，她才得以留下來繼續工作。是個背後有這麼一段緣由的織布女工。

「這名婦人出現的時機，未免太湊巧了。」

「可是，這樣的婦人有辦法取得附子嗎？」

這麼一問，不知爲何，半次郎眼角抽動。「在我們鄉下，烏頭隨處生長。」

北一想起之前是從栗山周五郎那裡得知這件事。烏頭生長在沼澤和溼地之類潮溼的地方。只要具備這方面的知識，就能輕易摘取，相反地，沒這方面的知識，誤當成是其他野草（尤其是在發芽的時節），摘來食用，就此喪命的人，一直層出不窮。

「最後，官吏巧妙地把一切兜攏，取得她的自白書。」

「可是，這樣就不知道那名織布女工是否眞的是凶手了。」

北一忍不住如此低語，半次郎眼角再度抽動。

「所以我剛才不是也說了嗎？眞相如何，根本不重要。大部分的官吏只要能找到合情合理的凶手，就心滿意足了。而被押送衙門的人，招認便是死罪，就算不招認，也會被嚴刑拷打，活活打死，既然如此，會想從痛苦中解脫，也是沒辦法的事。」

在第六人屈從認罪之前，有五人被拷問至死。北一全身雞皮疙瘩直冒。連久十這種壞透了的惡徒也無法承受，藉著審問的名義展開的嚴刑拷打——

「原來如此，事情的來龍去脈我知道了。」

武部老師沉吟，鬆開盤在胸前的雙臂，啜飲一口涼掉的白開水。

「不過阿半，你難以接受吧？雖然你也無能爲力。」

半次郎睜大眼睛，瞪著武部老師，北一坐立不安。怎麼辦，要是他們打起來……

「……我知道凶手是誰。」

「這就對了。」武部老師面露淺笑。「是如今不知人在何方，當時十五歲的那個小姑娘吧？」

半次郎緊緊閉上眼，接著重新睜開，此時他的臉已不再痙攣。

「我們那位於海邊的小村莊，既沒有大夫，也沒有藥鋪。」

受傷和生病的治療方式以及用藥，只能仰賴村裡比較有這方面的知識和經驗的人。

「在九崎村裡像藥鋪一樣替人開藥的，是一位名叫阿江的老婆婆。她原本和丈夫一起製炭爲生，因爲常上山，逐漸熟悉藥草的功能。於是，她開始製作蚊香、驅蟲藥、被毒蟲螫傷時特別有效的軟膏，頗受村民敬重。」

不久，丈夫死去，老婆婆無法獨自一人製炭，改爲製造並販售藥材和軟膏爲生。

「就在那時，老婆婆那跟著男人離家的女兒，突然回到村裡，懷中還抱著一名嬰兒。」

九崎村的村民還沒來得及向老婆婆的女兒詢問詳情，她便又離開了村莊，嬰兒則留在村裡。

「阿江婆婆沒辦法，只好獨自養育那名嬰兒。」

嬰兒才出生不到一年，可能是沒有好好照料，全身長滿汗疹和皮膚炎，又瘦又小。

「還好已替她取了名字。婆婆的女兒說這孩子名叫阿蓮。這名字似乎是有由來的。」

此時阿蓮仍得喝人奶，於是阿江婆婆請人餵奶，要來碎米煮成米湯，相當辛苦。

「我娘當時剛好生下我，曾多次分奶水給她。所以，我和阿蓮算是同一個母親奶大的姊弟。」

半次郎這時再度摸向自己的耳垂，微微拉扯。或許是藉此排解難以啓齒的苦澀。

「說得直接一點，阿蓮是個壞胚子。」

他垂下眼，話聲也隨之壓低。

「只要養過狗，或是照料牛馬，便會明白，偶爾就是會有這種人，天生心術不正，教人沒轍。阿蓮就是其中之一。」

北一心想，拿狗和牛馬與人相提並論，實在不太恰當。但他同時也想：之所以會這麼認爲，可能是我還沒遇過這樣的人渣和壞胚子。

「總之，她向來手腳不乾淨。一旦想要別人的東西，她就會忍不住動手偷竊。每次人們要向她追究責任時，因爲偷來的東西是鐵證，她會若無其事地將東西扔了，或是加以破壞。因此，我娘常說……」

——阿蓮並不是想要東西，一切只是因爲她嫉妒別人。

半次郎說著，緩緩搖頭。

「由於打從懂事起，她就開始行竊，素行不端，村民們都緊盯著她。儘管如此，還是沒人能矯正她的壞心性。」

等到有了月事，從女孩長成姑娘後，阿蓮馬上以村裡的年輕男子和在港口出入的船夫爲對象，向人賣身。她並不是非得這麼做才能餬口。

「大概是喜歡男人吧，還能順便賺錢。而且男人也喜歡她。」

半次郎一副隨時會吐口水般的口吻，轉向北一。

「你見過她對吧？要是如同人像畫上所描繪的，應該長得很不起眼吧？她的雙眼像金魚一樣浮凸。」

的確沒錯。

「附帶一提，她還有點暴牙，也沒什麼女人味。不僅沒有凹凸有致的身材，還長得很矮短。」

可是她卻莫名地討男人喜歡。

「這當中一定有什麼玄機。雖然我一輩子都不想知道，但身爲女人，她肯定有她的賣點。」

阿蓮很容易嫉妒他人，同時也有執著、記恨的一面。如果挨罵，或是被人瞧不起，她會一直懷恨在心，就算對方早就忘了，還是不忘報復。正因如此，她不光會和其他女人搶東西（金錢糾紛），還會搶男人，這時她那麻煩的個性會變得更加偏執。

她唯一的親人阿江婆婆，後來行動不便，無法獨自入山。平日的生活需要阿蓮協助，也需要阿蓮賣春賺來的錢，所以要阿江婆婆認眞糾正外孫女的行爲，根本是緣木求魚。

「而且令人意外的是，阿蓮很照顧阿江婆婆，還會幫忙採藥草和製作蚊香。」

半次郎停止搖頭，改爲咬牙切齒。

「阿江婆婆製作的草藥，如果換個用法，就會成爲毒藥，她可能是覺得有趣吧。」

說到這裡，他抬起臉。

「阿江婆婆也會拿附子製作草藥。雖然用法複雜，但似乎能當止痛藥或退燒藥。」

武部老師用力點頭。北一則是不發一語，全身僵硬。

半次郎盯著半空中的某一點，接著往下說：

「早在那六人的命案發生前，我便曾看到阿蓮明明沒事，卻在染杏的住家周邊打轉。」

當時半次郎家中，除了到木更津港當船夫的長男外，一家人都從事和染杏有關的工作。在當時的九崎村，這是極其自然的事。

「我當時十五歲，自認已是能獨當一面的船夫，偏偏身材單薄，店家指派我的工作，只有從九崎村的小港口坐上扁舟，將染杏的商品運往木更津、金谷、保田等地方。」

如果是在大港口，會將堆放的商品搬上五大力船，或是將五大力船從向地（江戶、浦賀、神奈川等江戶灣另一側的港口）運來的物品卸貨，堆放在此。

「這項工作做個幾年，就會變得筋骨健壯，擁有結實的體魄。這麼一來，木更津船就不用說了，要坐上遠航的五大力船也不是問題。」

一早，半次郎比誰都早起，前往港口，撿拾碼頭和海邊的垃圾。為船具進行保養和檢查。邊清掃邊確認貨車往返於港口和染杏間的道路有無異常。每天都勤奮工作。

「起初看到阿蓮時，我以為她改變心意，打算在染杏工作。」

村民們都在染杏底下工作，生活逐漸好轉，但阿江婆婆和阿蓮只是冷眼看著這一切，堅持過她們的生活，不願改變。

「再怎麼說，我和她終究是同一個母親奶大的姊弟，我娘雖然討厭阿蓮，還是會擔心她。」

可是，見過阿蓮幾次，她都沒有要上門求職的樣子。首先，如果她眞想求職，店裡的人們幾乎都還在夢鄉的時刻，她一個人在外頭打轉，實在很奇怪。

「最後，我忍不住開口叫喚。」

——阿蓮，妳到染杏來有什麼事？

「阿蓮似乎早就知道我發現她了。因爲那像金魚般的凸眼雖然東張西望，卻不顯一絲慌張。」

——是小半你不知道的事。

「她露出滿足的笑容。看到那副神情，我忍不住想到其他事情上去。」

染杏的長男，跟半次郎和阿蓮一樣，都是十五歲。

「我心想，阿蓮這傢伙該不會是勾引了少爺，偷偷和他幽會吧。」

這個想法占據半次郎的腦袋，他頓時慌了起來。如果眞是這麼回事，他就不能多嘴了。

——妳要懂得適可而止啊。

半次郎只留下這句話，便轉身離去。他心想，在這裡見過她幾次的事，就當沒發生過吧。

「那是在命案發生的兩天前的早上。」

自從查明染杏六人的死是附子所造成，半次郎便告訴父親這件事。他的父親是染杏旗下押送船的一名船老大。

「我爹說，向店裡報告這麼嚴重的事之前，最好先跟阿江婆婆和阿蓮見面談談。」

於是，父子倆前往阿江婆婆的住處。那是位在村莊北側山丘下，一幢歪斜的破屋。

「我們一再叫門，都沒人回應。走進屋內一看，只見阿江婆婆躺在木板地角落的稻草墊被上，已全身僵硬。」

遺體微微發臭，看起來沒有可疑的外傷。由於婆婆相當高齡，村裡沒人知道她究竟多大歲數，也許是壽終正寢，被擱置在家中。

「不過，婆婆用來代替藥箱的一個骯髒的置物盒，裡頭空空如也。」

阿蓮也不見蹤影。

「在那之後，她便從村莊裡消失，沒再出現。」

阿蓮著實可疑。如果是她，手中應該握有附子，也懂得怎麼使用。她殺害染杏的人們後，匆匆逃出村子了。半次郎極力如此控訴。

「我心想，那女人一定是拉攏了村裡的某個船夫，請求對方讓她坐上一早的船班離開。要是馬上趕往港口阻止出船，應該還來得及。」

——爹，拜託。算我求你了，去港口吧。告訴店裡的人這件事吧。向官爺報案吧。

然而，父親不同意。

——話別亂說，給我安分一點。你說的凶手，官爺早就逮捕了。

「儘管如此，我還是繼續說。我爹不發一語，抬腳踢向我的肚子。」

半次郎當場暈了過去，等到他醒來後，發現自己身在他們一家人住的（比阿江婆婆的那幢破屋強上些許）有著木板屋頂、滲風嚴重的小屋，被關在置物間裡。

「還用骯髒的草蓆和麻繩將我牢牢地捆綁。不光是我爹一個人所爲，哥哥們也在一旁幫忙。」

如今想起，似乎仍像是昨天才發生的事一樣，半次郎心有不甘，臉上的汗水閃動。

「事後他們一起極力向我解釋。」

——那樣做是爲你好。

——話說回來，阿蓮爲什麼非得殺害染杏的老爺他們一家人不可？沒道理嘛。

「我也有同感。」沉默許久後，武部老師再度開口。「阿半，你心裡有譜嗎？」

一滴汗水從半次郎的下巴前端淌落，他以手背擦去。

「因爲我看過阿蓮當時那滿足的微笑。」他說。「『滿足』這個說法，帶有一種黏性，彷彿刻意在攪動什麼髒東西。

「打小起，每次她想做壞事時，都會露出那樣的微笑。我再清楚不過了。」

也許不是半次郎瞎猜，她眞的和染杏的長男有染。可能是感情沒進一步加深，她感到焦急。也可能是看染杏一家人受村民尊敬，日進斗金，這樣的生活令她又羨又妒。

有個念頭從北一腦中掠過，他開口問：「染杏不是有個女兒嗎？她是那個十五歲的長男的妹妹，年紀比較小……」

北一頓時閉口不語。半次郎的表情歪曲，耳根泛紅。那樣的紅，與憤怒或懊悔完全不同。

「想必是很漂亮的姑娘。」武部老師平靜地說道。「你一直努力想成爲能獨當一面的船夫，在當時的你眼中，那姑娘美得炫目吧。」

半次郎拉扯泛紅的耳根，低下頭去，遮掩自己的表情。

「在我這個生長於港口，渾身魚腥味，微不足道的小鬼眼裡，她是美若天仙的大小姐。」

不光半次郎這麼想。村裡的年輕男人和男孩們，都爲染杏的大小姐著迷。

「你剛才不是說過嗎？阿蓮有個壞習慣，看別人擁有什麼就想要。」

「嗯。」

「如果想要的東西怎麼也得不到，就會像發瘋似地火冒三丈，毀了那個東西。從小她便常幹這種事。」

如果她「想要的東西」不是錢財能交易的物品，而是她周遭某個姑娘的家世和美貌的話……

「阿蓮就是這種人。就算她嫉妒得發瘋，想將染杏徹底毀滅，也一點都不奇怪。」

阿江婆婆死了，再也沒人能攔阻阿蓮，只能說太不走運了。

——若往壞處想，也可能是阿蓮在下手毒害染杏一家前，先收拾掉可能妨礙她的外婆。

我怎會有這麼可怕的想法？北一微微甩了甩頭。

「雖、雖然被全村的人討厭，但半次郎先生和她是同一個母親奶大的姊弟，是唯一會關心她的人，後來連你都心儀那位大小姐。這也引發了阿蓮的嫉妒吧。」

武部老師重重呼出鼻息，說道：「北一，你居然連這話都講出來了。」

「咦？」

「不管怎樣，都沒有決定性的證據。重要的關鍵人物阿蓮已逃逸無蹤。阿江婆婆壽終正寢，而毒殺那六人的凶手，官差認定就是那名倒楣的織布女工，就此結案。村子後來的情況如何？」

回答這個問題前，半次郎微微仰望天空。

「就像太陽從天空墜落，再也沒升起。」

因爲染杏這個支撐九崎村的重要支柱倒了。

「銚子港的染吉一度派人過來，想要重振店面，但畢竟發生過那樣的慘事，那裡別說做生意了，連要正常過日子都沒辦法，令人束手無策。」

失去染杏提供的生計後，村民們只能重操舊業。大家回到船主底下工作，出海捕魚。船主表面上看起來重拾了往日的權力，其實已失去權威，整個村莊的約束力不彰，人心渙散，每個人都失去生氣。

「不論漁夫還是船夫，當初決定要把一切賭在染杏上時，便斷絕了過去的緣分和情分，向對方做出很不講道義的行徑，展開一場豪賭。現在賭輸了，才吐出一句『抱歉，請和以前一樣跟我合作吧』，根本行不通。」

最後，九崎村分崩離析。如今港口只是徒具形體，出入的船隻寥寥可數。船主的房子任憑荒廢。村民們的住家也差不了多少，連墓地裡的墓碑都排列得比它們整齊。

約莫是不想被這番沉重的話語壓垮，半次郎的肢體動作變大了。右臂的人魚刺青也不時露出。北一突然心想，九崎村彷彿受到人魚的詛咒。賜予他們九十九天的榮華富貴，等日子一過，就引來海嘯將村子淹沒的人魚。

「我一直翻出過往的事，講得又臭又長，老師和北一先生應該覺得很無趣吧？不過，先談這件事是想讓兩位知道，對當時的九崎村來說，染杏有多重要。」

如此光輝耀眼的東西，就這麼被一個壞心眼的小姑娘毀了——

「我無法像我爹和兄長們一樣，乖乖回去當船夫。因爲我一直夢想著能在染杏工作，更是痛苦難受。爲了逃避，我開始賭博、酗酒，和一些壞蛋聯手搶劫、勒索，自甘墮落。」

但沒犯下殺人的惡行。雖然有好幾次差點就下手了。

「二十七歲時，我在安房一座沒落港口的賭場與人打架，把對方打得半死不活，被港口的捕快逮捕。」

——看來不是被處以斬首，就是磔刑（註）。算了。反正我的人生也沒什麼樂趣可言。

「正當我自暴自棄時，來巡視的八州迴老爺收留了我，我才得以活命。」

這位八州迴還記得染杏那六條人命的案子。他對當時火付盜賊改的處置方式感到不滿和懷疑，這些年一直放在心上。

「因爲取締關八州的不法之事，原本就是八州大人的職責。火付盜賊改旗下的同心，只是爲了追捕攪亂江戶的歹徒才來到這裡。」

就北一來看，八州迴和火付盜賊改都是身分高出他許多的大人物。但即使身處雲端，似乎仍有勢力和地盤之爭。

「當時老爺之所以會看上我這個一身髒汙的落魄船夫，也是因爲我來自九崎村。」

——你還記得染杏命案嗎？

「我彷彿突然被潑了一桶冷水。」

十二生肖都過了一輪，終於有人肯聽半次郎說了，而且是位官爺！

「我激動地向老爺道出一切，講得幾乎喘不過氣，都快吐了。可說是知無不言。老爺也很認眞聽我說。」

然而，老爺無法馬上重啓調查。十二年的歲月，是一道難以跨越的鴻溝。更重要的是，受法紀治理的人世可沒這麼單純。半次郎已不是當年那十五歲的小毛頭，自然懂這個道理。

「不過老爺說了，爲了日後能逮捕那個叫阿蓮的女人，逼她吐出實情，你得洗心革面。」

註：此指將犯人綁在立起的柱子上，加以刺殺的刑罰。

——於是，我決心為故鄉的村民努力。

從船夫墮落成賭徒的半次郎，洗心革面，成為木更津港的捕快。

「之後又過了九年。」

半次郎重重吐出一口氣，挺直腰板。

「實在很不甘心，我今年都三十六歲了，還是沒能找到阿蓮。」

與他一起被奶大的阿蓮，同樣也是三十六歲。

「我時常在想，那樣的女人不可能長命，可能早就丟了性命，下地獄去了。」

北一心想，她過的應該是難以長命的生活吧。

「因此，前天一位我認識的船老大，拿這張人像畫給我看時……」

——阿半，我之前有事去了深川一趟，發現壽司攤上貼著這樣的東西。

會是哪家壽司攤呢？北一不記得了。應該是有人請老闆張貼的吧。

「看到這個圓圈加上銀杏葉的圖案時……」

半次郎差點叫了出來，很想拍手蹬地，轉圈跳舞。

「還以為我頭頂冒出熱氣，猛然回神，才發現自己哭了。」

想起二十一年前那個早上的驚訝、悲傷，以及懊悔。

「這是染杏店鋪的徽印。有個女人在背後做這樣的刺青，而且是眼睛微凸的長相。」

人像畫上提到女子的身材「略顯矮胖」。

「是阿蓮，找到她了。那個沒人性的凶手，不僅殺害染杏一家人，竟然還把染杏的徽印刺在自己身上，大剌剌地走在光天化日之下！」

江戶深川一個名叫北一的文庫商人在找這名女子。這是爲什麼？總之，先和對方見面，聽聽他怎麼說，然後也說我的故事給他聽吧。半次郎抱持這種想法，坐上今天一早的木更津船前來。

「我認爲，正因身上有這樣的刺青，她絕不會大剌剌地走在光天化日之下。」

北一提到白粉刺青的事，以及女人在身體這個部位刺青的含意。半次郎略顯急躁的暗啐一聲。

「那女人自己也知道，她都這把歲數了，還是只能靠賣身來餬口！」

「在這之前……」

別這麼生氣嘛。

武部老師說到一半，發出呻吟，抬起臀部重新坐正。「利根以」房間的榻榻米太薄，像石頭一樣硬。

「你可有發現什麼像樣的線索？」

北一頷首，問道：「剛才你說過二十一年前的早上，阿蓮逃出九崎村時，應該是請某個船夫載她離開。你有沒有調查過這條線索？」

半次郎再度暗啐一聲，「這點我當然也想過。但這麼危險的事，哪有人會自己說啊！」

村裡最有錢的一家人剛遭到殺害。這時候要是亂說話，很可能會被當成凶手。現場揚起焦躁的塵埃，北一頓時身子蜷縮，武部老師摩挲著下巴的鬍碴，半次郎則是呼出沉重的鼻息。

「呃……抱歉，我剛才講話太粗魯了。」

半次郎一臉尬尷地抬手搔抓後頸，手臂上的人魚看起來就像噘起了紅色嘴唇。

「我只掌握到一個小小的線索。」

「哦，」武部老師傾身向前，「什麼時候得到的，是怎樣的線索？」

「老師，請不要抱持太高的期待。最後那只是個派不上用場的線索。不過，不算是太久以前的事。」

那是三年前的事。正值江戶與近郊的賞櫻名勝人山人海的春光爛漫時節。

「我接獲通報，在通往鎌倉的幹道上，一家靠近江之島的茶屋，有人發現一名長得很像阿蓮的女子。」

發現者是昔日常在染杏出入的絲線批發店的大掌櫃。這家批發店位於向地的神奈川，是染杏的大客戶，當時他常渡海到九崎村來。

「二十一年前他還是大掌櫃，三年前退休，在那家茶店旁，與女兒女婿同住，經營一家禮品店。有很多客人前來參拜江之島的弁天神以及鎌倉的八幡神，所以店鋪生意興隆。」

那名長得像阿蓮的女子，是茶屋的客人。她不是一個人，而是照顧著一位非常虛弱的老先生，兩人各坐一頂轎子同行。

「阿蓮是村裡眾人討厭的人物，連這位大掌櫃也記得她的長相。」

——因爲她是個陰森可怕的小姑娘，實在教人難忘。會讓人覺得這麼不舒服的姑娘，我這輩子只見過阿蓮一個。

「話雖如此，畢竟之後又過了很長一段時間，他還是想看看阿蓮現在變成怎樣。」

那名像阿蓮的女子和老先生吃了茶點，稍稍休息後，又匆匆啓程。

「只確定那是返回江戶的轎子。不是一般平民坐的轎子，也許是特別從江戶派來的轎子。」

那天下著小雨。老翁披著一件上等的防雨斗篷，像阿蓮的女子則是一身漂亮的女性旅裝。

「那老頭身體非常虛弱，連話都沒辦法說。茶屋的老闆娘十分擔心，在一旁照料。那名女子見她這般親切，似乎很高興，便和她聊了幾句。」

她自稱是負責照料這名老翁的女侍。

——老太爺不是生病，謝謝您的關心。

——約莫半年前，他的住處失火，背後受了嚴重的燒傷……

——因爲屋子被雷劈中。很可怕吧？

——聽說藤澤驛站有位大夫，在治療燒傷方面號稱天下第一，這次才專程前往。不料大夫那裡擠滿了病狀類似的患者，等了兩天都沒能就診，只好失望地返家。

「至於是家住哪裡的老太爺、做怎樣的生意，她一概沒說。不過，女子和老頭子在頭上纏同樣花色的手巾來遮雨。」

那透染的圖案，是在方框內加進一個載著秤錘的天秤。

「那不就是錢莊的徽印嗎？」

絲線批發商的老掌櫃雖然知道阿蓮過去風評不佳，但他並非刻意找尋阿蓮。因此，這場邂逅，整整過了半年多，才輾轉傳進半次郎的耳中。

「是我一位昔日的友人順道去老掌櫃的禮品店拜訪，之後搭船來到木更津港，才順便告訴我這件事。」

——就像一個昔日的鬼魂突然出現在眼前，聽說老掌櫃那天晚上也做了噩夢。

「如果是噩夢，我從十五歲那年夏天的早上便一直做到現在。」

雖然得知這個消息，比一直都不知道來得強，但就算知道，一樣無技可施。半次郎明知機會渺茫，仍決定一試，於是親自前往茶屋拜訪。

「我請他們幫忙，要是日後再看到那名女子，馬上通知我。」

女子和老頭子之後便沒在茶屋出現過。

「喏，如果只有這條線索，根本派不上用場吧。光是江戶這個地方，錢莊就多如繁星。」

半次郎深深嘆了口氣，一旁的北一則是僵在原地。

「小北，你怎麼了？」

武部老師朝北一戳了一下，他下巴一鬆，張大嘴巴。

三年前的賞櫻時節，再往前約半年左右。江戶的某個錢莊。不知道是店面還是住家，是租屋處還是養老的居所。雷劈引發火災，老太爺背後嚴重燒傷——

北一下巴動個不停，心臟噗通噗通直跳，大聲地說：

「如果有這麼多現成的材料，我知道有個人清楚記得一切。」

五

那家店的屋號是「宇月」。位於濱松町四丁目的金杉橋旁。經營的不是錢莊，而是一家當鋪，擁有一座外牆是海參壁（註），小而美的倉庫。

四年前的夏末下起陣雨，接著響了幾聲雷，其中一道閃電打向這家當鋪庭園的樹木，起火燃燒。四散的火星飛入內廳的窗戶，從和室門紙延燒到門上的木條，釀成火災。簡直是晴

註：一種牆面的工法，牆面貼上平瓦，接縫處填入漆喰，做出長條狀的鼓起，外觀像海參，因而得名。

天霹靂，正當家人不知是該逃命，還是將財物搬離時，大火已迅速蔓延。過沒多久，建築一半燒毀，另一半被趕到的打火隊員搗毀，而最早竄出火舌的內廳，上一代店主、七十二歲的老太爺就住在那裡，身受嚴重燒傷，被人救出——

這次北一很清楚該怎麼做，當大額頭「嘰哩咕嚕嘰哩咕嚕」喃喃自語，努力回想時，他沒出聲打擾。但藉口「可供日後參考之用」，特意跟著北一前來的武部老師，實在壞心。

「這時候打斷他，就要從頭來過是嗎？」

「別這樣啦，老師。」

只因覺得有趣就想惡作劇，得極力阻止老師。不過，當大額頭為北一回想起宇月發生火災的事時，一名長得又高又胖，有著像極了多福面具（註）的圓臉的中年婦人走進屋內，將一個裝滿東西的提籃放在腳邊。

「歡迎光臨。打擾各位了，請不用理會我沒關係。」

她低下梳著島田髻的大頭，行了一禮，大額頭三太郎略顯靦腆地轉頭看了她一眼，說道：

「這是內人阿福。」

這句話令北一和老師都大為吃驚。咦，他有妻子？

阿福準備了美味的一餐招待他們，回程途中，北一和老師連連誇讚：

「真是位賢妻啊！」

「確實是位賢妻！」

此事稍後再說，總之，用來查出阿蓮這名女子所在處的唯一線索，就這麼從死棋變成了活棋。

說到大額頭爲何記得這件事——

「這在鄉下是常有的事，但在江戶市內，因雷劈而引發火災，可是相當罕見的。」

再加上宇月有不好的風評。這並不是指他們是黑心當鋪（倒不如說，附近一些中小型的寺院、爲籌錢發愁的武家客人，相當看重他們）。遇上火災的老太爺是第三代店主，現在的第五代店主是他的孫子，夾在兩人中間的第四代店主喜歡拈花惹草，把當初相親娶進門的妻子晾在一旁，在外包養女人、花大筆銀兩在藝伎身上、勾搭客人的妻女、染指家中的女侍，可說是恣意妄爲。於是，他的第一任妻子逃離家中，第二任妻子和他生下一名男孩（就是第五代店主）後，第四代店主便說「我不需要妳這個醜女了」，將她逐出家門，接著娶了個性好強的第三任妻子進門，被治得服服貼貼，而後他改爲沉迷花街柳巷，有家不歸。

「最後第四代店主在一艘駛往新吉原的渡船上，捲入醉客的打鬥中，腹部挨了一刀，一命嗚呼。」

這是比那起雷劈火災早三年發生的不幸事件。附帶一提，當時打架的對象，是聞名本所

註：五官渾圓、額頭突出、兩頰豐腴、鼻子塌陷的女子面具。

的刺青師，所以政五郎也介入調查，宇月的事很早便留存在大額頭的記憶中。

「當鋪方面，第五代店主隨即繼承家業，對生意沒造成什麼影響，但第四代店主下葬後，有一段時間……」

──老爺之前都會給奴家生活費，今後生活無以爲繼，不知如何是好。

──我與老爺之間育有二子，現在我一個女人家，要怎麼生活啊？

「女人們陸續跑到店裡，令人傷透腦筋。」

當中似乎也有人是看準第四代店主拈花惹草的習性，想混在裡頭騙錢。

「有個感覺眞的像是第四代店主包養的女人，完全拿她沒轍，只好雇用她當店裡的女侍。」

結果傳出惡評，人們都說那家當鋪所做的事眞教人摸不透。的確，就連北一也認爲，要是深川有哪個商家也採取類似的做法，便太對不起第四代店主的遺孀以及第五代店主了，根本不該雇用背後有這層緣由的女人。

經過這些歲月，如今的宇月又是怎樣的光景呢？北一看到的那名身上有銀杏刺青的女子，眞的是這家當鋪的人嗎？

眼見爲憑。

半次郎很想馬上就去一探究竟，而北一還沒開口，武部老師已搶先一步阻攔他。

「如果那裡眞有你要找的女子，對方認得你的長相，你去反而不妙。即使你們從小一起長大也一樣。」

「就是說啊。還是讓我一面挑擔叫賣，一面去那邊打探吧……」

「說到認得長相，北一，你也一樣。你不是和那名女子打過照面嗎？你記得對方，就算對方記得你，也不足爲奇。你也不行。」

那麼，該怎麼辦才好？找政五郎老大商量，向他借個小弟來幫忙嗎？可是，我沒仰賴老大的力量，好不容易靠自己走到這一步，現在白白將辛苦得來的成果交出去，未免太可惜了吧？腦中浮現這個念頭的北一，是不是有點得意忘形？

總之，目前決定請半次郎先回木更津港。北一也靜下來仔細思考吧。

——請富勘先生幫忙吧。

就算他人面再廣，在金杉橋一帶，終究還是和這裡不一樣。

——如果找喜多次呢？雖然去那裡撿拾柴火是遠了點，但只要像先前御狩大人（註）的那場騷動一樣，讓他潛入宇月就行了。

北一低頭苦思，在工房裡答話時心不在焉，不時喃喃自語。這時，剛好青海新兵衛前來，一把抓住他的後頸。

「你一個人在想什麼？」

註：出現在第一集〈陰間新娘〉中，津野屋的守護神。

尋人用的人像畫，之前也曾拜託新兵衛幫忙四處發放。北一說明目前的查案進度後，青海新兵衛說道：

「什麼嘛，如果是這件事，就由我去查探情況，順便向那附近的居民打聽打聽。」

我只要假扮成文庫小販就行了。

「那裡雖然有不少商家，但也有整排的寺院和武家宅邸。那裡到御成門一帶的街道，格調遠非這裡所能相比。」

你說的對，那裡確實格調不凡。

「北一你頂著小平頭，活像剛還俗的和尚，還把衣服下襬紮進腰帶裡，就這副模樣，那裡的人一定都懶得理你。不過，如果我說自己是流浪武士，爲了討生活而到此地賣文庫，聽起來就比較像一回事。我挑扁擔不合適，改爲用包巾繫成包袱，揹在背後吧。」

就算眞的做起生意也沒關係——青海新兵衛如此說道，突然顯得幹勁十足。

「越中守大人、但馬守大人、加賀守大人、肥後守大人，我一個都不遺漏，請他們的守門護衛買朱纓文庫吧。」

既然如此，只能交給他辦了。這的確是最安全的做法。北一和新兵衛一起挑選適合揹著前往那條格調高尚的街道販售的朱纓文庫。

「這個嘛……給我三天。小北，放心吧。你就當自己搭上了一艘五大力船，儘管放寬心，專注於生意上的事吧。」

新兵衛意氣風發地從位於猿江的工房出發。目送他離去後，末三老爺子偏著頭說道：

「小北，最近你都跟船有關呢。」

這麼一提，確實如此。在引發軒然大波的子寶船之後，是坐上木更津船前來的蛇蠍女，以及原本是落魄船夫的捕快。

「船隻最後一定會停靠在某個地方，如同剛才青海大人說的，要坐在船上隨波擺蕩，靜靜等候。」

「……要是沒遭遇船難就好了。」

末三老爺子皺起臉笑道：

「爲了製作型錄，我回想以前經手過的圖案，寫了下來。我記得秋天有個絕佳的圖案，叫『名月惠比壽釣鯛圖』。」

不過，如果想將千吉老大當初製作文庫時的圖案全部網羅進來，得先到深川元町的店鋪調閱舊的帳冊。

這表示得向萬作、阿玉夫婦低頭，對他們說「請讓我看一下」。用這顆像剛還俗的和尚一樣，頂著小平頭的腦袋鞠躬。

「不過，我認爲大可不必那麼做。」

末三老爺子如此說道，握著拳頭捶打著後腰，又回去工作了。

之前多次被阿玉臭罵的畫面浮現腦中，北一皺起眉頭。至少曾毫不客氣地回嘴，他已不願再憶起過往。

冷風從門口吹來，將枯葉帶進土間。擺在角落的木箱裡，裝有裁得又細又小，已沒用處的碎紙，以及木材邊角。

「……這整個木箱當柴燒不好嗎？」

喜多次邊問邊準備將木箱放進鍋爐口。

「這木箱還能用！要燒的只有裡面的東西。」

喜多次將木箱推了回來，北一的鼻子差點被撞扁。

扇橋這地區由這位「長命湯」的鍋爐工兼保鑣，個性怪異的傢伙負責發送人像畫。桃井一家三口悽慘的遺體烙印在北一的眼底，他的心中痛苦難當，這時候望著熊熊烈焰，感覺心情舒爽些許。所以夕陽西下後，明明沒什麼事，他還是會來這裡，也曾多次代替喜多次坐在鍋爐口。

破案的線索，意外地從木更津港乘浪而來。不，應該說是乘著人魚而來。北一告訴喜多次這件事的來龍去脈。

接著，他小聲問道：

「比起我，你更清楚這廣闊的人世，對吧？」

喜多次清瘦的背部對著北一，沉默不語。北一才在想今天他不知又會坐在什麼東西上，仔細一看，他坐在一個邊緣破了個口的陶爐上。

秋天的夕陽落得特別快。只有鍋爐口內的火焰依舊明亮，四周堆積如山的垃圾和破爛玩意，全沉浸在暮色中。

「依你看，這個叫阿蓮的女人是凶手嗎？」

從鍋爐口吹出的熱風，令喜多次的亂髮一陣搖曳。

「……抓來問不就知道了。」他說。

話雖如此！

「只因嫉妒、憎恨，就奪走別人的性命，這種事她爲什麼幹得出來？我實在想不通。就算從她本人口中問出，我一定還是想不通。」

喜多次撿起腳邊的一根樹枝，應聲折成兩半，開口說道：

「聽你提到桃井那三人的死狀時，我有個念頭。」

「什麼念頭？」

「如果凶手是我以前的同伴，我會很惱火。」

嚇嚇！北一瞪大眼睛。

喜多次將樹枝扔進鍋爐口。

「『同伴』是什麼意思？」

可能是北一的聲音顯得有點尖銳，喜多次微微轉過頭，望了他一眼，接著又面向鍋爐口。

「不是指有烏天狗印記的同伴。」

喜多次右肩的刺青。他說過，對他們一族來說，那形同家徽。

「該怎麼說呢……意思是同業。」

嚇嚇嚇！北一不禁瞪大雙眼。

「我們這一族從小就學會一身技藝，藉此領取奉祿。」

到底是怎樣的技藝啦。

「在這廣闊的人世，這樣的人相當多。借用你的說法，可以稱爲間諜或忍者。爲了天下，爲了主君家，曾有一段大顯身手的時代。」

不過，現在不一樣了……喜多次小聲地補上一句。

北一揉了揉眼睛。這不是夢。他掏起耳朵。不是我聽錯，這小子果然有這麼一段過去。

雖然不是現在才感到意外，但他如此坦然地承認，眞會被他嚇得折損好幾年陽壽。

「所以，便當店那件事，可能是懂得這種手法的人犯下的命案。果眞如此，應該是拿錢辦事，這樣一點意思也沒有。」

「這件事，你之前不是完全沒跟我透露過嗎？」

「我哪能說啊。這也是我自己瞎猜的。」

喜多次又折了一根樹枝，送入鍋爐口。

「下毒的手法有很多種，只要習慣後，就不是什麼難事。」

北一說不出話。難道你也做過？我實在不想這麼問。之前我甚至想過，你不光是間諜或忍者，搞不好還是「刺客」，是這樣嗎？

北一心中一陣苦悶，喜多次依舊背對著他。

「以便當店的情況來看，首先是孩子——叫阿花是嗎？約莫是拿那個孩子來要脅。」

凶手捏造某個藉口，到那家早起準備營業的便當店門口敲門。例如，我有急事要辦，但突然不太舒服，可以向您要杯水喝嗎？

「市町裡做生意的店家大多很親切，不會拒絕這樣的要求。如果對方是女人，自然更不會拒絕。非但不會懷有戒心，甚至會熱情地幫助對方。」

只要對方走進桃井，控制住角一、阿常、阿花三人，再來就任憑她宰割了。

「比方說要給孩子糖吃，放進她口中。笑咪咪地把糖果之類的點心拿到孩子嘴邊，順便一把抱起孩子，大部分的父母都不會阻止。」

嗯，北一也能輕易想像出這樣的情形，所以更覺得可怕。

「這時候使用真正的糖果或冰糖就行了。只要確實地讓孩子吞下肚，就算搞定。反過來說，如果孩子排斥吐出，或是突然身體不舒服，大哭大鬧，就阻止不了父母的行動了。」

鍋爐口內燒得熾熱的烈焰，煮沸了澡堂的洗澡水。這絕不是地獄的油鍋。儘管心裡明白，北一還是背脊發涼。喜多次注視著燒得旺盛的火焰，仔細說明這樣的情況。要是這時候他轉過頭來，搞不好會露出惡鬼般的神情。

「然後凶手會說，剛才我當著你們的面，讓孩子吞下毒藥了。我跟你們有仇。或者是說，我跟你們無冤無仇，但我要錢。又或者是說，把你們知道的事告訴我。目的多得是。所以只要抓住凶手，詢問之後就會知道。」

重要的是手法。

「凶手會說，你們想救活孩子，對吧？如果想要我身上的解毒劑，就照我說的話去做，這樣才是爲你們好。」

開什麼玩笑啊。妳扯這麼多鬼話，到底跟我們有什麼仇恨！角一和阿常應該會大喊、痛罵、緊緊揪住對方吧。

但凶手以阿花爲人質，將這對夫妻玩弄於股掌之間，臉上浮現的是……

——滿足的笑容。

不，還不能確定是阿蓮所爲。可是，北一腦中逐漸浮現那個凸眼的女人微笑的表情。

「這麼一來，角一先生和阿常夫人就會任憑凶手擺布了吧。」

喜多次接連將像是拆解木箱而來的木板扔進熊熊火焰裡。

「據驗屍的栗山老爺判斷，他認爲最早中毒受苦的人應該是角一。」

「如果是這樣，凶手可能是對角一說『我可以給你的孩子解毒劑，但你要服下毒藥』，以此強迫他。」

現場的氣氛緊張，阿花可能感到害怕，癱軟在地。孩子的模樣不對勁，眞的是毒藥的關係嗎？或者，她只是感到害怕而已？等到真相大白，阿花恐怕會嘔血而死，那就再也無法挽回了。在這對發愁的夫妻面前……

——凶手露出滿足的微笑。

把阿花搶回來吧。角一或阿常其中一人衝向番屋。但這麼做真的好嗎？凶手會趁亂逃走。

如果那眞的是毒藥……如果凶手持有眞正的解毒劑……

——孩子中的毒就快蔓延全身了。眞是個沒用的父親啊。

角一聽從凶手的命令，馬上倒地，痛苦掙扎，接著換阿常。凶手一定是對緊緊抱住阿花，全身發顫的阿常說……

——想要這孩子活命的話，妳就隨妳丈夫去吧。

要是你們夫妻都服毒，我就饒了你們的孩子一命。

阿常被這句話操弄。啊，丈夫死了。地上的嘔吐物、鮮血，以及這股臭味。

請妳一定要饒阿花一命。阿常一再懇求她遵守約定，臨死之際，凶手卻當著她的面，把毒藥塞入那步履不穩、正值可愛年紀的阿花口中。

一家三口都斷氣後，凶手在土間和廚房赤腳留下腳印，同時找尋有無可拿的錢財。然後和剛才來的時候一樣，既不像搶匪，也不像小偷，以完全不像歹徒的姿態，走向黎明時分的深川街道——

「你、你、你……」

北一嘴巴變得僵硬，舌頭打結。「這、這麼殘酷的事，你、你不會做吧？」

喜多次沒回答。「長命湯」的鍋爐燒得烈焰熊熊，地獄大概也是這副光景。

「如果做過這種事，你就站在那裡念阿彌陀佛吧。看我把你撞進鍋爐裡！」

「勸你別這麼做。」喜多次沒望向北一，直接勸阻。「我會像樹葉一樣輕盈地避開，只有你會滾進鍋爐裡。別糟蹋自己的性命。」

可惡、可惡、可惡。

「剛才那只是假設，全是我自己編的。我只是覺得，凶手可能在桃井採取這種不人道的毒辣手段。」

未免講得太逼眞了吧！

「這名凶手不論是怎樣的傢伙、目的是什麼，都不足爲奇。不過，如果是那些會使用這種手段的同業所爲，我會感到惱火。」

「嗯。」

他這麼解釋，北一就能接受了。剛才的狠話，就當我沒說吧。

「不過，我認爲阿蓮這個女人不是你的同業。」

「嗯，我也覺得不太可能。」

「如果是這樣，就不奇怪了嗎？還是說，一樣奇怪？」

「你不會用自己的腦袋思考嗎？」

喜多次從那損毀的陶爐上站起，終於面向北一。

「有人就算沒經過訓練，一樣很會說謊。有人儘管沒特別學習，但只要一再地做壞事，便會愈來愈拿手。」

用不著說「拿手」吧。不過，喜多次難得流暢地說這麼多話。

「那個女人從二十一年前開始，一直到今年，在我們不知道的遠方，不斷累積下毒害人的經驗，比起隨便將附子丟進味噌湯毒死所有人，她可能練就了更巧妙的害人手法。」

阿蓮是否眞的前後毒殺九人，完全泯滅了人性？若想要確實看清這點——

「唯一的辦法，就是針對那圓圈裡有片銀杏葉的白粉刺青的由來、女人那駭人笑容的背後含意、女人與染杏及桃井的關係、女人的怨恨與嫉妒，慢慢逼問，一點一滴解開謎團。所以，得早點逮住她才行。」

他說起話來很正常，講得也頭頭是道。

「我就假裝好心，給你個忠告吧。」

喜多次在破爛堆後面說道。

「年僅十五歲，就能一次殺害六個人，若無其事地逃走，絕不是普通的小姑娘。是天生的妖怪，只不過披著小姑娘的人皮罷了。」

他走在垃圾和破爛堆之間，一面挑選，一面淡淡地繼續說：

「我生長的家代代背負的職責，如果事事講人情，根本無法成事，得化身惡鬼才行——就算有人責怪你是惡鬼，就算連你都認爲自己是惡鬼，仍要處之泰然，告訴自己那又怎樣，否則很多事都沒辦法做。」

不過有個前提，你始終都得是個「人」。

「打從一開始就是妖怪的話，便不懂什麼是情。相反地，也不會變得無情。只會在意自己高不高興，除了自己以外，其他人都跟薪材或木棒沒什麼兩樣。」

看起來只像是東西，而不像是「生命」。

「那個叫阿蓮的女人恐怕就是這樣的人，你可別大意。」

暮色低垂，在黑暗的角落，嗅聞著鍋爐旁垃圾和破爛的臭味，北一突然發現——這小子在生氣。

胸口一陣刺痛。

北一自然地吐出心裡想說的話。

「等可以逮捕她的時機到來，你願意幫我嗎？」

啪嚓！鍋爐口深處有東西爆裂，可能是裡頭放了毬果之類的吧。

「知道了。」喜多次回答。

六

「妳是阿蓮，對吧？」

在木更津港的捕快半次郎的叫喚下，濱松町的當鋪「宇月」裡的女侍轉過頭來。

約莫是要供老太爺洗臉之用，這名女侍正拿著提桶前往井邊。十足的女侍樸素模樣，衣領也沒往外翻。雖然看不到她後頸下方的刺青，但光憑她的長相和身材，北一便足以辨認。

儘管女子有一雙微凸的眼睛，此時瞪大眼睛的半次郎，幾乎和她不相上下。

「妳忘了我這張臉嗎？畢竟已過了二十一個年頭。」

我是九崎村的半次郎啊——

女子一聽，雙眼變得更凸了，眼瞳深處映照著朝霞的暗紅。接著，她開口說話。與北一想像的聲音截然不同。一道砂糖醬油般的沙啞嗓音，說出北一完全想像不到的話。

「哎呀，小半，你終於來接我啦。」

話一說完，她便使勁將提桶砸向半次郎，轉身就跑。

＊

青海新兵衛展現厲害的手腕，別說三天了，只花了兩天便掌握了大致的情況（順便賣了幾個文庫）。

「對別人家裡發生的事，消息特別靈通，喜歡打聽傳聞，而且很想跟人說自己知道的事，這樣的人就算在高格調的街道上依然存在。真是謝天謝地啊。」

當鋪「宇月」在四年前那場火災後，店面和住家都重新改建。第五代店主持續穩健經商。身負燒傷的老太爺，這些年一直臥病在床，至今痙攣和疼痛仍無法真正痊癒，深受其苦。

而照顧這位老太爺的，是一名中年女侍阿繁。雖然不胖，但身材矮短，有雙像金魚般的凸眼。

當鋪附近的人們都知道，這名女侍是生前放蕩，最後橫死在外的第四代店主留下的女人。她跑來宇月哭訴，老爺不在以後她無法謀生，店內才雇用她當女侍。她既不感到羞恥，也不覺得尷尬，在宇月的屋簷下躲避風雨，吃同一口灶煮的飯。眾人也知道這女人長得不起眼，臉皮卻很厚。

而當鋪一家也確實不知該拿這個女人怎麼辦才好。如果叫她滾，她會說自己無處可去，請幫忙找出路。如果叫她工作，她便草草應付，一點都不勤奮，但她也不算是個懶鬼。既然讓她在店裡工作，就得供她飯吃，給她床睡。抱持這個想法的當鋪一家，真是令人同情的濫好人。

自稱阿繁的這個女人，約莫十年前在千駄谷森林裡的一家料理店當女侍，被到處拈花惹草的第四代店主看上包養。那家料理店其實是掛羊頭賣狗肉，眞正的賣點不是廚師的手藝，而是店內的女侍，這點大家都知道。

阿繁待過許多地方，捏造自己的來歷和名字，以唯一能賣錢的肉體賺皮肉錢謀生。但上了年紀後，連要賣春都不容易，總有一天會乏人問津。就在她即將走投無路時，成了第四代店主的女人，終於擁有穩定的生活。

然而，第四代店主最後卻是那樣愚蠢的死法，令她前途頓失光明。這筆爛帳，就到第四代店主的店裡，請他們一家人善後吧。她採取這樣的想法和行動，一個恬不知恥的女人。

阿繁投靠宇月的三年後，家中遇雷劈失火，老太爺嚴重燒傷。當時這個厚臉皮，又運勢過人的女人，正好外出辦事，逃過一劫。宇月一家因大火而離開家園，分散各地投靠親友的期間，阿繁陪在老太爺身邊照顧他。老太爺也十分倚賴阿繁。這時候，家人和左鄰右舍才發現，不知不覺間阿繁已勾搭上老太爺。

這下愈來愈難趕走阿繁了。只要有阿繁在，就能將照顧老太爺的事完全交由她負責。雖然不想這麼說，但在這點上確實很感謝她。

老太爺昔日全心投入做生意，爲了家中的浪蕩子吃盡苦頭，第五代店主率領的宇月上上下下，沒人敢對老太爺有所不敬。只要聽說西邊有名醫，就前往求診，一聽說東邊有良醫，便請對方前來看診，不惜砸下重金。老太爺還能自己行走時，都會照他的意思，命阿繁陪同，連藤澤這麼遠的地方也雇轎前往，只求老太爺的舊傷能有所改善（至於老太爺和阿繁單獨遠行，究竟有什麼心思，就不得而知了）。

最後，老太爺終於臥床不起，便改為四處求取能有效治療燒燙傷和褥瘡的軟膏和貼布，只要聽聞哪裡有良藥，就會派人去買。阿繁——昔日九崎村的那個小姑娘阿蓮假扮的當鋪女侍，之所以不時會遠從金杉橋旁，來到連江戶市內都算不上的深川一隅，也是為了取得這樣一壺軟膏。

這場逮捕行動，兩三下犯人便手到擒來。

阿蓮轉身背對半次郎和北一，由於太過慌張，穿在腳下的庭院屐鞋掉了一隻，落荒而逃。

這時，從庭院的樹木後方，猶如影子驀然從地面冒出，喜多次忽然現身，擋住阿蓮的去路。

阿蓮一驚，呆立原地。喜多次一把抓住她的手，將她拉了過來，接著比出像在敲瓜確認熟度般的手勢，一拳擊中她的要害。阿蓮馬上彎下腰來，癱靠在喜多次的肩上。

「該怎麼做才能讓她的白粉刺青浮現？」

他如此問道，輕鬆地一肩扛起阿蓮，將她搬到半次郎身旁。這位木更津港的捕快，像在嚎叫般，發出一聲簡短的讚嘆。北一全身力量從雙膝洩去，當場癱坐在地。

這幾天，在等候北一他們通報的期間，半次郎在自己地盤上與八州迴的老爺交涉，取得核發的公文，一旦確定「宇月」的女侍是九崎村的阿蓮，便下令將她逮捕帶回上總。多虧有這樣的安排，他在宇月和濱松町的番屋出示這份公文，順利通行，再來只要坐上繫在金杉橋下的接駁船，返回日本橋的木更津河岸即可。那裡有一艘五大力船，等著要將阿蓮帶回故鄉。

接駁船駛離在晨光下金光燦爛的江戶灣。這是半次郎從木更津河岸借來的船。它載著二十一年來的黑暗，破浪前行。使勁划動的船櫓攪動海面，氣泡從水底下冒出。船櫓發出嘎吱聲，激起水花，濺向緊抓著船舷的北一臉上。

喜多次宛如枯瘦的死神般，弓著身子坐在船頭，長髮隨手綁成一束。海風吹來，前面的頭髮緊黏在他的臉上。傳說中的妖怪海坊主（註），不就是這副模樣嗎？

船中央的甲板上，多年來在宇月自稱阿繁的女子，在船開始移動後便清醒過來，但她倚在船身的橫梁上，沉默不語，隨波搖晃。就算問她話也不回答，既不哭，也不生氣。

女子的雙手交錯捆綁在胸前。腰繩的一端綁在半次郎搖櫓的手上。

這是船夫的綁法，可說是救生索。萬一船翻覆時，爲了不連同沉船一起命喪海底，只要朝套圈的部分用力一拉，瞬間就能解索。

註：又叫海法師、海入道，一種居住在海中的妖怪。特徵是像和尚一樣光頭，全身黝黑，身材高大。

腰繩的另一端纏在北一身上，多出的繩索他用右手打了個圈結，握在手中。上總內房的捕快所用的腰繩，因海水受潮，上頭有多處孔洞。

天色轉亮時，女子瞇著眼望向升起的陽光，同時朝半次郎的側臉瞄了一眼，表情終於有了變化。

——她在笑？

那不是滿足的笑容。在北一的眼裡，那就像是看到心儀的男人般，一種充滿熱情和甜美的眼神。

「妳記得我的長相嗎？」

北一朝她問道，那雙微凸的眼睛緩緩眨了眨。

「那是上個月的事了。我們在本所二目橋附近的桃井便當店前見過面。」

在頭頂上方的遠處，成群的海鳥鳴叫。冬天一早的藍天，從雲縫間逐漸露臉。今天一定是晴朗的好日子。

原本以爲女子大概又不回答，但北一猜錯了。她微微偏著頭，對北一說道：

「小哥，你頭髮稀疏，所以特別顯眼。」

嘩啦，接駁船衝過一道浪頭。半次郎並未轉頭望向他們，但感覺得出他全身都當耳朵用，正仔細聆聽。

「不過，你有張可愛的臉蛋。」

那是宛如砂糖醬油的沙啞嗓音。北一感覺就像有毛毛蟲跑進後背，雞皮疙瘩直冒。

「我可以叫妳『阿蓮小姐』嗎？」

「想怎麼叫都行。」

「挺坦然的嘛。那麼，可以順便讓我們看一下妳的後頸嗎？那裡有個圓圈加上銀杏葉的刺青吧？」

女子接下來的注意力完全擺在北一的身上。她似乎非常驚訝，沒想到北一連那個都看到了。

「那叫白粉刺青吧。如果妳沒情緒激動，就不會顯現出來？」

女子吐舌頭，做了個鬼臉。

「小哥，原本以爲你很嫩，是我看走眼了。」

呵呵呵。在海風的阻礙下，沒聽到女子的輕笑聲。呵呵、呵呵、呵呵呵。只有眼神和嘴角流露出笑意。

「爲什麼妳要在那個部位，刺上那樣的圖案呢？」

開口說話時，海風鑽進北一喉中。

喧鬧的海鳥群。兩艘拖著漁網的漁船，伴著海鳥，一前一後緩緩駛來。

「年輕時，我在某個地方工作，客人覺得這種做法挺有趣，付一大筆銀兩要我這麼做。」

凌亂的頭髮跑進眼中，女子微微甩頭。

「這是我引以爲傲的刺青，是我的寶貝。因爲我很喜歡的一家店的徽印，現在已歸我所有。爲了不讓它被別人拿走，我讓它成爲我個人專屬。」

這幾乎可以解釋成，是她殺害染杏一家的自白了。女子毫無羞慚之色。

「小半，當時你都沒來光顧。虧我一直在等你。」

聽到女子興奮的聲音，半次郎手搭在船櫓上，微微往後側過身，頓時一僵。

「那是妳很喜歡的一家店嗎？」

「小半我也很喜歡。」

半次郎瞪著女子，接著又轉頭望向船尾，搖起船櫓。女子微微一笑，改以她意外漂亮的門牙咬住凌亂的髮梢。

喜多次坐在船頭不動。沐浴在朝陽下，他已不再是先前的漆黑暗影，一身髒汙的穿著特別顯眼。

「妳是怕忘掉自己在九崎村做過的事，才刻意刺青吧。」

面對北一的詢問，女子把臉轉向一旁。小哥，我可不是在跟你說話。

喜多次在船頭隨波浪上下晃動，突然出聲問：

「妳爲什麼殺了桃井一家？」

他的聲音沒有起伏，聽起來不像在詢問。女子先是一愣，接著說「原來這位小哥會講話啊」。

北一接著問：「聽說妳還跑到二目橋前面的整骨大夫那裡，買專治褥瘡的藥是吧。」

這是從新兵衛打聽來的消息中得知。

「一個月只能請那位大夫配藥一次，往往馬上搶購一空，很多病患就算天亮前來排隊，還是買不到。只要是爲了老太爺，就算是這麼無趣的跑腿工作，妳也肯做是嗎？」

想必也正因爲這樣，才有機會發現在小宅邸開店的桃井。看見感情和睦的夫妻、蹣跚學步的可愛女娃，以及聚在店裡，笑容滿面的客人。

眼前的這一家人，和以前的染杏一樣，既滿足，又幸福。

——那是阿蓮一直都得不到，令她很不甘心的美麗景象。

看我毀了你們，把這一切砸毀。黑暗的嫉妒心棲宿在她微凸的眼睛深處，不知是憑藉阿江婆婆傳授的藥材知識，還是天生愛偷東西的習慣，她取得了附子。

是這麼回事對吧，快招認吧。

女子根本不理會北一，她上下打量著喜多次。

「爲什麼殺了便當店一家人？」

喜多次再次以沒有起伏的聲音問道。女子笑了。不是滿足的笑，而是咯咯嬌笑。

「小哥，讓我看看你的臉嘛。看了之後，我就回答你。」

一早江戶灣往來的船隻相當多，當中也有結束天亮前的捕魚工作返回的漁船。每當有船隻擦身而過，便會有橫向波浪湧來，打向接駁船的船舷。有時會有跟北一的頭一樣高的大浪，像一面牆似地逼近，緊接著滑向接駁船底下。

熟悉木更津港與向地往來航道的半次郎，因從金杉橋直接穿越江戶灣前往日本橋的這條路線情況不同，與北一討論過，打算從鐵砲調練場與濱御殿之間進入河渠，往仙台橋的方向走。所以，此時接駁船的左邊是紀伊大人的宅邸，他們沿著河岸緩緩前行。

「……好美的景致啊。」

女子低語，目光突然從喜多次身上移開，神情爽朗地面向朝陽，深吸一口氣。

「雖然我討厭海潮的氣味，但在完全聞不到這個氣味的地方生活，又感到無趣。小半，謝謝你來接我。」

半次郎彷彿受不了，再度側過身。「少囉嗦。等到了那裡之後，再好好聽妳說。」

接駁船與前後兩艘漁船隔著一段距離交錯。光是船身長就足足比接駁船大上一倍的漁船，在行進時激起暗色的波浪，朝接駁船湧來。北一單手緊抓著船舷。

「眞是受夠了，連我也覺得麻煩透頂。」

女子的口吻微微起了變化。砂糖醬油摻入了令人感到不舒服的粗沙。

北一打了個冷顫。

「要是老太爺死了，我一定會被趕走，又得另謀生路。眞是受夠了，老是在吃苦。」

她轉身面向半次郎，出奇開朗地問：

「小半，你喜歡染杏的大小姐對吧？」

前面第一艘漁船橫向駛來，激起超乎想像的大浪。半次郎操控船櫓，接駁船隨之傾斜。他沒回答女子的問題，女子也沒要求他回答。

「真是遺憾啊。不過，如果是染杏的話，現在已完全歸我阿蓮所有。就讓你瞧瞧證據吧。」

話一說完，女子便在接駁船中央站起，在因橫向波浪的搖晃而步履蹣跚的情況下，朝北一直衝而來。

糟了！不知這是自己大叫的聲音，還是半次郎或喜多次的聲音。

「小哥，你不就是來看這個的嗎？好好欣賞個夠吧！」

北一挨女子一撞，從船邊翻了個跟斗，仰身跌入海中。不巧與第二艘漁船交會，重疊的橫向波浪高高隆起，與船頭一樣高。

噗通！

女子在雙手受縛的情況下跳入海中，雙腳夾住北一的身軀。她衣服的前方敞開，衣襟凌亂。一對微凸的眼珠湊到北一的面前。

嘴角浮現滿足的笑意。

咕嚕咕嚕，北一不停往下沉。不管雙手再怎麼划水，仍無法浮出水面。女子的雙腳猶如老虎鉗，緊緊箍住他。

——這女人的腰繩繫在我們手上！

北一原本握在手中的那條繩索，還纏在他的手臂上。就算用力甩，依然像蛇一樣緊緊纏住。好痛、好痛。

終於解開了！北一一面掙扎，一面揮動手腳，同時看到女子腰繩的另一頭在水中優雅舞動。原本纏在船櫓的另一頭，落水時鬆開了。

女子不肯放過北一。北一一掌向前推出，把她的臉推開，接著想踢她一腳，但沒半點勁道，只撥動了海水。

女子的衣襟大敞，胸前裸露，鬆開的頭髮宛如海草，在水中漂動，接著北一看到了。在一個短暫的瞬間，他看到女子後領深處。

——圓圈裡的銀杏葉。

雖然海水冰冷導致顏色變淡，但北一確實看到那個圖案。

噗通！有人跳進水中。北一的呼吸化爲氣泡，不久連最後一顆氣泡也消失，海水流進他的肺部。

一隻孔武有力的手臂將女子拉開，接著一腳踢向她胸口，並一把抓住北一的肩頭。一個全新的大氣泡湧出，形成漩渦，將北一包覆。

北一的眼前頓時一黑。

*

仔細地瞧。徹底地觀察。

——肯定沒錯，阿光變豐腴了。

初冬時差點溺死在江戶灣的北一，此刻在冬木町的夫人家中療養。照顧他的人當然是阿光，所以每天他都有機會仔細觀察。

如果只是差點溺死，倒也沒什麼好大驚小怪的。但很不走運的是，阿蓮的腰繩在北一的手腕和手臂柔軟的部位用力摩擦，形成擦傷，不僅長膿紅腫，還發了燒。

「和淡水不一樣，海水是非常可怕的。」夫人十分替他擔心。

富勘經常前來探望，與夫人和阿光交談。不只安慰受傷疼痛的北一，他還語帶埋怨地說：

「你搭接駁船逮人時，為什麼不找我一起去。我也想替桃井一家報仇啊。」

「那麼，下次有機會的話，請代替我上場吧。」

事後夫人苦笑著告訴北一，富勘先生擔心得要命。是，我明白。

傷口很疼。膿散發臭味。右上臂腫得足足有兩倍大，連他自己看了都嚇了一跳。

「如果這傷痕變成銀杏葉的形狀，該怎麼辦？」

「那就在上面刺青，將它消除就行了。至於圖案，就請榮花大人畫吧。」

身穿黑色短外罩前來探望的青海新兵衛如此回應，北一聽了之後敬謝不敏。都怪自己開了個無聊的玩笑。

「不過，如果是人魚的形狀……」

「快睡吧你。」

九崎村阿蓮的屍體，至今仍未漂到哪座海岸或是海邊。也沒被漁網撈上船，或是被釣客釣中，讓人大吃一驚。

也許她游過江戶灣，回到上總的某處。也許她一路游到了龍宮。也許她沉入海底，被螃蟹或貝殼吃了，投胎轉世爲人魚。

不管怎樣，現在沒北一的事了。雖然沒臉見半次郎，但等傷治好了，心裡拿定主意，覺得該見上一面，這事才算有個了結時，再去見半次郎吧。半次郎應該也是同樣的心思吧。

栗山老爺透過高橋的番屋，託人向北一表達慰問之意。而阿里這位老爺相當看重，但應該不是他妻子的婦人，爲北一準備了許多乾淨的白棉布，前來探望。改天也得前往答謝才行。

至於喜多次……再帶些吃的去給他吧。是他從船頭躍入海中，將打算把北一拖入海底的阿蓮一腳踢飛。那一腳踢得漂亮。

聽阿光說，北一發燒時，一直困在噩夢中，但他本人完全不記得了。不覺得自己在做夢。沒夢到千吉老大罵他或是誇他，也沒能瞻仰那懷念的面容，只是一直睡得不醒人事。

北一手臂的傷口纏著白棉布，返回自己位於富勘長屋的住處時，已是當天的日暮時分。村田屋治兵衛來訪。他沒揹著書箱，手裡拎著一包栗子羊羹。

「雖然來晚了，但這是一點小意思。」

我也得跟他說明這起事件的經過嗎？我要是再不趕快回歸平日的生活和工作，就糟糕了……北一沒表現在臉上，正暗自思忖時——

「這次的事件，我大致聽富勘先生提過了。」治兵衛搶先說道。

「我是爲了另一起事件來打擾你。因爲一直沒來跟你道歉。」

別的事件？道歉？

「今年夏天剛過土用時，不是發生一起『子寶船』的風波嗎？」

販售名酒的本所酒鋪「伊勢屋」，因店主所繪的寶船畫引發的那場風波。

「託政五郎老大的福，順利擺平了那場風波。」

「北一先生，別再謙虛了，那都是你製作出優秀文庫的緣故。」

不過，先不談這件事。

「聽說，當時留下了一個未解之謎對吧？」

有人想陷害伊勢屋，特地畫了好幾張弁財天以背示人的寶船畫，留在他們店家後面的垃圾場，想引人注意。這究竟是何人所爲？

「確實有這麼回事。」

北一聽得直眨眼。

「村田屋老闆，您竟然連這個都知道。」

綽號炭球眉毛的治兵衛，得意地挑動那特色鮮明的眉毛。
「因爲我是聽當事人自己說的。」
「咦？」
「畫下那幾張畫，丟棄在垃圾場的當事人，說那件事是他做的，現在覺得這種行爲眞是愚不可及，感到羞愧不已。他拜託我轉告你一聲，讓你耗費那麼多工夫，眞是抱歉。」
北一又眨了眨眼，「爲什麼是找村田屋老闆您呢？」
如果覺得政五郎老大很可怕，不敢找他談，找富勘不就行了嗎？
「你不知道爲什麼嗎？」
「不知道。」
治兵衛皺起他的炭球眉毛，「當然是因爲此人是我的客人啊。」
哎呀。
「我的老主顧當中，愛好作畫的人不少，所以不足爲奇。」
我確實轉告過了喔，明白了嗎？他根本是在我面前擺架子。
「我們這位模仿千吉老大辦案的北一先生……雖然微不足道，像米粒般只有一丁點大，用力一吹就飛走了，不過，好歹還是有一點信用可言，會接受這樣的道歉。」
他不是在擺架子，根本是在向我訓話。
治兵衛從入門台階處站起，朝什麼髒東西也沒沾上的膝蓋拍了幾下。

「那麼，今後也請好好努力。啊，我指的不是當捕快，而是文庫屋的生意。」

說完後，治兵衛悠然離去，雪屐底部的鞋釘發出陣陣清響。

那微不足道，像米粒般只有一丁點大，用力一吹就飛走的信用是什麼味道，姑且不談，不過，治兵衛送的栗子羊羹眞是美味。雖然後來分切請長屋的眾人一起吃，一眨眼的工夫便一掃而空，但令人回味無窮。

這天晚上，北一的夢裡帶有一股栗子的甜味。

（全文完）

解說

如何去除田中的雜草？反捕快的《北一喜多捕物帖》

路那

※本文涉及關鍵情節，未讀正文者請愼入

《子寶船》是宮部「北一喜多」系列的第二集。在本集中，因與師兄萬作之妻阿玉的衝突，不得不提前自立爲文庫商人的北一，踏出了他的第一步。與此同時，總是有大小事件發生的市町間，突然傳出了嬰童遭神明帶走，因而逝世的傳聞。

如何去除田中的雜草：反捕快的《捕物帖》

在〈子寶船〉的故事中，多香屋的嬰兒因故逝世後，店家發現由伊勢屋老闆源右衛門所繪，擁有求子之力的「寶船畫」中，原先懷抱著嬰兒的弁財天改爲以背示人，像是正準備下船的樣子。多香屋方面認爲，這就是嬰兒夭折的緣故：弁財天決定將孩子帶回去了。很快地，另一家曾求過畫、小孩也因故逝世的笹子屋，傳出了同樣的消息，而市街爲之騷動。爲了消除其他同樣求了寶船畫的人家的憂慮，房屋管理人富勘想到由北一製作文庫，將寶船畫封印的點子。在回向院後政五郎頭子的威嚴之下，事件有了相對圓滿的收尾——〈子寶船〉的故事就此結束，然而它帶來的卻是盤旋於本書中的核心主題，那就是人的行為如何因微妙的感情，而產生出原先意想不到的結果：本來是兼顧感謝客人與自我實踐的伊勢屋老闆畫作，卻成了他自身微妙虛榮感的來源。為了維持此一虛榮感以抵銷過往遭眾人看不起的過去，而招來了意想不到的禍事。已故的千吉老大告誡北一，人心就像農田，上頭滿是可能連自己都沒發現的愛憎情怨的種子，只等到適合的時機，便會萌芽成為事件。因此，「勤於除草是很重要的一件事」，千吉說，「捕快的工作，就是清除世間的雜草」。

世間的雜草，由捕快來清除。然而，又有誰來清除捕快心中的雜草呢？或者說，當捕快心中出現了雜草，有什麼辦法可以拔除呢？伊勢屋的老闆因受眾人吹捧而昏頭、眾人則因為自家的憂懼而昏頭的時刻，有政五郎老大對著眾人當頭棒喝。但對於原先就擁有讓人低頭權力的人而言，又該怎麼確保他們的頭腦保持清醒？理論上，政五郎老大向同心澤井蓮太郎負責，而澤井顯然也有他的高層長官，就這樣一路向上。然而，不談這條指揮鏈必然有一個必須對所有下級負責的最末尾，長官有可能鉅細靡遺地掌握一切嗎？這顯然不是一件容易的事。在《子寶船》第二話〈額頭裡的東西〉中發生的桃井案，便是最佳的例子。在桃井案的偵查過程中，同心澤井蓮太郎因得到犯人自白，選擇忽視負責驗屍的同心栗山所提出的客觀證據。這難道不是由於追求案件偵破，而讓自己的心田上出現了雜草嗎？

讀宮部美幸的時代小說，往往容易因她塑造出來的那些閃閃發光的人物，與對下町風物與人情的細緻書寫，而錯過了她對此一時期法律系統的批判。實際上，早在茂七系列中，宮部便已藉由茂七之口，指出此一問題。到了《糊塗蟲》，則進一步寫出岡引（捕快）仁平假公濟私，將公權力用於私人報復的手段。然而，由於另有政五郎的存在，使得仁平的作爲似乎可被歸咎於個人行爲，而非系統性的問題。但在《北一喜多捕物帖》的系列中，宮部美幸明顯捲起了袖子，決意是時候將這塊難啃的骨頭擺到檯面上了。在《子寶船》的桃井案中，案件的負責人澤井蓮太郎不是《糊塗蟲》中挾私報復的仁平，他甚至有公正盡責的美名。但就連這樣的人，也在既有的系統下選擇刑求嫌犯後的自白，而非循著證據與推論得出的眞相。正是這樣的疏忽，讓〈人魚之毒〉中的染杏案於桃井案中重演。若說市町商人的虛榮已爲禍甚烈，那麼捕吏的虛榮則眞眞將貽禍不絕。然而，同心與捕快的體制是在實用下逐步建立的，刑求也是。即使官方也認爲有不妥之處，三番兩次想廢除，但在現實逼迫下，最終只落得換湯不換藥的下場。是以，改革的重點實不在於結構的去除，而在於結構的取代——沒有了「同心—捕快」制度，那麼要如何處理市町的治安議題？先前的改革者一一倒下了，宮部還有什麼辦法呢？

她自然是有想法的。在系列第一集中，對於千吉老大不願指定繼承人一事，北一認爲是因千吉判斷師兄弟中無人有接棒的才能。然而到了《子寶船》，卻由松葉夫人對北一轉述背後的眞正理由：千吉對捕快這個職務抱持懷疑——藉由千吉的思考與猝然離世，宮部擘劃出一個與過往截然不同的「捕物」世界，那是一個「不需要捕快的市町結構」。

不是捕快的捕快

要如何形構出一個「不需要捕快的市町結構」？宮部給出的答案，既是情理之中，又有些意料之外——何妨試試一個「不是捕快的捕快」？在《北一喜多捕物帖》中，北一成爲文庫商人是生計所迫，成爲能夠繼承千吉老大、獨當一面的捕快，卻是他不怎麼敢提及的夢想。然而，伴隨著一樁樁事件的發生，在系列第一作的末尾，北一終於對著同齡的澡堂神祕青年喜多次坦言此事——他要自立門戶，開一家文庫屋，除此之外，他也想要「模仿捕快辦案」。

北一對喜多次的心跡剖白，正來自於此：他對自己的智力沒有自信，因此認爲松葉夫人是其依靠；他對自己的武力沒有自信，因此詢問喜多次能否繼續提供協助。那麼，北一自認可以做到的又是什麼呢？「要是幫得上忙，我什麼都願意做」北一對喜多次說。於是我們明白了，他所提供的，是熱情與毅力。熱情、毅力、聰慧與武力，這便是宮部構思中，一個理想捕快所需的條件了。選擇由北一作爲系列視角切入，則顯示了在這四項要素中，宮部更看重的是熱情與毅力——聰慧與武力固然重要，但熱情與毅力才是一切得以運轉的原因。正是這樣的意願，使得政五郎與富勘視北一爲千吉的潛在接班人。

只是，這又如何能改變結構呢？松葉夫人對澤井少爺的回覆或許是一個可能的方向。松葉指出，北一得以「在町內東奔西跑」，並非仗著身後有千吉的光環，而是「還不夠有出息」，所以「大家才忍不住想出手幫他一把」。正是因爲北一的誠懇與毫無權力，眾人才願意出借自己的力量，終致揭開眞相、顯現隱情。對此，松葉給予北一的定位是「跑腿」，這或許就是北一將開創的時代了：捕快並非如同過往眾人卑微仰望的「大人」，而是眾人願意協助與扶持的「跑腿」。或者換一個更現代的說法，公僕。有「國民作家」美稱的宮部美幸，其時代小說從來就不只是對過往時日的單純憶舊，更包含著她對現代議題的移植思考。在《子寶船》中，這樣的思考由過往相對單純的社會議題，逐漸指向了封建與民主的相異之處，亦即執掌「眾人之事」者的位置。這約莫也是宮部將本系列命名爲「捕物帖」而非「捕物帳」的原因之一吧？它確實仍是關於捕快的故事，但它也不再是傳統意義上的捕快故事。

如果說系列第一集是闢出本系列宇宙的開山之作，那麼《子寶船》便擔任了奠定基調的重任。在《子寶船》中，北一正式成爲文庫商人。於北一而言，這既是自立的第一個階段，也就成了自我認同的第一步。因此，系列第一作的最後一個故事〈陰間新娘〉，與《子寶船》的第一個故事〈子寶船〉都與文庫有著聯繫：在〈陰間新娘〉中，北一原本將以祝屋婚禮文庫爲開業之作，甚至做起了邀請長屋眾人與會的美夢。不料卻遇上了「陰間新娘」事件，導致辛勤盡付流水，慶賀用的文庫並未達成它的使命。在〈子寶船〉中，北一接受委託，製作封印不祥子寶船圖畫的文庫，方才成了眞正的開業之作。實際上，〈陰間新娘〉的祝屋文庫，與〈子寶船〉中遭封印的「子寶船」圖畫有著相似的位置：它們都由象徵吉祥之物轉為見證不幸之物。使得兩者不致完全重疊的原因，只在北一與源右衛門對己身與物品定位之差異。這不僅扣回了前述「人心」一事，也由此暗示北一的工作並非錦上添花，更在於解決紛爭。在眾人的照拂下，北一這位「非典型捕快」未來又將遇見什麼樣的案件？歷練什麼樣的世情呢？實在令人期待！

作者簡介

路那

台灣推理作家協會成員、台大台文所博士。熱愛謎團，最大的幸福是閱讀與推廣推理小說與台灣文學。合著有《圖解台灣史》、《現代日本的形成：空間與時間穿越的旅程》、《電影裡的人權關鍵字》系列套書。

宮部美幸

作品集 / 77

Miyabe Miyuki

子寶船

國家圖書館出版品預行編目資料

子寶船：北一喜多捕物帖二 / 宮部美幸著；高詹燦譯. - 初版.-
臺北市：獨步文化，城邦文化事業股份有限公司出版：英屬蓋曼群島商家庭傳媒股份有限公司城邦分公司發行, 民 112.09
面； 公分. --（宮部美幸作品集：77）
譯自：子宝船：きたきた捕物帖二
ISBN 9786267226681（平裝）
9786267226698（EPUB）
861.57　　112011204

Illustrations by MIKI Kenji

原著書名 / 子宝船：きたきた捕物帖二・作者 / 宮部美幸・翻譯 / 高詹燦・責任編輯 / 陳盈竹・行銷業務部 / 徐慧芬、李振東・編輯總監 / 劉麗眞・榮譽社長 / 詹宏志・發行人 / 凃玉雲・出版 / 獨步文化 城邦文化事業股份有限公司 台北市中山區104民生東路二段 141 號 5 樓 電話 / (02) 2500-7696 傳眞 / (02) 2500-1966; 2500-1967・發行 / 英屬蓋曼群島商家庭傳媒股份有限公司城邦分公司 台北市中山區民生東路二段 141 號 11 樓・讀者服務專線 / (02)2500-7718; 2500-7719・服務時間 / 週一至週五：09：30-12：00、13：30-17：00・24小時傳眞服務 / (02)2500-1990; 2500-1991・讀者服務信箱 e-mail / service@readingclub.com.tw・劃撥帳號 / 19863813 書虫股份有限公司・香港發行所 / 城邦（香港）出版集團有限公司 香港灣仔駱克道 193 號東超商業中心 1 樓 / (852) 25086231 傳眞 / (852) 25789337 E-mail / hkcite@biznetvigator.com 馬新發行所 / 城邦（馬新）出版集團 Cite (M) Sdn. Bhd. 41, Jalan Radin Anum, Bandar Baru Sri Petaling,57000 Kuala Lumpur, Malaysia. 電話 / (603) 90578822 傳眞 / (603) 90576622・封面內文插畫 / 三木謙次・封面設計 / 蕭旭芳・排版 / 游淑萍・印刷 / 中原造像股份有限公司・2023 年（民 112）9月初版・定價 / 450 元

Printed in Taiwan　ISBN 9786267226681（平裝）9786267226698（EPUB）

獨步文化 APEX PRESS

廣　告　回　函
北區郵政管理登記證
台北廣字第000791號
郵資已付，免貼郵票

104台北市民生東路二段 141 號 2 樓

英屬蓋曼群島商家庭傳媒股份有限公司

城邦分公司

請沿虛線對摺，謝謝！

獨步文化 APEX PRESS

書號： 1UA077　　**書名：** 子寶船　　**編碼：**

請於此處用膠水黏貼

獨步文化 APEX PRESS

讀者回函卡

謝謝您購買我們出版的書籍！

請費心填寫此回函卡，我們將不定期寄上城邦集團最新的出版訊息。

姓名：________________ 性別：☐男 ☐女

生日：西元________年________月________日

地址：________________

聯絡電話：________________ 傳真：________________

E-mail：________________

學歷：☐1.小學 ☐2.國中 ☐3.高中 ☐4.大專 ☐5.研究所以上

職業：☐1.學生 ☐2.軍公教 ☐3.服務 ☐4.金融 ☐5.製造 ☐6.資訊

☐7.傳播 ☐8.自由業 ☐9.農漁牧 ☐10.家管 ☐11.退休

☐12.其他 ________________

您從何種方式得知本書消息？

☐1.書店 ☐2.網路 ☐3.報紙 ☐4.雜誌 ☐5.廣播 ☐6.電視

☐7.親友推薦 ☐8.其他 ________________

您通常以何種方式購書？

☐1.書店 ☐2.網路 ☐3.傳真訂購 ☐4.郵局劃撥 ☐5.其他

您喜歡閱讀哪些類別的書籍？

☐1.財經商業 ☐2.自然科學 ☐3.歷史 ☐4.法律 ☐5.文學

☐6.休閒旅遊 ☐7.小說 ☐8.人物傳記 ☐9.生活、勵志 ☐10.其他

對我們的建議：________________

☐我已詳讀權利義務之相關條款，並同意遵守。

請於此處用膠水黏貼

宮部みゆき

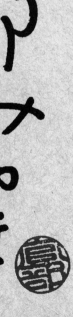